수난 이대

진수는 지팡이와 고등어를 각각 한 손에 쥐고, 아버지의 등으로 가서, 슬그머니 업혔다. 만도는 팔뚝을 뒤로 돌려서 아들의 하나뿐인 다리를 꼭 안았다. 외나무다리 위로 조심조심 발을 내디디며 만도는 속으로, 이제 새파랗게 젊은 놈이 벌써 이게 무슨 꼴이고, 세상을 잘못 만나서 진수 니 신세도 참 똥이다 똥, 이런 소리를 주워섬겼고, 아버지의 등에 업힌 진수는 곧장 미안스러운 얼굴을 하며, 나꺼정 이렇게 되다니 아부지도 참 복도 더럽게 없지, 차라리 내가 죽어버렸더라면 나았을 낀데……, 하고 중얼거렸다.

베스트셀러 한국문학선 33
수난 이대 (외)

펴낸날 | 2002년 10월 10일 초판 1쇄
　　　　2011년 8월 25일 중판 11쇄

지은이 | 하근찬·이범선
펴낸이 | 이태권
펴낸곳 | (주)태일소담
　　　　서울시 성북구 성북동 178-2 (우)136-020
　　　　전화 | 745-8566~7 팩스 | 747-3238
　　　　e-mail | sodam@dreamsodam.co.kr
　　　　등록번호 | 제2-42호(1979년 11월 14일)
　　　　홈페이지 | www.dreamsodam.co.kr

ISBN 89-7381-495-8 03810

● 책값은 뒤표지에 있습니다.
● 잘못된 책은 구입하신 곳에서 교환해드립니다.

베스트셀러한국문학선 33

수난 이대 (외)

하근찬 · 이범선

소담출판사

책을 펴내며

문학작품이란 한 시대의 삶의 모습이자 당대인의 정신 기록이다. 가장 대표적인 것이 산문과 서사장르라 할 수 있는 바, 이번에 새로운 기획과 편집으로 엮은 〈베스트셀러 한국문학선〉은 오늘의 우리가 읽어야 할 한국의 주요 작품들을 골라 한데 모아 본 것이다.

〈베스트셀러 한국문학선〉은 그 분량이나 작품 수준에서나 한국 소설의 어제와 오늘을 함께 아우르고 내일의 우리 소설이 가야 할 길을 모색해 보는 뜻깊은 여행이 될 것이다. 또한 이 전집은 지난 한 세기 동안의 우리 소설의 아름다움은 물론 그 사회적 의미를 함께 생각하게 하는, 이른바 읽는 재미와 생각할 수 있는 기회를 함께 제공하는 진정한 독서 체험이 될 것이다.

이 전집에는 개화기에서 현대에 이르기까지의 다양한 주제와 형태의 작품들이 수록되어 있으며, 작품의 문학적·시대적 가치는 물론 새로이 읽혀져야 할 작품들의 소개에도 또한 유의하였다. 〈베스트셀러 한국문학선〉이 우리 독자들에게 사고력을 키워주고 정서를 풍부하게 해 줄 뿐만 아니라 우리가 살고 있는 사회, 우리가 참여하지 않으면 안 될 역사에 대한 새로운 자질과 안목을 갖추는 데 유익한 길잡이가 되기를 바란다.

서 종 택

일러두기
1. 선정된 작품은 1920년대부터 현대에 이르기까지 한국 근·현대 소설사의 대표적 작품들로서 현행 고등학교 검인정 문학 8종 교과서에 실린 작품 외 개별 작가의 대표적 작품을 중심으로 엮었다.
2. 표기는 원문의 효과를 고려하여 발표 당시의 표기를 중시했으나, 방언은 살리되 의미 전달을 위해 되도록 현대표기법을 따랐다.
3. 띄어쓰기는 개정된 한글맞춤법에 따랐다.
4. 외래어는 외래어 표기법을 따랐다.
5. 대화나 인용은 " "로, 생각이나 독백 및 강조하는 말은 ' '로 표시하였다.
6. 본 도서는 대입수능시험은 물론 중·고교생의 문학적 소양 및 교양의 함양을 위해 참고서식 발췌 수록이 아닌 모든 작품의 전문을 수록하였음을 밝혀둔다.

차례

책을 펴내며 _ 5

하근찬
수난 이대 受難二代 _ 11
여 제자 _ 29

이범선
오발탄 _ 149
학鶴 마을 사람들 _ 193

작품 해설 · 작가 연보
하근찬 편 _ 224
이범선 편 _ 240

하근찬

/ 수난 이대 / 여 제자 /

    팔이 하나밖에 없는 몸으로 물건을 손에 든 채 소변을 볼 수는 없는 것이다. 아버지가 볼일을 마칠 때까지 진수는 저만큼 떨어져 서서, 지팡이를 한쪽 손에 모아 쥐고 다른 손으로는 고등어를 들고 있었다. 볼일을 다 본 만도는 얼른 가서 아들의 손에서 고등어를 다시 받아 든다.
    개천 둑에 이르렀다. 외나무다리가 놓여 있는 그 시냇물이다. 진수는 슬그머니 걱정이 되었다. 물은 그렇게 깊은 것 같지 않지만, 밑바닥이 모래흙이어서 지팡이를 짚고 건너가기가 만만할 것 같지 않기 때문이다. 외나무다리 위로는 도저히 건너갈 재주가 없고…….

(「수난 이대」 중에서)

수난 이대 受難 二代

진수가 돌아온다. 진수가 살아서 돌아온다. 아무개는 전사했다는 통지가 왔고, 아무개는 죽었는지 살았는지 통 소식이 없는데, 우리 진수는 살아서 오늘 돌아오는 것이다. 생각할수록 어깻바람이 날 일이다. 그래 그런지 몰라도 박만도는 여느때 같으면 아무래도 한두 군데 앉아 쉬어야 넘어설 수 있는 용머리재를 단숨에 올라채고 만 것이다. 가슴이 펄럭거리고 허벅지가 뻐근했다. 그러나 그는 고갯마루에서도 쉴 생각을 하지 않았다. 들 건너 멀리 바라보이는 정거장에서 연기가 몰씬몰씬 피어오르며 삐익―, 기적 소리가 들려왔기 때문이다. 아들이 타고 내려올 기차는 점심때가 가까워야 도착한다는 것을 모르는 바 아니다. 해가 이제 겨우 산등성이 위로 한 뼘 가량 떠올랐으니, 오정이 되려면 아직 차례 멀은 것이다. 그러나 그는 공연히 마음이 바빴다. 까짓것 잠시 앉아 쉬면 뭐할 끼고. 손가락으로 한쪽 콧구멍을 찍 누르면서 팽! 마른 코를 풀어 던졌다. 그리고 휘청휘청 고갯길을 내려가는 것이다.

내리막은 오르막에 비하면 아무것도 아니었다. 대구 팔을 흔들라치면 절로 굴러 내려가는 것이다. 만도는 오른쪽 팔만을 앞뒤로 흔들고 있었다. 왼쪽 팔은 조끼 주머니에 아무렇게나 쑤셔넣고 있는 것이다. 삼대 독자가 죽다니 말이 되나. 살아서 돌아와야 일이 옳고 말고. 그런데 병원에서 나온다 하니 어디를 좀 다치기는 다친 모양이지만, 설마 나같이 이렇게사 되지 않았겠지. 만도는 왼쪽 조끼주머니에 꽂힌 소맷자락을 내려다보았다. 그 소맷자락 속에는 아무것도 들은 것이 없었다. 그저 소맷자락만이 어깨 밑으로 덜렁 처져 있는 것이다. 그래서 노상 그쪽은 조끼 주머니 속에 꽂혀 있는 것이다. 볼기짝이나 장딴지 같은 데를 총알이 약간 스쳐갔을 따름이겠지. 나처럼 팔뚝 하나가 몽땅 달아날 지경이었다면 그 엄살스런 놈이 견뎌냈을 턱이 없고 말고. 슬며시 걱정이 되기도 하는 듯 그는 속으로 이런 소리를 주워섬겼다.

내리막길은 빨랐다. 벌써 고갯마루가 저만큼 높이 쳐다보이는 것이다. 산모퉁이를 돌아서면 이제 들판이다. 내리막길을 쏘아 내려온 기운 그대로 만도는 들길을 잰 걸음 쳐 나가다가 개천둑에 이르러서야 걸음을 멈추었다. 외나무다리가 놓여 있는 조그마한 시냇물이었다. 한여름 장마철에는 들어설라치면 배꼽이 묻히는 수도 있었지마는, 요즈막엔 무릎이 잠길 듯 말 듯한 물인 것이다. 가을이 깊어지면서부터

물은 밑바닥이 환히 들여다보일 만큼 맑아져 갔다. 소리도 없이 미끄러져 내려가는 물을 가만히 내려다보고 있으면 절로 잇몸이 시려온다.

만도는 물 기슭에 내려가서 쭈그리고 앉아 한 손으로 고의춤을 풀어 헤쳤다. 오줌을 찌익—, 깔기는 것이다. 거울면처럼 맑은 물 위에 오줌이 가서 부글부글 끓어오르며 뿌우연 거품을 이루자, 여기저기서 물고기 떼가 모여든다. 제법 엄지 손가락만큼씩한 피라미도 여러 마리다. 한 바가지 잡아서 회쳐놓고 한 잔 쭈욱 들이켰으면……. 군침이 목구멍에서 꿀꺽 했다. 고기떼를 향해서 마른 코를 팽팽 풀어 던지고, 그는 외나무다리를 조심히 디뎠다.

길이가 얼마 되지 않는 다리였으나, 아래로 물을 내려다보면 제법 아찔했다. 그는 이 외나무다리를 퍽 조심한다. 언젠가 한 번 읍에서 술이 꽤 되어 가지고 홍청거리며 돌아오다가 물에 굴러 떨어진 일이 있었던 것이다. 지나치는 사람이 없었기에 망정이지, 누가 보았더라면 큰 웃음거리가 될 뻔했었다. 발목 하나를 약간 접쳤을 뿐 크게 다친 데는 없었다. 이른 가을철이었기 때문에 옷을 벗어 둑에 늘어놓고 말릴 수는 있었으나 여간 창피스러운 것이 아니었다. 옷이 말짱 젖었다거나, 옷이 마를 때까지 발가벗고 기다려야 한다거나 해서가 아니었다. 팔뚝 하나가 몽땅 잘라져나간 흉측한 몸뚱어리를 하늘 앞에 드러내 놓고 있어야 했기 때문이었다. 지나치는 사람이 있을라치면 하는 수 없이 물 속으로 뛰어 들어가서 얼굴만 내놓고 앉아 있었다. 물이 선뜻해서 아래턱이 덜덜거렸으나, 오그라붙는 사타구니께를 한 손으로 꽉 움켜쥐고 버티는 수밖에 없었다.

"흐흐흐……."

그때 일을 생각하면 지금도 곧 웃음이 터져나오는 것이다. 하늘로 쳐들린 콧구멍이 연신 벌름거렸다.

개천을 건너서 논두렁 길을 한참 부지런히 걸어가노라면 읍으로 들어가는 한길이 나선다. 도로변에 먼지를 부옇게 덮어쓰고 도사리고 앉아 있는 초가집은 주막이다. 만도가 읍에 나올 때마다 꼭 한 번씩 들르곤 하는 단골집인 것이다. 이 집 눈썹이 짙은 여편네와는 예사로 농을 주고받는 사이다.

술방 문턱을 넘어서며 만도가,

"서방님 들어가신다."

하면, 여편네는,

"아이 문둥아, 어서 오느라."

하는 것이 인사처럼 되어 있다. 만도는 여간 언짢은 일이 있어도 이 여편네의 궁둥이 곁에 가서 앉으면 속이 저절로 쑥 내려가는 것이다.

주막 앞을 지나치면서 만도는 술방 문을 열어볼까 했으나, 방문 앞에 신이 여러 켤레 널려 있고, 방 안에서 웃음소리가 요란하기 때문에 돌아오는 길에 들르기로 했다. 신작로에 나서면 금시 읍이었다. 만도는 읍 들머리에서 잠시 망설이다가 정거장 쪽과는 반대되는 방향으로 걸음을 옮겼다. 장거리를 찾아가는 것이었다. 진수가 돌아오는데 고등어나 한 손 사가지고 가야 될 게 아닌가 싶어서였다. 장날은 아니었으나, 고깃전에는 없는 고기가 없었다. 이것을 살까 하면 저것이 좋아

보이고, 그것을 사러 가면 또 그 옆의 것이 먹음직해 보이고. 한참 이리저리 서성거리다가 결국은 고등어 한 손을 샀다. 그것을 달랑달랑 들고 정거장을 향해 가는데, 겨드랑 밑이 간질간질해 왔다. 그러나 한쪽밖에 없는 손에 고등어를 들었으니 참 딱했다. 어깻죽지를 연신 위아래로 움직거리는 수밖에 없었다.

정거장 대합실에 들어선 만도는 먼저 걸린 시계부터 바라보았다. 2시 20분이었다. 벌써 2시 20분이라니, 내가 잘못 보았나? 아무리 두 눈을 씻고 보아도 시계는 틀림없는 2시 20분이다. 한쪽 걸상에 가서 궁둥이를 붙이면서 곧장 미심쩍어했다. 2시 20분이라니, 그럼 벌써 점심때가 지났단 말인가? 말도 아닌 것이다. 자세히 보니 시계는 유리가 깨어졌고, 먼지가 꺼멓게 앉아 있었다. 그러면 그렇지, 엉터리였다. 벌써 그렇게 되었을 리가 없는 것이다.

"여보이소, 지금 몇 싱교?"

맞은편에 앉은 양복쟁이한테 물어보았다.

"열 시 사십 분이요."

"예, 그렁교."

만도는 고개를 굽신하고는 두 눈을 연신 껌벅거렸다. 10시 40분이라. 보자, 그럼 아직도 한 시간이나 넘어 남았구나. 그는 안심이 되는 듯 후유 숨을 내쉬었다. 궐련을 한 개 빼물고 불을 댕겼다. 정거장 대합실에 와서 이렇게 도사리고 앉아 있노라면, 만도는 곧잘 생각하는 일이 한 가지 있었다. 그 일이 머리에 떠오르면 등골을 찬 기운이 확 스쳐 내려가는 것이었다. 다섯 개의 손가락이 시퍼렇게 굳어진, 이끼 낀 나무토막 같은 팔뚝이 지금도 저만큼 눈앞에 보이는 듯했다.

　바로 이 정거장 마당에 100명 남짓한 사람들이 모여 웅성거리고 있었다. 그 중에는 만도도 섞여 있었다. 기차를 기다리고 있는 것이었으나, 그들은 모두 자기네들이 어디로 가는지 알지를 못했다. 그저 차를 타라면 탈 사람들이었다. 징용에 끌려나가는 사람들이었다. 그러니까 지금으로부터 12, 3년 옛날의 이야기인 것이다.
　북해도 탄광으로 갈 것이라는 사람도 있었고, 틀림없이 남양군도로 간다는 사람도 있었다. 더러는 만주로 갔으면 좋겠다고 하기도 했다. 만도는 북해도가 아니면 남양군도일 것이고, 거기도 아니면 만주겠지. 설마 저희들이 하늘 밖으로사 끌고 가겠느냐고, 아무렇지도 않은 듯이 그 들창코로 담배 연기를 푹푹 내뿜고 있었다. 그러나 마음이 좀 덜 좋은 것은 마누라가 저쪽 변소 모퉁이 벚나무 밑에 우두커니 서서 한눈도 안 팔고 이쪽만을 바라보고 있는 때문이었다. 그래서 그는 주머니 속에 성냥을 두고도 옆 사람에게 불을 빌리자고 하며 슬며시 돌아서 버리곤 했다. 홈으로 나가면서 뒤를 돌아보니 마누라는 울 밖에 서서 수건으로 코를 눌러대고 있었다. 만도는 코허리가 찡했다. 기차가 꽥꽥 소리를 지르면서 덜커덩! 하고 움직이기 시작했을 때는 정말 기분이 덜 좋았다. 눈앞이 뿌옇게 흐려지는 것을 어쩌지 못했다. 그러나 정거장이 가맣게 멀어져 가고, 차창 밖으로 새로운 풍경이 획획 날아들자 그만 아무렇지도 않아지는 것이었다. 오히려 기분이 유쾌해지는 것 같기도 했다.

바다를 본 것도 처음이었고, 그처럼 큰 배에 몸을 실어본 것은 더구나 처음이었다. 배 밑창에 엎드려서 꽥꽥 게워내는 사람들이 많았으나, 만도는 그저 골이 좀 띵했을 뿐 아무렇지도 않았다. 더러는 하루에 두 개씩 주는 주먹밥을 남기기도 했으나, 그는 한꺼번에 하루 것을 뚝딱해도 시원찮았다. 모두들 내릴 준비를 하라는 명령이 떨어진 것은 사흘째 되는 날 황혼 때였다. 제각기 봇짐을 챙기기에 바빴다. 만도도 호박덩이만한 보따리를 옆구리에 덜렁 찼다. 갑판 위에 올라가 보니 하늘은 활활 타오르고 있고, 바닷물은 불에 녹은 쇠처럼 벌겋게 출렁거리고 있었다. 지금 막 태양이 물 위로 뚝 떨어져가는 중이었다. 햇덩어리가 어쩌면 그렇게 크고 붉은지 정말 처음이었다. 그리고 바다 위에 주황빛으로 번쩍거리는 커다란 산이 둥둥 떠 있는 것이었다. 무시무시하도록 황홀한 광경에 모두들 딱 벌어진 입을 다물 줄 몰랐다. 만도는 양 어깨를 버쩍 들어 올리면서 히야, 하고 고함을 질렀다. 그러나 섬에서 그들을 기다리고 있는 것은 숨막히는 더위와 강제 노동과, 그리고 잠자리만큼씩이나 한 모기떼…… 그런 것뿐이었다.

 섬에다가 비행장을 닦는 것이었다. 모기에게 물려 혹이 된 자리를 벅벅 긁으며, 비오듯 쏟아지는 땀을 무릅쓰고 아침부터 해가 떨어질 때까지 산을 허물어내고, 흙을 나르고 하기란 고향에서 농사일에 뼈가 굳어진 몸에도 이만저만한 고역이 아니었다. 물도 입에 맞지 않았고, 음식도 이내 변하곤 해서, 도저히 견뎌낼 것 같지가 않았다. 게다가 병까지 돌았다. 일을 하다가도 벌떡 자빠지기가 예사였다. 그러나 만도는 아침 저녁으로 약간씩 설사를 했을 뿐 넘어지지는 않았다. 물도 차츰 입에 맞아 갔고, 고된 일도 날이 감에 따라 몸에 배어드는 것이었다. 밤에 날개를 치며 몰려드는 모기떼만 아니면 그냥 저냥 배겨내겠는데, 정말 그 놈의 모기들만은 질색이었다.

사람의 힘이란 무서운 것이었다. 그처럼 험난하던 산과 산 틈바구니에 비행장을 다듬어 내고야 말았던 것이다. 그러나 일은 그것으로 끝나는 것이 아니고, 오히려 더 벅찬 일이 닥치는 것이었다. 연합군의 비행기가 날아들면서부터 일은 밤중까지 계속되었다. 산허리에 굴을 파 들어가는 작업이었다. 비행기를 집어 넣을 굴이었고, 그리고 모든 시설을 다 굴 속으로 옮겨야 하는 것이었다.

여기저기서 다이너마이트 튀는 소리가 산을 흔들어댔다. 앵앵앵— 하고 공습경보가 나면 일을 하던 손을 놓고 모두 굴 바닥에 납작납작 엎드려 있어야 했다. 비행기가 돌아갈 때까지 그러고 있는 것이었다. 어떤 때는 근 한 시간 가까이나 엎드려 있어야 하는 때도 있었는데, 차라리 그것이 얼마나 편한지 몰랐다. 그래서 더러는 공습이 있기를 은근히 기다리기도 했다. 때로는 공습경보의 사이렌을 듣지 못하고 그냥 일을 계속 하는 수도 있었다. 그럴 때는 모두 큰 손해를 보았다고 야단들이었다. 어떻게 된 셈인지 사이렌이 미처 울리기도 전에 비행기가 산등성이를 넘어 달려드는 수도 있었다. 그럴 때는 정말 질겁을 하는 것이었다. 가장 많은 손해를 입는 것도 그런 경우였다. 만도가 한쪽 팔을 잃어버린 것도 바로 그런 때의 일이었다.

여느 날과 다름없이 굴 속에서 바위를 허물어내고 있었다. 바위 틈서리에 구멍을 뚫어서 다이너마이트 장치를 하는 판이었다. 장치가

다 되면 모두 바깥으로 나가고, 한 사람만 남아서 불을 댕기는 것이다. 그리고 그것이 터지기 전에 얼른 밖으로 뛰어나와야 한다. 만도가 불을 댕길 차례였다. 모두들 바깥으로 나가버린 다음 그는 성냥을 꺼냈다. 그런데 웬 영문인지 기분이 꺼림칙했다. 모기에게 물린 자리가 자꾸 쑥쑥 쑤시는 것이었다. 긁적긁적 긁어댔으나 도무지 시원한 맛이 없었다. 그는 이맛살을 찌푸리면서 성냥을 득! 그었다. 그래 그런지 몰라도 불은 이내 픽 하고 꺼져버렸다. 성냥 알맹이 네 개째에사 겨우 심지에 불이 댕겨졌다. 심지에 불이 붙는 것을 보자, 그는 얼른 몸을 굴 밖으로 날렸다. 바깥으로 막 나서려는 때였다. 산이 무너지는 듯한 소리와 함께 사나운 바람이 귓전을 후려갈기는 것이었다. 만도는 정신이 아찔했다. 공습이었던 것이다. 산등성이를 넘어 달려온 비행기가 머리 위로 아슬아슬하게 지나가는 것이었다. 미처 정신을 차리기도 전에 또 한 대가 뒤따라 날아드는 것이 아닌가. 만도는 그만 넋을 잃고 굴 안으로 도로 달려 들어갔다. 달려 들어가서 길바닥에 아무렇게나 콱 엎드리고 말았다. 그 순간이었다. 쾅! 굴 안이 미어지는 듯하면서 다이너마이트가 터졌다. 만도의 두 눈에서 불이 번쩍했다.

만도가 어렴풋이 눈을 떠보니, 바로 거기 눈앞에 누구의 것인지 모를 팔뚝이 하나 아무렇게나 떨어져 있었다. 손가락이 시퍼렇게 굳어져서 마치 이끼 낀 나무토막처럼 보이는 팔뚝이었다. 만도는 그것이 자기의 어깨에 붙어 있던 것인 줄을 알자, 그만 으악! 정신을 잃어버렸다.

재차 눈을 떴을 때는 그는 푹신한 담요 위에 누워 있었고, 한쪽 어깻죽지가 못 견디게 쿡쿡 쑤셔댔다. 절단(絶斷) 수술은 이미 끝난 뒤였다.

쩨액—, 기차 소리였다. 멀리 산모퉁이를 돌아오는가 보다. 만도는 자리를 털고 벌떡 일어서며 옆에 놓아둔 고등어를 집어 들었다. 기적 소리가 가까워질수록 가슴이 울렁거렸다. 대합실 밖으로 뛰어나가 홈이 잘 보이는 울타리 쪽으로 가서 발돋움을 했다. 땡땡땡—, 종이 울리고, 잠시 후 차는 소리를 지르면서 달려들었다. 기관차의 옆구리에서는 김이 픽픽 풍겨나왔다. 만도의 얼굴은 바짝 긴장이 되었다. 시커먼 열차 속에서 꾸역꾸역 사람들이 쏟아져 나왔다. 꽤 많은 손님이 내리는 것이었다. 만도의 두 눈은 곧장 이리저리 굴렀다. 그러나 아들의 모습은 쉽사리 눈에 띄지 않았다. 저쪽 출찰구로 밀려가는 사람의 물결 속에 두 개의 지팡이를 짚고 절룩거리면서 걸어나가는 상이군인이 있었으나, 만도는 그 사람에게 주의가 가지는 않았다. 기차에서 내릴 사람은 모두 내렸는가 보다. 이제 미처 차에 오르지 못한 사람들이 홈을 이리저리 서성거리고 있을 뿐인 것이다. 그 놈이 거짓으로 편지를 띄웠을 리는 없을 터인데. 만도는 자꾸 가슴이 떨렸다. 이상한 일이다, 하고 있을 때였다. 분명히 뒤에서,

"아부지!"

하고 부르는 소리가 들렸다. 만도는 깜짝 놀라며 얼른 뒤를 돌아보았다. 그 순간 만도의 두 눈은 무섭도록 크게 떠지고, 입은 딱 벌어졌다. 틀림없는 아들이었으나, 옛날과 같은 진수는 아니었다. 양쪽 겨드랑

이에 지팡이를 끼고 서 있는데, 스쳐가는 바람결에 한쪽 바지가랑이가 펄럭거리는 것이 아닌가. 만도는 눈앞이 노래지는 것을 어쩌지 못했다. 한참 동안 그저 멍멍하기만 하다가, 코허리가 찡해지면서 두 눈에 뜨거운 것이 핑 도는 것이었다.

"애라이 이 놈아!"

만도의 입술에서 모질게 튀어나온 첫마디였다. 떨리는 목소리였다.

고등어를 든 손이 불끈 주먹을 쥐고 있었다.

"이기 무슨 꼴이고, 이기!"

"아부지!"

"이 놈아, 이 놈아……."

만도의 들창코가 크게 벌름거리다가 훌쩍 물코를 들이마셨다. 진수의 두 눈에서는 어느 결에 눈물이 지르르 흘러내리고 있었다. 만도는 모든 게 진수의 잘못이기나 한 듯 험한 얼굴로,

"가자, 어서!"

무뚝뚝한 한 마디를 던지고는 성큼성큼 앞장을 서는 것이었다. 진수는 입술에 내려와 묻는 짭짤한 것을 혀끝으로 날름 핥아버리고 절름절름 아버지의 뒤를 따랐다. 앞장서 가는 만도는 뒤따라 오는 진수를 한 번도 돌아보지 않았다. 한눈을 파는 법도 없었다. 무겁디무거운 짐을 진 사람처럼 땅바닥만 내려다보며, 이따금 끙끙거리면서 부지런히 걸어만 가는 것이다. 지팡이에 몸을 의지하고 걷는 진수가 성한 사람의, 게다가 부지런히 걷는 걸음을 당해낼 수는 도저히 없었다.

수난 이대 21

한 걸음 두 걸음씩 뒤지기 시작한 것이 그만 작은 소리로 불러서는 들리지 않을 만큼 떨어져 버리고 말았다. 진수는 목구멍으로 왈칵 넘어오려는 뜨거운 기운을 참느라고 어금니를 야물게 깨물어 보기도 했다. 그리고 두 개의 지팡이와 한 개의 다리를 열심히 움직여댔다.

 앞서가던 만도는 주막집 앞에 이르자 비로소 한 번 뒤를 돌아보았다. 진수는 오다가 나무 밑에 서서 오줌을 누고 있었다. 지팡이는 땅바닥에 던져놓고, 한쪽 손으로는 볼일을 보고, 한쪽 손으로는 나무등치를 안고 있는 꼬락서니가 을씨년스럽기 이를 데 없다. 만도는 눈살을 찌푸리며, 으음, 신음소리 비슷한 무거운 소리를 토했다. 그리고 술방 앞으로 가서 방문을 왈칵 잡아당겼다.

 기역자 판 안쪽에 도사리고 앉아서 속옷을 뒤집어 이를 잡고 있던 여편네가 킥! 웃으며 후다닥 옷섶을 여민다. 그러나 만도는 웃지 않았다. 방 문턱을 넘어서면서도 서방님 들어가신다는 소리를 지르지도 않았다. 이처럼 뚝뚝한 얼굴을 하고 이 술방에 들어서기란 아마 처음일 것이다. 여편네가 멋도 모르고,

 "오늘은 서방님 아닌가베."

하고 킬룩 웃었으나 만도는 으음, 또 무거운 신음 소리를 토하고는 기역자 판 앞에 가서 쭈그리고 앉기가 바쁘게,

 "빨리, 빨리."

 "핫다나, 어지간히도 바쁜가베."

 "빨리 곱배기로 한 사발 달라니까구마."

 "오늘은 와 이카노?"

여편네가 건네주는 술사발을 받아 들며 만도는 후유……, 한숨을 크게 내쉬었다. 그리고 입을 얼른 사발로 가져갔다. 꿀꿀꿀 잘도 넘어간다. 그 큰 사발을 단숨에 비워버리고는 도로 여편네 앞으로 불쑥 내민다. 그렇게 연거푸 석 잔을 해치우고서야 으으윽 게트림을 했다. 여편네가 눈을 휘둥그래 가지고 혀를 내둘렀다. 빈 속에 술을 그처럼 때려 마시고 보니 금세 눈두덩이 확확 달아오르고, 귀뿌리가 발갛게 익어갔다. 술기가 얼큰하게 돌자 이제 좀 속이 풀리는 듯 방문을 열고 바깥을 내다보았다. 진수는 이마에 땀을 척척 흘리면서 절름절름 저만큼 오고 있었다.

"진수야!"

버럭 소리를 질렀다.

"좀 쉬었다 가자."

"……."

진수는 아무런 대꾸도 없이 어기적어기적 다가왔다.

다가와서 방문턱에 걸터앉으니까, 여편네가 보고,

"방으로 좀 들어오이소."

한다.

"여기 좋심더."

그는 수세미 같은 손수건으로 이마와 코 언저리를 아무렇게나 훔친다.

"마, 아무 데서나 묵어라. 저, 국수 한 그릇 말아주소."

"야."

"곱배기로 잘 좀. 참기름도 치소, 잉?"
"야아."
여편네는 코로 히죽 웃으면서 만도의 옆구리를 살짝 꼬집고는, 소쿠리에서 삶은 국수 두 뭉텅이를 집어 든다.
진수가 국수를 훌훌 끌어넣고 있을 때, 여편네는 만도의 귓전으로 얼굴을 살짝 갖다 댄다.
"아들이가?"
만도는 고개를 약간 앞뒤로 끄덕거렸을 뿐 좋은 기색을 하지 않았다.
진수가 국물을 훌쩍 들이마시고 나자 만도는,
"한 그릇 더 묵을래?"
한다.
"아니예."
"한 그릇 더 묵지 와?"
"그만 묵을랍니더."
진수는 입을 쓱 닦으며 부스스 자리에서 일어났다.
주막을 나선 그들 부자는 논두렁 길로 접어들었다. 아까와 같이 만도가 앞장을 서는 것이 아니라, 이번에는 진수를 앞세웠다. 지팡이를 짚고 기우뚱기우뚱 앞서 가는 아들의 뒷모습을 바라보며, 팔뚝이 하나밖에 없는 아버지가 느릿느릿 따라가는 것이다. 손에 매달린 고등어가 자꾸 달랑달랑 춤을 춘다.
너무 급하게 들이부어서 그런지 만도의 뱃속에서는 우글우글 술이

끓고 다리가 휘청거린다. 콧구멍으로 더운 숨을 훅훅 내뿜어 본다. 정신이 아른하다. 좋다.

"진수야!"

"예?"

"니 우짜다가 그래 댔노?"

"전쟁하다가 이래 안댔심니꺼. 수류탄 쪼가리에 맞았심더."

"수류탄 쪼가리에?"

"예."

"음……."

"얼른 낫지 않고 막 썩어 들어가기 때문에 군의관이 짤라버립디더. 병원에서예."

"……."

"아부지!"

"와?"

"이래 가지고 나 우째 살까 싶습니더."

"우째 살긴 뭘 우째 살아. 목숨만 붙어 있으면 다 사는 기다. 그런 소리 하지 말아."

"……."

"나 봐라, 팔뚝이 하나 없어도 잘만 안 사나. 남 봄에 좀 덜 좋아서 그렇지, 살기사 와 못 살아."

"차라리 아부지같이 팔이 하나 없는 편이 낫겠어예. 다리가 없어놓니 첫째 걸어댕기기에 불편해서 똑 죽겠심더."

"야야, 안 그렇다. 걸어댕기기만 하면 뭐하노. 손을 지대로 놀려야 일이 뜻대로 되지."

"그럴까예?"

"그렇다니까. 그러니까 집에 앉아서 할 일은 니가 하고, 나댕기메 할 일은 내가 하고, 그라면 안 되겠나, 그제?"

"예."

진수는 가벼운 한숨을 내쉬며 아버지를 돌아보았다. 만도는 돌아보는 아들의 얼굴을 향해서 지그시 웃어주었다. 술을 마시고 나면 이내 오줌이 마려워진다. 만도는 길가에 아무렇게나 쭈그리고 앉아서 고등어 묶음을 입에 물려고 한다. 그것을 본 진수가,

"아부지 그 고등어 이리 주이소."

한다.

팔이 하나밖에 없는 몸으로 물건을 손에 든 채 소변을 볼 수는 없는 것이다. 아버지가 볼일을 마칠 때까지 진수는 저만큼 떨어져 서서, 지팡이를 한쪽 손에 모아 쥐고 다른 손으로는 고등어를 들고 있었다. 볼일을 다 본 만도는 얼른 가서 아들의 손에서 고등어를 다시 받아 든다.

개천 둑에 이르렀다. 외나무다리가 놓여 있는 그 시냇물이다. 진수는 슬그머니 걱정이 되었다. 물은 그렇게 깊은 것 같지 않지만, 밑바닥이 모래흙이어서 지팡이를 짚고 건너가기가 만만할 것 같지 않기 때문이다. 외나무다리 위로는 도저히 건너갈 재주가 없고…….

진수는 하는 수 없이 둑에 퍼지고 앉아서 바지가랑이를 걷어 올리

기 시작했다. 만도는 잠시 멀뚱히 서서 아들의 하는 수작을 내려다보고 있다가,

"진수야, 그만두고, 자아, 업자."

했다.

"업고 건너면 일이 다 되는 거 앙이가, 자아, 이거 받아라."

고등어 묶음을 진수 앞으로 내민다.

진수는 퍽 난처해 하면서, 못 이기는 듯이 그것을 받아 들었다. 만도는 등을 아들 앞에 갖다 대고, 하나밖에 없는 팔을 뒤로 번쩍 내밀며,

"자아, 어서!"

했다.

진수는 지팡이와 고등어를 각각 한 손에 쥐고, 아버지의 등으로 가서, 슬그머니 업혔다. 만도는 팔뚝을 뒤로 돌려서 아들의 하나뿐인 다리를 꼭 안았다. 그리고,

"팔로 내 목을 감아야 될 끼다."

했다.

진수는 무척 황송한 듯 한쪽 눈을 찍 감으면서, 고등어와 지팡이를 든 두 팔로 아버지의 굵은 목줄기를 부둥켜 안았다. 만도는 아랫배에 힘을 주며 끙! 하고 일어났다. 아랫도리가 약간 후들거렸으나 걸어갈 만은 했다.

외나무다리 위로 조심조심 발을 내디디며 만도는 속으로, 이제 새파랗게 젊은 놈이 벌써 이게 무슨 꼴이고, 세상을 잘못 만나서 진수

니 신세도 참 똥이다 똥, 이런 소리를 주워섬겼고, 아버지의 등에 업힌 진수는 곧장 미안스러운 얼굴을 하며, 나꺼정 이렇게 되다니 아부지도 참 복도 더럽게 없지, 차라리 내가 죽어버렸더라면 나았을 낀데……, 하고 중얼거렸다.

  만도는 아직 술기가 약간 있었으나 용케 몸을 가누며 아들을 업고 외나무다리를 조심조심 건너가는 것이었다.

  눈앞에 우뚝 솟은 용머리재가 이 광경을 가만히 내려다보고 있었다.

여 제자

어느 날 오후, 글을 쓰다가 졸음이 와서 낮잠을 자고 있는데, 때르르, 전화벨이 울렸다.
나는 부스스 일어나 수화기를 들었다.
"여보세요."
"저…… 거기가 소설가 강수하(姜水夏) 선생님 댁입니까?"
낯선 여자의 목소리었다.
"예, 그렇습니다."
"강 선생님 계세요?"
"전데요."
그러자 상대방 여인이 아마 곁에 친구나 누가 있는 듯 그들을 돌아보며 말을 하는 모양이었다.

"야, 나왔다."
하는 소리가 수화기 속에서 희미하게 들렸다.

  가물가물 들리기는 했지만, 그 어감으로 보아 기뻐서 들뜨고 있는 게 분명했다.

  나는 누굴까 싶었다.

"누구십니까?"

  그러자 여인은 약간 떨리는 것 같은, 그러면서도 무척 친밀감을 띤 그런 목소리로 말했다.

"선생님, 옛날에 산리(山里)초등학교에서 교편을 잡으셨지요?"

"예."

"홍연(紅姸)이라고 기억하세요?"

"기억하고 말고요."

"제가 홍연이에요, 선생님."

"뭐? 홍연이?"

  나는 깜짝 놀라 그만 나도 모르게 큰소리를 내뱉았다.

"선생님, 정말 오래간만이에요. 뭐라고 말을 했으면 좋을지 모르겠네요."

"이거 정말 웬일이지?"

"정말 꿈 같애요, 선생님. 벌써 삼십 년이 됐어요."

"그렇지, 삼십 년이 흘렀지."

"선생님 댁이 어디에요?"

"강남이야. 한강 남쪽…… 홍연이 지금 전화하고 있는 데는 어디지?"

"용두동이에요."

"집이 용두동인가?"

"예."

"같은 서울에 살면서도 몰랐군. 그런데 우리 집 전화번호를 어떻게 알았지?"

"오늘 아침 신문에 선생님 글하고 사진하고 났잖아요."

"응, 그걸 봤군."

"어찌나 반가운지 신문사에 전화를 해서 알았지요. 선생님, 강주(剛珠)랑 정은(貞恩)이 아시죠?"

"알지."

"지금 여기 와 있어요."

"그래?"

"남숙(南淑)이도 기억하시죠?"

"하고 말고. 남숙이가 급장이었잖아."

"그랬었지요. 남숙이도 서울에 살아요."

"아, 그래. 모두 서울에 와 있군."

"선생님, 정말 무슨 얘기부터 했으면 좋을지 모르겠네요."

"정말이야. 너무 뜻밖인데……."

정말 나는 너무 뜻밖의 전화를 받아 좀 멍멍하고, 가슴이 두근거릴 지경이었다.

옛날, 6·25전후에 나는 몇 해 동안 두 군데의 초등학교에서 교편을 잡았었다. 그래서 간혹 제자를 만나는 수도 있고, 잡지나 신문에 난 글을 보고 집에 전화를 걸어오는 제자도 있다.

제자를 만난다는 것은 반가운 일이고, 그들의 전화를 받는다는 것은 기쁘고 고마운 일이다.

그러나 이 홍연이의 전화는 기쁘고 고마운 데 그치는 것이 아니라, 아련한 그리움 같은 것을 몰고 오는 것이다. 단순히 반갑기만 한 그런 제자가 아닌 것이다.

"선생님, 몇 남매나 두셨어요?"

"셋이지, 아들 둘, 딸 하나."

"맨 위는 몇 살이나……?"

"지금 대학 졸업반이야."

"어머, 벌써 그렇게…… 아들이에요, 딸이에요?"

"아들이야. 홍연이는 아이가 몇이나 돼?"

"넷이에요. 아들 둘, 딸 둘, 맨 위가 딸인데, 금년에 대학에 들어갔어요."

"아, 그래, 남편은 뭘하시는 분이야?"

그러자 쑥스러운 듯,

"하하하……."

웃는 소리가 수화기에서 들렸다.

나는 얼른 화제를 돌렸다.

"참, 홍연이도 중년 부인일 텐데, 내가 이렇게 말을 놓아서 실례가 아닌지 모르겠어."

"아이, 선생님, 별 말씀을 다 하세요. 그럼 저한테 예를 하시겠어요? 그럼 전 싫어요. 옛날처럼 꼭 그렇게 대해주세요."

"허허허…… 그래, 홍연이 금년에 몇인가?"

이 물음에 대해서는 또 웃기만 하고는,

"선생님 금년에 쉰이에요, 쉰 하나예요?"

이렇게 묻는 것이었다.

"쉰이지."

"선생님이 그때 우리 담임하셨을 때 열아홉이셨죠?"

"그랬던가…… 맞아. 열아홉이었어, 내가 그 산리초등학교에 처음 부임한 것이 열여덟 살 때였지. 그 이듬해 너희들을 담임했었으니까, 열아홉 맞아."

나는 약간 속으로 놀랐다. 홍연이가 내 나이까지 정확하게 기억하고 있는 것이 아닌가.

"선생님 목소리도 옛날 그대로고, 하나도 안 늙으셨군요."

"안 늙었다니, 나이가 쉰인데 안 늙어. 늙었는지 안 늙었는지 전화로 어떻게 아나?"

"신문에 난 사진 보니까 하나도 안 늙으셨는데요, 뭐."

"그래? 허허허, 홍연이는 보자…… 아마 지금 마흔댓쯤 됐을 걸."

"개띠에요."

"개띠라…… 그럼 보자…… 내가 양띠니까…… 마흔일곱이구나. 그렇지?"

"예."

전화를 통해서도 수줍어하는 기색을 알 수 있었다.
"마흔일곱이 된 홍연이를 한 번 보고 싶군."
"하하하, 그 동안 고생을 많이 해서 할머니가 다 되어가요. 쉰이 되신 선생님도 한 번 보고 싶어요."
"그래, 이렇게 전화만 할 게 아니라 한 번 만나도록 하지."
"선생님 댁이 강남 어디에요?"
"아파트니까 찾기가 쉬워, 어디냐 하면……."
나는 우리 아파트의 위치와 몇 동 몇 호라는 것을 가르쳐주었다.
"그럼 선생님, 남숙이한테도 연락을 해서 곧 한 번 찾아갈게요."
"그래, 그래."
"선생님, 강주가 바꿔 달래요."
"응, 그래."
수화기를 바꾼 듯 다른 목소리가 나왔다.
그렇게 해서 나는 강주와 정은이, 두 제자와도 한참 얘기를 주고받았다.
나는 근래에 이처럼 뜻밖이고 반갑고 가슴을 두근거리게까지 하는 전화를 받은 일이 없다. 근래뿐 아니라 지금까지 이런 감격적이라고 해도 과언이 아닐 전화를 받은 기억이 별로 없다.
옛날 제자들의 전화가 뭐 그리 감격적인 것이냐고 할지 모르지만, 제자라도 나로서는 결코 잊을 수 없는, 예사로운 제자가 아니기 때문이다.
홍연이는 나에게 짙은 인상과 함께 어떤 설렘까지를 던져 주었던 그런 여 제자였던 것이다. 그녀는 선생인 나에게 혈서까지 보냈던 것이다.

그날 저녁에 남숙이로부터도 전화가 걸려왔다. 홍연이가 방금 전화로 선생님 소식을 전해주었다는 것이다.

내가 담임했던 그 학급의 여학생 급장이었던 남숙이와도 많은 이야기를 나누었다.

남숙이는 이런 말을 하는 것이었다.

"선생님, 기억하세요? 너희들 이십 년 후에 나를 만나면 인사를 하겠느냐, 삼십 년 후에 만나도 나를 알아보겠느냐, 이런 말을 하셨잖아요."

"그랬던가……."

나도 어렴풋이 그런 말을 한 것 같은 기억이 났다.

여학생들은 다 쓸데없다고, 나중에 커서 시집을 가고 나면 옛날 스승을 만나도 인사도 잘 안 할 것이라고 내가 말하자,

"안 그래요!"

"선생님, 절대로 안 그래요!"

하고 여학생들이 일제히 소리를 지르던 기억이 난다.

그런 다음에 내가, 그럼 너희들 20년 후에도 인사를 하겠느냐, 30년 후에도 알아보겠느냐고 했던 것 같다.

"선생님, 꼭 삼십 년이 됐어요. 꿈만 같애요."

"글쎄 말이야. 나도 오늘 낮에 홍연이의 전화를 받고 어찌나 놀랐는지……."

"선생님, 뵙고 싶어요. 댁이 어디에요?"

나는 남숙이에게 우리 집 위치를 자세히 일러주었다. 그리고 모두 연락을 해서 곧 한 번 놀러오라고 했다. 우리 집까지 찾아오기가 뭐하면 내가 시내로 나가겠다고 하고는 전화를 끊었다.

밤이 이슥토록 나는 잠을 이룰 수가 없었다.

혼자 술을 몇 잔 마시고 자리에 누웠으나, 30년 전 옛날의 일들이 머릿속에 아련한 수채화처럼 차례차례 떠올라 도무지 잠이 오지가 않았다. 짜릿한 그리움 같은 것이 가슴에 찰랑찰랑 피어오르는 듯해서 나는 참으로 오래간만에 마치 사춘기의 소년으로 되돌아간 듯한 기분이었다.

내가 그 산리초등학교에 발령을 받고 부임을 한 것은 6·25가 나기 두 해 전의 가을이었다. 9월이었다고 기억된다.

내 나이 그때 열여덟이었다.

산리초등학교는 기차에서 내려 8킬로미터 가량 걸어 들어가야 하는 산골에 있었다. 지금은 버스가 다니고 있겠지만, 그 무렵은 차라고는 이따금 지나가는 트럭뿐이었다.

학교 뒤에는 영소산이라는 봉우리가 솟아 있었고, 산줄기가 북쪽에서 남쪽으로 뻗어 내리고 있었다. 뻐꾸기 우는 소리가 곧잘 교실에서도 들리는 그런 곳이었다.

나는 부임을 한 처음에는 2학년을 맡았고 이듬해 봄, 새학년도에 5학년 남녀 혼합반을 맡았다.

5학년까지는 두 학급씩이고, 6학년은 한 학급이었다. 그러니까 전부 11학급이었다.

산골이기는 하지만, 면 소재지 학교였기 때문에 그 무렵으로서는 작은 학교라고는 할 수 없었다.

내가 맡게 된 5학년 2반은 남학생이 20명 가량이고, 여학생이 40명 가량이었다. 1반은 전부가 남학생이었다.

그 무렵은 지금과 달라서 5학년생인데도 벌써 열대여섯 살 된 아이들이 적지 않았다. 홍연이도 그런 여학생 중의 하나였던 것이다.

누구나 처음으로 교단에 서면 여간 재미가 나는 게 아니다. 더구나 열여덟에 첫 교단에 서서 이제 겨우 1년도 안 된 열아홉인 터이라, 그야말로 애송이 교사인 나는 있는 열을 다해서 아이들을 가르쳤다.

아침에 일어나 세수를 하면 대얏물에 코피가 뚝뚝 떨어진 일도 한두 번이 아니었다.

나는 학생 시절부터 문학에 뜻을 두고, 시니 소설이니 그런 것에 주로 몰두하고 있었다. 교단에 선 뒤에도 역시 마찬가지였다.

그래서 나는 내가 담임한 아이들에게도 그런 방면의 지도를 중점적으로 했다.

나는 우선 무엇보다도 아이들에게 매일 일기를 쓰도록 했다. 몇 번 검사를 하다가 흐지부지 그만두는 그런 식이 아니었다. 철저하게 시행해 나갔다.

초등학교를 졸업하고도 편지 한 장 제대로 쓸 줄 모르는 것이 그 무렵의 학교 교육의 실정이었다.

특히 산골 아이들은 거의 전부가 초등학교로써 배움을 마치는 것이다. 초등학교 6년 동안에 편지 한 장이라도 제대로 쓸 수 있는 그런 교육을 시키지 않으면 안 된다.

그렇게 생각한 나는 아이들에게 우선 글을 쓰는 일이 몸에 배게 하기 위해서 일기 지도를 시작했던 것이다.

토요일이면 아이들의 일기를 반드시 거두어서 그것을 토요일 오후와 일요일에 검사를 했다.

검사도 그냥 썼나 안 썼나 건성으로 펼쳐보기만 하는 그런 식이 아니었다. 하나하나 다 읽으면서 고칠 데는 고쳐주고, 끝에다가 검사 소감을 간단히 적어 주었다.

그런 일이 조금도 지겹고 힘드는 일로 여겨지지가 않고, 오히려 재미가 났다. 말하자면 일요일을 나는 그런 재미로 보냈던 셈이다.

5학년생들의 일기라는 것이 처음에는 한심스럽기 짝이 없었다. 1, 2학년 정도의 실력밖에 안 되는 그런 일기가 거의 대부분이었다. 그러나 날이 가고 달이 바뀜에 따라 눈에 띄게 달라져 갔다. 2, 3개월 후에는 제법 일기답게 쓰게 되었고, 어떤 것은 읽을 맛이 나기까지 했다.

그런데 여학생들의 일기 가운데서 차츰 나의 고개를 갸웃거리게 하는 그런 내용의 것이 나타났다. 홍연이의 일기였다.

다른 아이들의 것은 그날 자기가 한 일의 몇 가지를 적는 그런 단순한 생활 기록이었는데, 홍연이의 것은 그런 기록 속에 차츰 어떤 야릇한 문구가 섞이기 시작했다.

홍연이의 일기 가운데서 최초로 나의 고개를 갸웃거리게 한 대목은 다음과 같은 것이었다.

'나는 달밤이면 아무 까닭도 없이 울고 싶어진다. 오늘 밤도 나는 마루끝에 앉아 밤이 이슥토록 달을 바라보다가 혼자 눈물을 흘렸다.'

이 대목을 읽은 나는 흐흠, 싶었다. 퍽 감상적인 아이로구나 싶었고, 또 틀림없이 사춘기에 들어선 모양이로구나 싶었다.

달을 보고 아무 생각없이 슬퍼져서 눈물이 흘렀다면 보통 감상적인 것이 아니고, 그런 감상은 흔히 사춘기에 나타나는 법이다.

나는 일기장 표지에 적힌 학생의 이름을 다시 보았다. '윤홍연'이었다.

담임을 한 지 3개월 가량 되었으나, 별로 머리에 들어와 있는 아이가 아니었다. 성적도 그저 중간쯤 되는 것 같고, 별 활동도 없이 뒤편 한쪽에 있는 듯 없는 듯 앉아 있는 여학생이었다. 생김새도 뭐 그저 수수한 편으로 좀 특징이 있다면 눈이었다. 눈이 작은 편인데다가 눈두덩이도 조금 도도록하게 살이 찐 듯해서 어딘지 모르게 좀 고집이 있어 보였다.

아무튼 평범한 아이로만 여겼던 그 여학생의 일기에서 그런 구절을 발견한 나는, 사람이란 역시 겉으로 보아서는 알 수 없는 존재로구나 싶어 곧장 고개를 끄덕거렸다.

그리고 계속 읽어 나갔다. 이틀인가 사흘 분을 지나자 나는 또 야 이거 봐라 싶었다. 이번에는 절로 미소가 지어졌다.

다음과 같은 대목이 나타났던 것이다.

'오늘 선생님이 들려주신 옛날 이야기는 정말 재미있었다. 어쩌면 우리 선생님은 이야기도 그렇게 잘하시는지…… 우리 선생님은 못 하시는 게 없다. 그림도 잘 그리시고, 풍금도 잘 타시고, 공부도 재미있게 잘 가르치시고, 정말 최고다. 내일도 또 옛날 이야기를 해주시면 얼마나 좋을까.'

물론 30년 전의 일이니, 일기의 문장이 정확하게 기억되는 것은 아니지만, 대체로 그런 내용이었다.

나에 대해서 늘어놓은 찬사를 읽으니 낯이 간지러웠다. 그러나 결코 기분이 나쁘지는 않았다. 나는 그 무렵, 학생들에게 곧잘 옛날 이야기를 해주었다. 옛날 이야기뿐 아니라 세계 명작 동화랄지, 탐정 이야기, 모험이야기 같은 것을 살을 붙여가며 들려주기를 좋아했다.

"자아, 이 시간에는 따분한데 이야기나 한 자리 해줄까?" 하면,

"야―."

"와―."

곧 교실이 떠나갈 듯 환성을 지르며 박수를 쳐대는 것이었다.

내 별명이 '이야기 선생' 이기도 했다.

간혹 다른 학급의 선생이 무슨 일이 있어 대신 들어갈 것 같으면 학생들은 아예 교과서를 펼칠 생각은 안 하고,

"선생님, 이야기해 주세요."

일제히 고함을 지르는 그런 형편이었다.

나는 아이들에게 꿈을 심어준다는 생각으로 곧잘 이야기를 해주었

던 것이다.

홍연이의 일기에서 그런 대목을 읽은 뒤부터 나는 수업 시간에 종전과는 좀 다른 눈으로 그 애를 바라보게 되었다. 호기심이라 할까, 관심이라 할까, 아무튼 곧잘 시선이 그 애에게로 가는 것이었다.

수업 시간에 홍연이는 손을 드는 일이 드문 편이었다. 알아도 손을 안 드는지, 실제로 모르는지, 좌우간 가만히 앉아선 나를 바라보고만 있었다.

여전히 평범한 아이로만 보였다. 저런 아이가 달밤에 달을 쳐다보며 혼자 울다니…… 수박을 겉으로 보아서는 알 수 없다더니 그런 격이로구나 싶었다.

어쩌다가 홍연이가 손을 들 것 같으면 나는 자연스럽게 지명했다. 그러면 그 애는 가만히 일어나서 해답을 말하고는 수줍은 듯 얼른 앉으며 살짝 고개를 떨구었다. 얼굴을 조금 붉히면서…….

그럴 때 보면 사춘기에 들어선 계집애임에 틀림없었다. 선생님 앞에 해답을 말하고서 얼굴을 붉히며 수줍어할 까닭이 무엇인가 말이다.

수수하게만 느껴지던 그 애의 얼굴이 별안간 묘한 매력을 발휘하는 것 같기도 했다. 복사꽃 봉오리가 살짝 붉게 물들면서 꽃잎을 벌리는 듯한 그런 매력이라고나 할까.

날씨가 차츰 여름다워져 가는 어느 날 점심 시간이었다. 하숙집에 가서 점심을 먹고 온 나는 긴 복도를 걸어 교무실로 건들건들 향하고 있었다.

공연히 기분이 좋았다.

점심상에 입에 맞는 반찬이라도 올라서 기분이 좋았는지 어쨌는지 확실한 기억은 없지만, 좌우간 나는 묘하게 휘파람이라도 불고 싶은 그런 기분으로 복도를 걸어가고 있는데, 우리 교실 창 밖으로 어떤 여학생의 팔꿈치 하나가 불쑥 나와 있었다. 창틀에 한 팔을 얹고 있었던 것이다. 물론 반소매를 입고 있는 터이라 맨살의 팔이었다.

그게 누구의 팔인지 알 수가 없었다. 창에 유리가 끼워져 있다면 교실 안이 보여서 누군지 얼른 알 수가 있겠지만, 그 무렵은 유리가 귀해서 교실 창문에 창호지를 발라 놓았었다. 그래서 창문을 닫으면 교실 안이 보이지가 않았다.

더워지는 철이라 창문이 열려 있었으나, 창호지에 가려서 여학생의 모습은 보이지가 않았다.

나는 장난기가 동했다. 공연히 기분이 좋은 터이라, 조금 까불고 싶은 것이었다. 선생이기는 하지만, 아직 열아홉 살인 터이니, 때로는 까불고 싶은 생각이 들기도 안 하겠는가. 조금 장난을 친다고 해서 뭐 크게 위신이 떨어지지도 않을 것이다.

나는 살금살금 발소리를 죽여가며 다가가서 그 팔의 맨살을 살짝 꼬집었다.

"어마야!"

깜짝 놀란 여학생은 얼른 창 밖으로 얼굴을 내밀었다.

몸을 숨기듯 후닥닥 창문에 딱 붙어 섰던 나는 그만 빙글 웃었다. 그런데 그 여학생이 다름 아닌 홍연이었다.

나와 시선이 마주치자, 홍연이는 놀란 듯 온통 얼굴이 홍당무처럼 빨개지며 히힉 부끄럽게 웃었다. 뜻밖의 일에 당황하면서도 무척 좋은 모양이었다.

나도 그게 홍연이의 팔인 줄을 전혀 예기치 않았기 때문에 약간 뒷덜미가 화끈한 느낌이었다.. 일부러 그 애의 팔을 꼬집은 것 같아 멋쩍었다.

그러나 나는 아무렇지도 않은 멀쩡한 얼굴로 싱글 웃고는 점잖게 교무실을 향해 걸음을 옮겼다.

그런 일이 있은 뒤부터 홍연이는 수업 시간에도 어쩐지 나를 바라보는 눈길이 전과는 좀 다른 듯했다. 어딘지 모르게 수줍은 듯해 보였고, 앞자리에 앉은 아이의 등뒤에 곧잘 얼굴을 숨기곤 하는 것이었다.

다음 일기 검사 때, 나는 마침내 하하, 이것 봐라, 하고 절로 얼굴이 붉어지는 것을 어쩌지 못했다.

'오늘 선생님이 내 팔을 살짝 꼬집었다. 나는 너무나 뜻밖의 일에 얼굴이 홍당무처럼 붉어졌고, 부끄러워서 어쩔 줄을 몰랐다. 학교에서 집에 돌아오면서도 나는 기분이 이상하고 또 이상했다. 선생님이 왜 내 팔을 꼬집었을까. 그게 무슨 뜻일까. 나는 지금도 그 생각을 하며 잠을 이루지 못하고 있다.'

그날의 일기가 이렇게 되어 있는 것이 아닌가.

장난으로 누구의 팔인지도 모르고 그저 살짝 한 번 꼬집었던 것인데, 그게 무슨 뜻일까 하고 잠을 이루지 못했다니…… 실수라면 큰 실수가 아닐 수 없었다. 혹시 홍연이가 그 일로 해서 내 마음을 야릇하게 짐작한다면 선생으로서 입장 곤란한데 싶었다.
 그러나 좌우간 기분이 언짢은 것은 아니었다. 오히려 묘하게 재미있었다.
 그런데 그 다음날 일기는 숫제 나에 대한 질문이었다. 일기라기보다도 나에게 보내는 편지인 셈이었다.
 '선생님, 어제 왜 제 팔을 살짝 꼬집었습니까? 오늘도 저는 어제 그 일을 잊을 수가 없습니다. 학교에서 공부를 할 때도, 집에 돌아올 때도 저는 그 생각을 했습니다. 선생님, 그 뜻이 무엇인지요? 왜 제 팔을 꼬집으셨는지 말씀해 주세요. 아무리 생각해도 그 뜻을 확실히 알 수가 없습니다.'
 아무리 생각해도 그 뜻을 알 수가 없다고 적혀 있었으나 그것은 내 마음을 확인해 보려고 그렇게 쓴 것이지 실상은 혼자서 야릇한 방향으로 짐작을 하고서 얼굴을 붉히면서 그 일기를 쓴 게 틀림없었다.
 나는 잠시 생각해 보았다. 그 편지 형식의 질문에 대해서는 언급을 회피하고, 그저 여느때와 마찬가지로 일기지도의 입장에서 간단한 평을 해줄 것인지, 그렇지 않으면 그 질문에 대한 회답을 몇 자 적어줄 것인지…… 생각 끝에 회답을 적어주기로 했다.
 그냥 회피해 버린다는 것은 어쩌면 그애의 야릇한 방향으로의 짐작을 말없이 수긍하는 결과가 될지도 모르고, 또 교육적으로도 옳지 않다고 생각했던 것이다.
 그러면 뭐라고 회답해 줄 것인가. '네가 귀여워서.' 혹은 '너에게 장난을 치고 싶어서.' 이런 식으로 적어주어 볼까 하면서 킥 웃었다.

그러나 선생으로서 그런 장난 같은 짓을 아이의 일기장을 통해서까지 한다는 것은 있을 수 없는 일이었다. 만일 그렇게 적은 것이 다른 학생들에게 알려지는 날이면 무슨 오해를 불러 일으킬지 알 수가 없는 것이다.

그래서 나는 사실대로 몇 마디 적었다.

'누구 팔인 줄도 모르고 그저 장난으로 그랬을 뿐이다. 아무 뜻도 없다.'

검사를 마친 일기장을 나누어 준 뒤부터 어쩐지 홍연이의 기색이 신통치가 않았다. 마치 무엇을 잘못 먹은 아이처럼 찌뿌드드한 얼굴을 하고, 공부에도 흥미가 없는 듯 나를 잘 바라보지도 않았다.

홍연이의 그런 변화는 다음날도 그 다음날도 계속되었다.

나는 속으로 하하 싶었다. 그래서 한 번은 수업 시간에 교실 행간을 걸어가다가 홍연이 옆에 멈추어 섰다. 모두 학습장에다가 문제를 풀고 있었다.

나는 가만히 입을 열었다.

"홍연이 너 요새 어디 아프니?"

홍연이는 아무 대답이 없었다.

"꼭 어디 아픈 사람 같다."

그러자 홍연이는 고개도 들지 않고, 학습장 위에 연필을 움직이면서,

"아무 데도 안 아파요."

하고 말했다.

그런데 그 목소리는 어찌나 메마른지 마치 아프거나 말거나 무슨 상관이에요, 하는 것 같았다.

다음 일기 검사 때, 나는 맨 먼저 홍연이의 일기를 읽어 보았다. 매우 호기심이 가는 것이었다.

그런데 홍연이의 이번 일기는 나를 당황하게 했다.

'어머니는 공연히 나만 보면 잔소리시다. 오늘도 학교에서 돌아와 방에 누워 있는데 잔소리를 퍼붓는 것이 아닌가. 어디가 아프지도 않으면서 왜 공부를 하거나 집안일을 돕지 않고 멀쩡한 년이 방에 반듯이 드러누워서 뭘 하고 있는지 눈꼴이 시어서 못 보겠다고 마구 쏘아붙이는 것이었다. 남의 속도 모르고 덮어놓고 야단이다. 나도 엄마 꼴이 보기 싫다. 정말 보기 싫다.'

이런 대목이 있는가 하면, 다음과 같은 것도 있었다.

'나는 오늘 동생을 실컷 꼬집어 주었다. 살짝 꼬집는 것이 아니라, 아파서 못 견디도록 힘껏 꼬집었다. 아홉 살이나 먹은 녀석이 마루에 서서 마당을 향해 오줌을 누는 것이 아닌가. 남자면 최곤가. 마루에 서서 오줌을 누어도 되는가. 남자들은 보기 싫다. 정말 보기 싫다. 실컷 꼬집어서 엉엉 울려놓고 나니 속이 좀 시원했다.'

'우리 집 수탉은 꼴불견이다. 암탉이 알을 낳으면 제가 뭔데 유별나게 큰소리로 꼬꼬댁 꼭꼬—, 활개를 치고 야단이다. 미워 죽겠다.'

그리고 다음과 같은 대목을 읽자, 나는 한 대 가볍게 얻어맞은 것 같은 느낌이었다.

 '학교에 가도 아무 재미가 없다. 공부도 하기 싫고 친구들 얼굴도 지겹다. 학교는 다녀서 뭘하나. 졸업을 한다고 별 수 있나. 학교를 그만둘까 싶다. 어머니에게 그런 얘기를 할까 하다가 좀더 생각해 보기로 했다.'

 학교를 그만둘까 싶다니……. 야, 이 애 정말 보통 애가 아니로구나 싶었다. 홍연이의 그런 심리가 어디서 온 것인지 뻔하지 않은가. 나의 짤막한 몇 마디, 즉 '누구 팔인 줄도 모르고 그저 장난으로 그랬을 뿐이다. 아무 뜻도 없다.' 는 말이 그렇게 충격을 주었던 것일까. 놀랄 일이 아닐 수 없었다.

 그런 홍연이의 심리 상태를 바로잡을 좋은 지도 방법이 쉬 떠오르지가 않아 나는 궁리를 거듭했다. 섣불리 서투른 방법을 썼다가는 일이 우습게 될 것 같았다. 그 애의 그 야릇한 감정에 부채질을 하는 결과가 되지 않겠는가 말이다.

 그런데 어느 날, 홍연이가 결석을 했다. 왜 오늘 홍연이가 결석이냐고 물어보아도 아무도 아는 사람이 없었다. 한 동네에 사는 학생이 둘 있었는데, 그들도 모른다고 했다.

 결석을 하게 될 경우에는 한 동네 사는 학생에게 무슨 사유로 학교에 못 간다는 것을 반드시 알리도록 나는 엄격히 지도를 해서, 모두가 그렇게 실행을 하고 있었다.

 그런데 홍연이는 그 규칙을 어기고 무단 결석을 한 것이다.

 다른 학생이라면 다음날 학교에 나오면 단단히 주의를 주면 되는 것이었으나, 홍연이는 그렇게 해서는 안 된다는 생각이 들었다. 뭐 특별히 그 애라고 해서 다른 학생들과 차별을 두고 생각해서 그런 것이 아니라, 그 애의 무단결석의 원인이 단순한 것이 아니었기 때문이다.

물론 확실한 것은 알 수 없었지만, 십중 팔구는 학교를 그만둘까 싶다는 그 묘하게 비뚤어지게 된 심리 때문임이 틀림없었다. 그렇지 않으면 무단 결석을 할 애가 아닌 것이다. 성적도 중간쯤 되고, 평소에 별로 두드러지지 않는 평범한 학생들은 애를 먹이는 일이 거의 없는 것이다.

나는 가정 방문을 해야겠다고 생각했다. 그 애의 그 묘하게 비뚤어져 나간 심리를 바로잡는 데 어쩌면 좋은 기회일 것 같았다. 섣불리 그 애를 불러서 타이르는 그런 서투르고 우습기도 한 방법보다는 자연스럽게 그 애의 마음을 돌이킬 수 있을 것 같았다.

그러니까 가정 방문은 매우 교육적인 것이었다. 그러면서도 한편 나는 교육적이라고만 할 수 없는 그런 묘한 감정이 나의 내부에 엷은 안개처럼 서리는 것을 느꼈다. 홍연이가 정말 학교를 그만둬서는 안 된다는 생각이었다. 그 생각은 물론 교육적이기도 했다. 제자가 학교를 그만두기를 바라는 스승이 어디 있겠는가. 그런 단순한 스승으로서의 염려에서만이 아니라, 그 애의 자리가 교실에서 정말 없어진다면, 그 애의 이름이 출석부에서 정말로 삭제되어 버린다면 매우 허전할 것 같고, 교단에서도 별 재미가 없을 것 같은 그런 생각이 드는 것이 아닌가.

말하자면 약간은 분홍빛을 띤 아리송한 안개가 나의 내부에 엷게

서린 셈이었다.

그러나 그날 방과 후 바로 가정 방문을 나서지는 않았다. 하루 더 기다려보기로 했다.

다른 학생이 무단 결석을 했을 것 같으면 한 동네에 사는 아이에게 오늘 집에 가서 알아보라고 일렀을 것이다. 그러나 홍연이의 경우는 그렇게도 하지 않았다. 하루 더 가만히 내버려 둬 보자 싶었던 것이다.

이튿날 역시 홍연이는 모습을 나타내지 않았다.

출석을 부르면서,

"홍연이가 오늘도 결석이군."

하고 다음으로 넘어가려 하자, 한 동네에 사는 순철이라는 남학생이 자리에 앉은 채,

"선생님, 홍연이 학교 안 다닌대요."

큰소리로 말했다.

그러자 교실 안이 수런수런해졌다. 모두 눈들이 휘둥그래져서 수군수군 한 마디씩 해대는 것이었다.

나는 역시 그렇구나 싶었으나,

"왜 안 다닌대? 별안간……."

시치미를 떼고 물어보았다.

"몰라요. 그저 다니기 싫다던대요."

"집에서 뭘 하고 있더냐?"

"마루에 엎드려 있었어요."

"배가 아프나 왜 엎드려 있지? 엎드려서 뭘 하더냐?"

"아무것도 안 하고, 그냥 엎드려 있었어요. 배도 안 아파요."

교실 안에 와—, 웃음이 터졌다. 나도 웃음이 나왔다.

그날 방과 후, 나는 순철이를 앞세우고 홍연이네 집을 찾아갔다.

학교에서 꽤 먼 거리였다. 거의 10리 가량 되지 않을까 싶었다.

홍연이네 마을은 밋밋한 야산 기슭에 자리잡고 있었는데, 스무 가호 남짓 되었다. 얼른 보아 빈촌인 듯했다. 마을에 기와집이 한두 채 섞여 있기는 했으나, 전체적으로 윤기가 돌질 않고, 어설퍼 보였다. 집들도 모두 올망졸망 작아 보였다.

홍연이네 집은 작은 편이긴 했으나, 그렇다고 가난기가 흐르는 그런 집은 아니었다. 아담하고 깨끗한 초가 삼간에 사랑채가 있었다. 중농까지는 못 되더라도, 자작을 하는 소농으로 여겨졌다.

순철이가 사립문을 앞서 뛰어들어가며,

"선생님 오셨다!"

하고 소리쳤다.

약간 당황한 듯한 얼굴로 나를 맞이한 것은 홍연이 어머니였다.

홍연이의 어머니는 마흔 살쯤 되어 보이고, 매우 착실한 여자처럼 느껴졌다. 삼베 치마 저고리를 입고 있었는데, 치마는 까만 물을 들인 것이었다.

내가 찾아온 까닭을 설명하지 않아도 알겠다는 듯이,

"아이고, 선상님, 이렇게 먼 곳까지 찾아오시게 해서 정말 죄송합니다. 글쎄, 어찌 된 셈인지 홍연이가 아무리 꾸짖어도 말을 듣지 않지

뭅니까. 왜 별안간 학교를 그만두겠다는 것인지 알 수가 없네요. 속이 상해 죽겠습니다, 선상님."

이렇게 말했다.

"홍연이 지금 어디 있습니까?"

"글쎄요, 조금 전까지 보이더니…… 야가 어디 갔지?"

아낙네는 집안을 두리번거렸다. 곧 입에서 홍연이에 대한 욕지거리가 튀어 나올 것 같은 그런 표정이었으나, 내 앞이라 삼가는 눈치였다.

그러자 곁에 섰던 순철이가 씩 웃으며,

"홍연이 뒤안으로 숨었어요."

하였다.

내가 찾아왔다는 것을 알자, 얼른 뒤안으로 뛰어가 숨어버린 모양이었다.

"망할 년, 선상님이 오셨는데 숨긴 왜 숨어. 선상님, 학교에서 무슨 일이 있었나요?"

"아니요. 아무 일도 없었는데요."

"그럼 왜 학교를 안 다닐라 그러지요? 망할 년이 공연이 어미 속 썩이려고 그러나 봐요. 좀 쾅쾅 두들겨 주어요."

홍연이 어머니는 딸에 대한 미움과 분함을 참을 길이 없는 듯 내 앞이지만 결국 망할 년 소리를 내뱉았다. 그리고 얼른 뒤안으로 돌아가며,

"이 년아, 선상님 오셨다."

소리를 질렀다.

그러나 홍연이는 아무 반응이 없는 모양이었다.

"선상님 오셨다니까."

"……."

"아니, 너 왜 이러지? 선상님이 오셨는데 일어날 생각도 안하고…… 뭐 이런 게 다 있지."

홍연이 어머니의 노기에 찬 목소리가 앞마당까지 들려왔다.

나는 슬금슬금 걸음을 옮겨 뒤안으로 가 보았다.

홍연이는 앵두나무 그늘에 쪼그리고 앉아 있었다. 빨갛게 익어가는 앵두가 햇빛에 수없이 반짝거리고 있었다.

"홍연아, 뭘 하고 있어?"

나는 싱글 웃으며 말했다.

그러나 홍연이는 고개를 푹 숙여버릴 뿐 일어날 생각을 하지 않았다.

"아이구, 뭐 이런 게 다 있지. 선생님이 오셨는데 인사도 안 하고…… 망할 년 같으니라구."

홍연이 어머니는 어이가 없고, 나에게 미안해서 못 견디겠다는 모양이었다.

"홍연아, 왜 이틀이나 무단 결석을 했지?"

나는 선생님답게 약간 엄한 어조로 말했다. 그러나 홍연이는 여전히 아무 대답도 없이 웅크린 채 마치 굳어진 사람처럼 꼼짝도 하지 않았다.

"이 년아, 대답을 해. 선상님이 묻는데 대답을 안 하다니 그런 버르장머리가 도대체 어디 있어, 응?"

홍연이 어머니는 주먹으로 딸의 등짝을 한 대 쥐어박아 주었으면 속이 시원하겠다는 모양이었다. 나를 돌아보며,

"선상님, 좀 쾅쾅 두들겨 주라니까요."

하였다. 그저 입으로만 하는 소리가 아닌 것 같았다.

그러자 약간 긴장이 된 듯한 얼굴로 곁에 서서 보고 있던 순철이가 킥 하고 웃었다. 몇몇 같이 따라온 한 마을 아이들도 킬킬 재미있다는 듯이 웃었다.

나는 이래서는 안 되겠다는 생각이 들었다. 조용히 홍연이와 둘이서 얘기를 해야 문제가 해결될 것 같았다.

그래서 순철이와 다른 아이들에게 말했다.

"너희들 때문에 홍연이가 부끄러워서 말을 못 하는 것 같다. 너희들은 이제 모두 집으로 돌아가거라. 돌아가서 숙제도 하고, 집안 심부름도 해야지."

그리고 홍연이 어머니에게도,

"미안하지만 홍연이 어머님도 좀 자리를 비켜주세요. 둘이서 얘기를 해 보는 게 좋을 것 같애요."

하고 부탁했다.

"예, 예."

홍연이 어머니는 아이들을 몰고 마당 쪽으로 돌아 나가며,

"그 년, 말을 안 듣거든 쾅쾅 실컷 좀 두들겨 주라니까요."

힐끗 홍연이를 돌아보며 눈을 흘겼다.
 빨간 앵두알들이 반짝거리는 나무 그늘에 홍연이는 여전히 꼼짝도 안 하고, 고개를 푹 숙인 채 앉아 있었다.
 "홍연아."
 나는 좀 엄한 어조로 부르며 한 걸음 앞으로 다가섰다.
 "왜 이틀 동안이나 무단 결석을 했지?"
 "……."
 "대답을 해 봐."
 "……."
 "고개를 들어. 선생님이 일부러 자기 집까지 찾아왔는데 묻는 말에 대답도 안 하고 고개도 안 들다니, 그런 법이 어디 있어."
 그러자 홍연이는 고개를 들고 살짝 나를 바라보았다. 약간 수줍고 어색한 듯한 기색이었다. 그러나 나를 바라보는 그 두 눈빛이 별로 윤기가 없고 건조했다.
 "왜 무단 결석을 했지?"
 나는 여전히 선생이라는 입장을 떠나지 않고, 잘못한 학생을 꾸짖는 그런 어투로 말했다.
 "학교에 다니기 싫어서요."
 홍연이는 조그마한 소리로 말하고는 다시 고개를 살짝 숙였다.
 "왜 다니기 싫지?"
 "몰라요."
 고개를 숙인 채 대답했다.

"별안간 학교가 다니기 싫어졌다면 무슨 까닭이 있을 게 아니야. 그 까닭이 뭐지?"

"……."

"대답을 해 봐."

"……."

"네 어머니가 말 안 듣거든 쾅쾅 두들겨 주라 그랬어. 너도 들었지?"

홍연이는 얼른 고개를 들고 힐끗 내 표정을 살폈다. 정말로 때리려나 싶은 모양이었다. 약간 두 눈이 휘둥그래져 있었다.

나는 기회는 이때다 싶었다.

지금까지와는 판이하게 다른 부드럽고 정감이 넘기는 어조로,

"홍연아, 내가 너를 때릴 턱이 있나."

하면서 빙그레 미소를 지었다. 그리고 가만히 그 자리에 나도 쪼그리고 앉았다.

"홍연아."

"……."

"학교에 안 나오면 쓰나. 어제 오늘 내가 얼마나 걱정을 했다고…… 어디가 아픈가, 무슨 사고가 생겼는가 하고 말이다. 그래서 이렇게 찾아온 거야."

홍연이는 나를 얼른 쳐다보고는 고개를 푹 숙였다. 얼굴은 복사꽃처럼 발그레 물들어 있었고, 두 눈엔 윤기가 떠올랐다.

나는 홍연이를 한번 웃겨야겠다는 생각이 들었다.

그래서 농담조로,

"어제는 홍연이 너 마루에 엎드려 있었다면서? 왜 그랬어?"
하고 히들히들 웃었다

"몰라요. 호호호……."
홍연이도 그만 고개를 숙인 채 웃음을 터뜨렸다.
"학교를 그만두고 만날 마루에 엎드려 있을 작정이었나?"
"호호호……."
나는 이제 됐다 싶었다. 자리에서 일어서며,
"내일부터 무단 결석 말고 잘 나와. 홍연이가 안 나오면 어쩐지 재미가 없어."
이렇게 말했다.
그리고 앞마당 쪽으로 걸음을 옮기며 나는 끝의 말은 안 할 걸 그랬다 싶었다.
'홍연이가 안 나오면 어쩐지 재미가 없어.'
이 말은 그 애에게 무한한 기쁨을 주겠지만, 동시에 어떤 설렘도 줄 것 같았고, 또 선생으로서의 한계를 넘어선 말인 듯했다.
그러나 나도 모르게 흘러나와 버렸으니 도리가 없었다. 나는 시치미를 뚝 떼고 홍연이를 돌아보았다.
"홍연아, 이제 일어나야지."
내가 마루에 가서 앉아 이제 됐다고 그녀의 어머니와 이야기를 나누고 있자, 홍연이가 멋쩍은 듯이 킥 웃으며 뒤안에서 돌아나왔다.
그녀의 어머니가 굳이 붙드는 바람에 나는 받아 온 탁주를 몇 잔 마시고 홍연이의 집을 떠났다.

　홍연이는 내가 마을 앞에 있는 야산의 언덕길을 넘어설 때까지 동구 밖의 콩밭머리에 서 있었다. 내가 뒤를 돌아보자, 얼른 그 자리에 숨듯이 앉아버리는 것이었다.

　이튿날 물론 홍연이는 학교에 나왔다. 좀 쑥스러운 듯했으나, 여느 때보다 한결 밝은 얼굴이었다.

　출석을 부를 때 내가,

　"윤홍연."

하자,

　"예."

　살짝 얼굴을 물들이면서 힐끗 나를 보고는 고개를 숙여버리는 것이었다.

　힐끗 나를 보는 시선이 그저 여학생이 선생을 보는 시선이라기보다, 묘하게 이성을 느끼게 하는 그런 것이었다. 수줍어하는 처녀의 눈길이 분명했다.

　그날 수업이 끝나고, 청소 시간이었다. 나는 교무실에서 담배를 한 대 피우고, 어쩐지 머리가 좀 멍한 것 같아서 우물로 나갔다. 얼굴을 씻으면 머리가 좀 개운해질까 해서였다.

　교사 옆에 숙직실이 있는데, 숙질실 앞에 커다란 오동나무가 한 그루 서 있었다. 그 오동나무 밑에 우물이 있는데, 마침 홍연이가 혼자서 두레박으로 물을 길어 올리고 있었다. 청소를 하다가 양동이를 들고 물을 길러 나온 것이었다.

여 제자　57

"홍연아, 물 긷니?"

내가 다가가자, 홍연이는 킥 하고 맥없이 수줍은 듯 웃고는, 좀 멋쩍은 듯 어쩐지 부자연스럽게 물을 길어 올렸다.

"자, 나 세수하게 물 좀……."

하면서 나는 우물가에 쪼그리고 앉으며 두 손을 내밀었다.

홍연이는 살짝 얼굴이 물든 것 같은 미소를 띠면서 내 손바닥에 물을 조금씩 붓기 시작했다.

나는 북북 세수를 했다.

세수를 하고 나니 머리가 좀 시원해진 것 같았다. 손수건으로 얼굴을 닦으면서 나는 문득 생각이 나,

"홍연이 너의 집 앵두 참 예쁘게 많이 열렸더구나."

하였다.

홍연이 아무 말이 없이 그저 힐끗 나를 한 번 바라보기만 했다. 그런데 그 바라보는 눈빛이 그럴 수 없이 밝고 고왔다. 기쁨에 함빡 젖어서 반짝 하고 빛나는 것이었다.

홍연이가 양동이에 물을 가득 긷기를 기다려서 나는,

"자, 나하고 같이 들고 가자."

하면서 양동이 손잡이 한쪽을 쥐었다.

"놔두세요, 선생님. 저 혼자 들고 갈래요."

"내가 도와준다는데…… 혼자 들면 무겁잖아."

"괜찮아요."

"어서 들어."

그러자 홍연이는 매우 쑥스러운 듯 힐끗 주위를 한 번 둘러보고는 마지못하는 듯 한쪽을 쥐었다.

둘이 함께 양동이를 들고 교실 승강구까지 가자 홍연이가,

"선생님, 인제 됐어요. 놓으세요. 애들이 봐요."

하고 속삭이듯 말했다.

"누가 보면 어때서?"

"싫어요. 부끄러워요."

"허허허……."

나는 나직이 웃고는 양동이를 놓았다.

그런 일이 있은 며칠 뒤의 일이었다. 퇴근을 해서 하숙집으로 돌아가니, 방에 웬 앵두가 한 보시기 놓여 있었다. 하얀 보시기에 빨갛게 익은 앵두가 소복이 담겨 있는 것이 아닌가. 문을 열자, 바로 거기 방바닥에 놓여 있었다. 나는,

"흠."

하고 미소를 지었다.

누가 갖다 놓았는지 대뜸 알 수 있었다.

그러나 혹시 모르니 주인 아주머니에게 물어보았다.

"아주머니, 이거 웬 겁니까?"

우물가에서 풋것을 씻고 있던 아주머니가 돌아보았다.

"앵두 말인가요?"

"예."

"어떤 여학생이 가지고 왔어요. 그릇을 하나 달라기에 주었더니,

앵두를 담아서 선생님 방에 놓아두고 가잖겠어요."

"……."

"이름이 뭐냐고 물어도 아무 대답을 안 해요. 몇 학년 몇 반이냐고 해도 웃기만 하고요."

"예, 알았어요."

"여학생이 꽤 크던데요."

"예."

나는 홍연이가 선물로 갖다 놓은 그 앵두를 책상 위에 얹어놓고 심심하면 조금씩 집어먹었다.

앵두는 맛보다 보기가 더 좋았다. 마치 무슨 생명이 담겨 있는 보석같이 신선하게 반질거렸다.

나는 홍연이에게, 앵두를 갖다 주어서 고맙다는 말을 하려고 했으나, 그럴 기회가 없었다. 교실에서 아이들 앞에서 그런 말을 한다는 것은 교육적으로 될 일이 아니었고, 또 일부러 교무실로 그 애를 불러서 고맙다고 말한다는 것도 우스웠다.

며칠 전 우물에서 만났을 때처럼 둘이 자연스럽게 부딪치는 기회가 있어야 하는데, 그런 기회가 쉽사리 오질 않았다.

일기장 검사를 하면서 홍연이의 그날 치를 보니 다음과 같이 씌어 있었다.

'나는 오늘 앵두를 갖다 드리기 위해서 선생님 하숙집에 찾아가 보았다. 앵두가 조금밖에 안 되어서 미안했다. 선생님께서 그 앵두를 보고 어떻게 생각하셨을까. 내가 갖다 놓았다는 것을 아실까? 우리 선생님은 머리가 좋으시니까 아실 것이다. 주인 아주머니한테 이름을 말하지 않았지만, 우리 선생님은 다 짐작하실 것이다. 선생님의 하숙방을 들여다보니 어쩐지 한 번 들어가 보고 싶은 생각이 들었다.'

일기를 읽고 나자, 나는 절로 미소를 지어졌다. 내 방에 한 번 들어가 보고 싶었다니…… 홍연이의 심리가 눈에 보이는 듯했다.

나는 일기 끝에다가 몇 마디 적어주는 게 좋겠구나 싶었다.

나는 뭐라고 적는 게 좋을까 생각해 보았다. 간단한 몇 마디 말이지만, 그것이 문자로 남겨지는 판이니, 마음 내키는 대로 적어서는 안 되는 것이다. 어디까지나 선생이라는 체통을 지켜야 하는 것이다.

생각한 끝에 나는 다음과 같이 적었다.

'앵두 고맙게 받았다. 홍연이가 갖다 놓은 줄을 대뜸 알았다. 내 방에 한 번 들어가 보고 싶었다 하니, 나중에 내가 있을 때 놀러오너라.'

일기장에다가 놀러오라는 말을 적어주었기 때문에 나는 다음 일요일날, 혹시 홍연이가 찾아오지 않을까 싶어서 아무 데도 나가질 않고 방에서 뒹굴뒹굴 책을 읽으면서 지냈다.

꼭 오리라고 기다린 것은 아니었지만, 해가 서쪽으로 기울어질 무렵이 되자, 나는 어쩐지 좀 서운하고 허전한 기분이었다.

나는 공연히 휘파람을 불면서 학교로 나가 교무실 한쪽 구석에 놓인 풍금을 북적북적 시루어댔다. 학교 바로 곁에 하숙집이 있었던 것이다.

다음 일기 검사 때, 홍연이의 일기를 본 나는 약간 놀라지 않을 수 없었다. 일요일의 일기가 다음과 같이 씌어 있었던 것이다.

'선생님의 하숙집에 놀러가려고 아침을 먹자 바로 집을 나섰다. 어머니는 일요일인데도 학교에 가느냐고 야단을 치셨다. 나는 선생님 하숙집에 놀러간다고 하지 않고, 학교에 볼일이 있어서 간다고 했던 것이다.

선생님 하숙집 사립 밖으로 들여다보니 선생님은 집에 계셨다. 그러나 나는 안으로 들어갈 수가 없었다. 선생님이 러닝 바람으로 방에 누워 계셨기 때문이다. 러닝도 소매가 없는 겨드랑이가 다 드러나는 러닝이었다. 아직 한여름도 아닌데 선생님은 그렇게 더우신지, 나는 안타까웠다.

선생님이 겨드랑이를 내놓고 누워 계시는데 부끄러워서 어떻게 선생님 하고 부르면서 안으로 들어간단 말인가. 선생님이 와이셔츠를 입고 계셔도 부끄러울 텐데 말이다.

나는 사립 밖에 붙어 서서 안을 들여다보며 선생님이 와이셔츠를 입으시길 기다렸다. 그러나 선생님은 언제까지나 그대로 계셨다. 나는 하는 수 없이 다음에 또 찾아가기로 하고 집으로 돌아왔다. 집으로 돌아오면서 나는 부아가 나서 혼났다. 선생님은 왜 벌써 그런 러닝을 입고 계시는지 모르겠다.'

일기를 읽고 난 나는 그만,

"허허허……."

웃음을 터뜨렸다.

몹시 내성적인 계집애로구나 싶었다. 일부러 일요일에 하숙집까지 찾아왔다가 소매 없는 러닝을 입고 있다고 해서 부끄러워 못 들어오고 그냥 되돌아갔다니…… 보통 수줍어하는 성미가 아니었다. 그리고 이제 성숙한 처녀임에 틀림없는 것이었다.

나는 왜 그날 소매 없는 러닝을 입고 있었던가 하고 약간 후회가 되기도 했고, 미안한 생각이 들기도 했다. 10리 가량 되는 거리를 찾아왔다가 그냥 돌아갔으니 말이다. 돌아가면서 부아가 나서 혼났다고 씌어 있질 않은가. 거기까지는 전혀 생각질 못했던 것이다.

일기 끝에다가 나는,

'소매없는 러닝을 입고 있어서 미안하게 됐다.'

라고 적어주었다.

학교에 연극이 들어온 것은 며칠 뒤의 일이었다. 밤에 학교 운동장에서 연극 공연을 하게 된 것이었다.

확실한 기억은 없지만, 아마 무슨 선전을 목적으로 해서 산골을 순회하는 그런 공적인 성격을 띤 극단이 아니었던가 싶다.

학교 운동장에서 오늘 밤에 연극을 한다는 소문은 학생들의 입을 통해서 면내에 골고루 퍼졌다.

해가 지고 저녁이 되자, 학교 운동장에서 확성기 소리가 울리기 시작했다. 유행가 소리가 제법 구성지게 산골의 호젓한 밤을 흔들어댔다.

지금은 흔해빠진 것이 마이크 소리지만, 그 무렵은 확성기 소리를 듣는다는 것은 신기한 일에 속했다. 더구나 산골이었으니 말이다. 2,

3년에 한 번 확성기 소리를 들을까 말까였다.

그러니 확성기로 울려퍼지는 유행가 소리는 산골 사람들의 가슴을 울렁거리게 하기에 충분했다.

운동장으로 구경꾼들이 삼삼오오 떼를 지어서 모여들고 있을 게 뻔했다.

그러나 나는 저녁을 먹고서 하숙방에 그대로 번듯이 드러누워 있었다.

가슴이 울렁거리기는커녕 오히려 빙그레 웃음이 나오는 것이었다.

'시시하다. 참 시시하구나.'

속으로 이렇게 뇌고 있었다.

그 무렵의 나는 유행가 나부랭이는 정말 시시한 걸로 생각하고 있었다. 시니 소설이니 하고 열중하고 있는 터여서, 그런 따위는 경멸의 눈으로 내려다보았다.

비록 나 자신이 산골의 초등학교에서 교편을 잡고는 있었지만, 그런 시시한 유행가 나부랭이나 확성기로 외쳐대면서, 보나마나 신파조의 것을 연극이랍시고 떠벌리고 다니는 그런 극단패 따위는 싹 무시해 버리는 것이었다.

말하자면 약간 시건방지다고 할 수 있었다. 열아홉 살의 문학 청년이니 그럴 수밖에.

그러나 나는 확성기 소리가 멎고, 연극이 시작된 듯 이따금 웃음소리와 함께 박수가 터지기도 하자, 그대로 가만히 누워 있을 수가 없었다.

"시시하게 뭣들 하고 있는지, 한 번 슬슬 나가볼까."
하면서 일어나 밖으로 나갔다. 달이 밝은 밤이었다.

하숙집을 나와 골목길을 걸어서 학교로 들어섰다.

운동장에 가설 무대를 만들어 놓고, 환하게 전기를 켜고서 지금 한창 연극을 하고 있는 중이었다. 구경꾼들이 무대 앞에 새까맣게 모여 앉아 있었다. 얼른 보아도 어른들보다 아이들이 더 많은 듯했다.

나는 곧장 코 언저리에 빙그레 웃음을 띠면서 다가가 보았다.

예상했던 대로 신파조의 연극이었다.

"아, 오늘 밤은 정말 달도 밝구나. 이렇게 달은 밝은데 내 가슴은 어이 이리 답답한가."

"여보, 수남 씨, 용기를 가지세요. 저를 보아서라도 절망을 해서는 안 되지요. 안 그래요? 수남 씨……."

어쩌고…… 그런 식의 연극이었지만, 제법 구성지기는 했다.

산골 사람들을 웃기고, 박수를 치게 하기엔 충분했다.

나는 뒤에 서서 잠시 구경을 하다가 너무 오래 구경을 한다는 것은 위신에 관한 문제다 싶어서 슬그머니 자리를 떴다.

달빛이 하얗게 깔린 운동장은 낮에 볼 때보다 한결 넓고 후련해 보였다.

나는 천천히 걸어서 운동장 가를 한 바퀴 돌았다. 마치 무슨 일류 시인이라도 된 듯이 팔짱을 끼고서 제법 명상에 잠기면서 말이다.

그리고 하숙집으로 돌아가려고 학교를 나서려 할 때였다. 문득 교실 승강구 쪽에 누군가가 혼자 앉아 있는 게 눈에 띄었다. 하숙집으로 가는 길목으로 들어서려면 승강구 곁을 지나야 했던 것이다.
얼른 보아도 여학생인 듯했다.
"그 누구야?"
대답이 없었다. 승강구의 그늘에 정물처럼 가만히 앉아 있기만 했다.
나는 다가갔다.
"누구지? 아니, 홍연이 아냐."
뜻밖에 홍연이가 그렇게 혼자 앉아 있었다.
내가 다가가자, 정물처럼 앉아 있던 홍연이는 조용히 일어섰다.
"선생님, 안녕하세요."
들릴 듯 말 듯 인사를 하고는 수줍은 듯 고개를 살짝 떨구면서 도로 그 자리에 가만히 앉는 것이었다.
"아니, 여기서 뭘 하고 있어?"
나는 정말 좀 이상하다 싶었다.
홍연이는 아무 대답이 없이 그저 고개를 살짝 숙인 채 앉아 있을 따름이었다.
"연극 구경을 안 하고…… 연극 구경하러 온 거 아니야?"
"……"
"이상한데……."
정말 알 수가 없었다. 분명히 연극을 구경하러 10리 가량이나 되는 밤길을 걸어왔을 터인데, 연극 구경은 젖혀두고, 이렇게 교실 승강구 그늘에 혼자 앉아 있다니……, 운동장에서는 곧잘 와ㅡ, 웃음이 터지고, 요란한 박수 소리가 일어나기도 하는 판인데 말이다.

"무섭지도 않니? 혼자 여기 이렇게 앉아 있어도……."

"……."

"응, 홍연아?"

그제야 홍연이는 들릴 듯 말 듯한 목소리로 말했다.

"안 무서워요. 선생님을 기다리고 있었어요."

나를 기다리고 있었다니…… 그 말에 나는 속으로, 야 이것 봐라 싶었다. 얼른 뭐라고 말이 나오지가 않고, 약간 가슴이 멍하면서 뿌듯해지는 느낌이었다.

재미있는 연극 구경을 젖혀두고, 승강구 그늘에 숨듯이 앉아서 나를 기다리고 있었다니…… 정말 이거 예사일이 아니었다.

나는 뿌듯해진 가슴을 진정시키며 지그시 아랫배에 힘을 주었다. 그리고 조금도 이상한 느낌이 풍기지 않는 그런 예사로운 어조로 말했다.

"그랬어? 만일 내가 안 나오면 어쩔 뻔했지?"

약간 웃음을 띠면서 나는 홍연이 곁에 앉고 말았다. 그러나 그녀 곁으로 바싹 다가앉은 것은 아니었다. 사이에 사람 하나가 앉을 수 있을 정도의 거리를 두고서였다.

내가 곁에 앉자, 홍연이는 나를 힐끗 보더니 히힉 웃었다. 그리고 숨을 한 번 크게 쉬는 것이었다. 가슴이 벅찬 모양이었다.

그늘 속이라 어두워서 얼굴이 잘 보이는 것은 아니었지만, 그녀가 무척 수줍어하면서도 좋아 어쩔 줄을 모르고 있다는 것을 나는 육감으로 쉽사리 알 수 있었다.

와ㅡ, 운동장에서는 또 웃음소리가 터지고 있었다.

"저렇게 모두 재미가 있어서 야단인데, 홍연이는 구경하고 싶지도 않아?"

내 말에 홍연이는 아무 대답 없이 그저 힐끗 한 번 운동장의 가설 무대 쪽을 바라보았다.

"집에서 나설 때는 연극 구경을 하려고 나섰을 텐데……."

"연극 같은 건 구경하고 싶지 않아요."

"그래?"

나는 새삼 놀라며 홍연이를 돌아보았다.

그 녀는 가지런히 세운 무릎을 두 팔로 싸안고 다소곳이 머리를 숙인 채 앉아 있었다. 약간 긴 단발 머리가 앞으로 흘러내려 얼굴을 가리고 있었다.

마치 좋아하는 머슴애 곁에 앉은 수줍은 처녀 같았다.

모처럼 만에 이 산골을 찾아 들어와 저렇게 떠들썩하게 벌어지고 있는 연극을 외면하고 호젓한 어둠 속에 앉아 나를 기다리고 있었다면, 그건 틀림없이 나라는 총각을 사모하는 수줍은 처녀가 아니고 무엇인가.

담임 선생인 나를 제자인 홍연이가 기다리고 있었던 게 결코 아닌 것이다. 담임 선생을 제자가 호젓한 밤 어둠 속에 앉아서 기다리는 법도 있는가 말이다.

나는 기분이 야릇하고 묘했다. 나를 사모하는 수줍은 처녀 곁에 앉은 셈이니 그럴 수밖에…….

그러나 나는 엄연히 내가 그녀의 담임 선생이라는 사실을 애써 잊지 않으려 했다.

그래서 담담하고 예사로운 말투로,

"달이 몹시 밝아서 좋군."

혼자 중얼거리듯이 말했다.

홍연이는 아무 말 없이 가만히 앉아 있기만 했다.

잠시 침묵이 흘렀다. 어두운 그늘에 단둘이 앉아 아무 말이 없으니 어쩐지 어색하고 분위기가 묘했다. 그래서 나는 약간 장난기가 동한 그런 음성으로 어색한 분위기를 휘젓듯이,

"참, 홍연아. 나를 기다리고 있었다는데 무슨 일로?"

하고 물었다.

홍연이는 살짝 고개를 들어 나를 한 번 바라보고는 도로 숙여버렸다.

"무슨 볼일이 있는 거야?"

"……."

"응, 홍연아."

"……."

"왜 기다리고 있었지?"

그러자 홍연이는 또 고개를 들어 힐끗 나를 바라보았다. 어둠 속에서도 분명히 그녀가 곱게 나를 흘겨보는 것을 알 수 있었다. 극히 짧은 순간이었지만 곱게 흘겨보는 그 눈매는 화끈한 화살처럼 나의 가슴에 찌릿하게 와서 박히는 듯했다.

도로 고개를 숙인 홍연이는 큭큭큭 혼자서 묘하게 웃었다.
"아니, 왜 웃는 거야?"
나는 시치미를 뚝 떼고 물었다.
"호호호……."
앞으로 흘러내린 단발 머리 때문에 웃는 얼굴이 보이지는 않았으나, 그 웃음소리랑 가늘게 물결치는 어깨 같은 것이 몹시 귀엽기만 해서, 나는 그만 왈칵 껴안아버리고 싶은 충동을 느꼈다.
뜨끈한 기운이 좀 가라앉는 것을 기다려서 나는 여전히 시치미를 뚝 떼고 말했다.
"아무 볼일도 없는 모양인데, 왜 기다리고 있었지? 알 수 없는 일이군."
그러자 홍연이는 고개를 숙인 채,
"호호호, 호호호……."
참 재미있다는 듯이 웃어댔다.
"왜 웃지? 참 이상한데, 아무 볼일도 없이 연극 구경을 안 하고 나를 기다리고 있다니…… 알 수 없는 일이지 뭐야."
"호호호, 선생님 정말 몰라서 그러시는 거예요?"
"내가 어떻게 알아? 홍연이가 말을 안 하는데, 내가 남의 마음속을 들여다보는 재주도 없고, 어떻게 알지? 안 그래?"
나는 매우 재미가 나서 속으로 웃으며, 그러나 겉으로는 더욱 시치미를 싹 떼고 있었다.
홍연이는 가만히 얼굴을 들고 나를 바라보았다. 정말로 그러나, 일부러 그러나 싶은 모양이었다.
　나는 마치 명배우라도 된 듯이 정말 잘 알 수 없다는 그런 표정을 지으며 마주보았다. 그늘 속이었지만 달이 밝은 터이고, 이제 어둠에 익숙해진 시선이라 상대방의 표정을 읽을 수 있었다.
　홍연이는 눈매에 야릇한 미소를 떠올리며,
　"선생님 바보!"
　내뱉듯이 말하고는 후닥닥 고개를 도로 숙여버렸다. 그런데 아까보다 훨씬 깊숙이 숙이더니 큭큭큭, 또 웃기 시작했다. 나오는 웃음을 참으려고 애쓰는 그런 웃음이었다.
　나는 홍연이를 가만히 지켜보고 있었다. 지켜본다기보다는 두 눈길로 그녀의 그 큭큭거리는 모습을 더듬듯 어루만지듯 지그시 감싸 안고 있었다.
　차츰 나의 숨결이 더워지며 가슴이 벌떡거리고, 두 눈에 열이 담기는 듯했다. 나는 어떤 기로에 선 느낌이었다. 가볍게 긴장이 되어 홍연이를 바라보고 있던 나는 그만 슬그머니 궁둥이를 들어 몸을 그 애 쪽으로 가까이 가져갔다.
　그리고 두 팔로 덥석 안을까 말까, 안을까 말까 초조하게 망설였다.
　두 손의 손가락들이 가늘게 떨리고 있었다.
　홍연이는 머리를 깊이 숙이고도 내가 자기 곁으로 다가간 것을 육감으로 느끼고 있는 듯 바싹 굳어져서 가만히 웅크리고 있었다.
　팽팽한 긴장감이 감돌았다.
　그때였다. 나는 한쪽 볼이 화끈해지는 것을 느꼈다.

"아야!"

나도 모르게 냅다 비명을 지르며 한 손을 얼른 볼로 가져갔다.

마치 누가 따귀를 한 대 딱 때린 것 같았다. 그러나 누가 때릴 사람이 있겠는가.

모기였던 것이다. 모기라도 아주 왕모기였던 모양으로 쏜 자리가 어찌나 아픈지 정신이 얼얼할 지경이었다.

"아니, 왜 그러세요?"

홍연이가 깜짝 놀라 나를 바라보았다.

"모기란 놈이……."

"아이 깜짝이야. 난 또…… 하하하……."

"벌써 모기가 있네, 그 놈의 모기 하필 남의 볼때기를 콱 쏠 게 뭐람."

"모기한테 물리고서 그렇게 놀라세요?"

"모기라도 왕모기였던가 봐. 허허허……."

"하하하……."

홍연이는 웃고 나서,

"고거 잘했어요."

하는 것이 아닌가.

"뭐? 잘했어?"

"그 모기 참 고맙지 뭐예요."

"아니, 뭐야?"

나는 속으로는 빙글빙글 웃으면서도 약간 눈을 크게 뜨고 뚱한 표정을 지었다. 꽉 으스러지게 껴안고 싶도록 귀엽고 아리따운 계집애의 심리가 아닌가. 그러나 나는 일부러 시치미를 뚝 뗐던 것이다.

홍연이는 자기가 좀 지나쳤다 싶은 듯 곧장 나의 표정을 힐끗힐끗 살폈다. 진짜로 그러나 하고 약간 얼떨떨한 모양이었다.

나오려는 웃음을 참으려 내가 뚝뚝하고 섭섭한 표정을 풀지 않고 그대로 바라보고 있자, 홍연이는 두려운 듯이 고개를 떨구며 다소곳해지는 것이 아닌가.

나는 그만,

"허허허······."

크게 웃음을 터뜨려 버렸다.

그러자 홍연이도 그러면 그렇지 싶은 듯 다시 기분이 확 풀린 어조로,

"선생님, 순 공갈쟁이네요."

하고는 킬킬 웃어 제꼈다.

운동장에서 별안간 와—, 웃음소리가 터져 오르고, 이어서 박수 소리가 요란하게 진동했다. 연극이 한창 재미있게 무르익고 있는 모양이었다.

운동장 쪽이 그렇게 떠들썩해지자, 어쩐지 나는 야릇하고 묘하던 기분이 확 풀려버리는 듯했다. 그 떠들석한 소리가 홍연이와 나의 호젓하고 감미로운 분위기를 뒤흔들어 버린 느낌이었다.

나는 불현듯 조금 불안하기까지 했다. 선생이 여학생과 이렇게 어둠속에 단둘이 앉아 있다니 만일 누가 보기라도 한다면······, 그런 생

각이 들자 나는 정신이 번쩍 돌아오는 듯했다.

홍연이도 좀 서먹하고 멋쩍은 듯이 앉아 있기만 했다.

나는 그만 일어서는 수밖에 없다고 생각했다. 이제 할 말도 없었고, 더 앉아 있을 기분도 나지가 않았다.

"나는 이제 가서 자야겠어. 잠이 오는군."
하면서 나는 부스스 자리에서 일어났다.

그러나 홍연이는 마치 정물인 듯 미동도 하지 않았다.

"홍연이는 잠 안 오니?"

"……."

"여기 혼자 앉아 있지 말고, 가서 연극이나 구경해. 자, 그럼 나는 간다."

나는 건들건들 걸음을 떼놓았다.

잠시 걸어가다가 뒤를 돌아보니 홍연이는 여전히 꼼짝도 안 하고 그대로 앉아 있었다. 살짝 고개를 숙인 채.

하숙방으로 돌아온 나는 잠시 홍연이 생각이 머리에서 떠나질 않았다.

오래간만에 산골에 확성기 소리가 울리며 재미있는 연극이 들어왔는데도 그 연극에 들뜨지 않고, 오히려 그것을 젖혀 놓고서 혼자 호젓한 승강구 그늘에 앉아 나를 기다리고 있었다니, 그리고 내가 자기 곁에서 일어나 하숙으로 돌아오는데도 여전히 그대로 그 자리에 앉아 있다니……, 정말 예사일이 아니며 보통 계집애가 아니라는 생각이 들었다.

그러나 그 애 곁에 앉아 있을 때의 꽤 묘하던 기분과는 달리, 나는 결코 홍연이가 이성으로서 간절하게 느껴지는 것이 아니었다.

잠시 후, 홍연이 생각은 머리에서 사라지고, 벌렁 드러누워 하품을 한 번 하고서 멀뚱멀뚱 천장을 바라보고 있는 나의 눈앞에 아른아른 떠오른 것은 새로 부임해온 여 선생이었다.

얼마 전에 양순정(梁順貞)이라는 여 선생이 전근을 해왔던 것이다. 그 무렵은 어찌 된 셈인지 학기 중간에도 불쑥불쑥 수시로 교사들의 이동이 있었다.

그 여 선생은 나이가 나보다 여섯 살이나 위인 스물다섯이었다. 그러니까 교단의 선배일 뿐 아니라, 누님이라고 치면 바로 위가 아닌 하나 더 위의 누님인 셈이었다.

그런데도 이상하게 그 양순정 선생의 모습이 아른아른 눈앞에 떠오르는 것이었다. 별로 미인이라고 할 수도 없는데 묘하게 끌어당기는 힘이 있는 그런 여자였다.

나는 그 양 선생을 한참 생각하다가 아으윽, 크게 하품을 하고서 스르르 잠이 들어버렸다.

며칠 뒤 일기 검사 때 보니 연극이 들어온 그날 밤의 일을 홍연이는 다음과 같이 적어놓고 있었다.

'나는 오늘 밤 정말 연극이 보고 싶었다. 그러나 참았다. 연극보다도 선생님이 더 만나고 싶었던 것이다. 고요한 밤에 선생님을 만나면 얼마나 좋을까, 생각하니 연극 같은 것은 오히려 시시했다.

선생님과 단둘이 앉아 있는 동안 나는 자꾸 웃음이 나오려고 해서 애를 먹었다. 이상하게 긴장이 되면서도 자꾸 웃고 싶기만 했다.
　선생님은 연극이 끝날 때까지 왜 그대로 앉아 계시지 않고 중간에 가버리셨는지, 미워 죽겠다. 선생님이 가버리신 뒤에도 나는 연극 구경을 하러 일어서지 않고 그대로 그 자리에 가만히 앉아 있었다. 하숙집에 돌아가신 선생님은 쿨쿨 주무셨겠지.'
　나는 절로 웃음이 나오는 것을 어쩌지 못하며 일기 끝에다가 뭐라고 한 마디 적어 줄까 하는 충동을 느꼈으나 그만두었다. 적어 준다면 '나도 하숙방에 돌아와서 홍연이 생각을 했지, 그냥 쿨쿨 자버리지는 않았어.' 이런 식으로 나올 것 같은데, 그렇게 한다면 아무래도 담임 선생으로서 지켜야 할 교육적인 선(線)을 넘어선 것같이 여겨졌던 것이다. 그래서 그저 틀린 글자 몇 개만 고쳐주고, 검사했다는 표시만 남겼다.
　양순정 선생은 4학년을 담임했는데, 교실이 바로 우리 5학년 교실 옆이었다. 여름철이라 창문을 활짝활짝 열어놓고 수업을 하는 터여서 양선생의 목소리가 곧잘 우리 교실까지 들려오기도 했다.
　그렇다고 그녀가 걸핏하면 빽빽 고함을 질러대는 신경질적인 여잔가 하면 그건 아니었다. 오히려 그 반대라고 할 수 있었다. 부드럽고 너그러운 성격으로 보였다. 교무실에서도 곧잘 웃고, 남선생들과 이야기도 잘 하는 서글서글한 맛이 있는 여자였다.
　그러면서도 엄격하고 격한 면도 있는 듯 교실에서 학생들을 꾸짖는 목소리가 거침없기도 했다. 때로는 학생들과 함께 터뜨리는 웃음소리가 창 밖으로 요란하게 쏟아져 나오기도 했다.

그리고 음악 시간이면 그녀의 노랫소리가 곧잘 우리 교실까지 울렸다.

양 선생은 아마 특기가 음악인 모양으로, 다른 어느 수업 시간 때보다도 음악 시간이면 열을 올리고 신명을 내는 것이었다.

성량도 제법 풍부하고, 음색도 부드럽고 고운 편이었다. 풍금도 잘 탔다.

한 마디로 말해서 활달한 여 선생이었다. 그러면서도 한편 조용하고 정숙한 구석을 간직하고 있는 그런 여 선생이기도 했다.

그저 활달하기만 한 여자였다면 나는 별로 그녀에게 매력을 느끼지 못 했을 것이다. 활달하면서도 한편 묘하게 조용하고 어딘지 모르게 쓸쓸해 보이기까지 하는 그런 분위기를 간직하고 있어서 은연중 교양미 같은 것이 풍기기도 했고, 누님 같은 친밀감이 느껴지기도 했다.

어느 날 방과 후였다.

학생들이 다 돌아가고 난 호젓한 교실 창가에 앉아 양 선생이 책을 읽고 있었다. 복도를 지나가다가 혼자서 독서를 하고 있는 양 선생을 본 나는 가만히 걸음을 멈추었다. 어쩐지 여느 때보다 훨씬 더 그녀가 정답게 느껴지고, 매력이 있어 보였다.

내가 복도에서 걸음을 멈추고 열린 창으로 자기를 바라보고 있다는 것을 육감으로 느꼈는지 양 선생은 책에서 눈을 떼고 힐끗 이쪽을 바라보았다.

나와 시선이 마주치자 양 선생은 웃는 듯 마는 듯한 엷은 미소를 살짝 떠올려 보이고는 다시 책으로 시선을 가져갔다. 그런데 그 표정이 어쩐지 좀 멋쩍어 보이고, 수줍어 하는 것 같기도 해서 나는 불현듯 그녀 곁으로 다가가고 싶은 야릇한 충동 같은 것을 느꼈다. 무슨 책을 읽고 있는 것일까 하는 호기심도 동했고, 좀 방해를 놓고 싶은 짓궂은 장난기 같은 것도 머리를 쳐들었다.

나는 서슴없이 양 선생 교실로 들어섰다.

내가 자기네 교실로 들어선 줄을 뻔히 알면서도 양 선생은 시치미를 뚝 떼고 정물처럼 가만히 앉아서 책에 시선을 떨구고 있었다.

"무슨 책인데 그렇게 재미있게 읽으십니까?"

내가 가까이 다가가며 입을 열자, 그제야 양 선생은,

"아무 책도 아니에요."

하면서 얼굴을 들었다. 그리고 무의식중에 그 책을 책상 밑으로 살짝 감추어버리며 좀 멋쩍은 듯한 웃음을 엷게 떠올렸다.

"아무 책도 아니라뇨? 아무 책도 아닌 그런 책도 있나요?"

나는 재미있다는 듯이 빙글빙글 웃었다.

내가 봐서는 안 될 무슨 그런 책인 듯 양 선생은 왜 쑥스러워하는 기색이 역력했다.

나는 열아홉 살 먹은 풋내기 총각 선생답게 거침없이 말했다.

"재미있는 연애 소설인 모양이죠?"

"하하하……."

스물다섯 살 먹은 누님 같은 여 선생은 웃으면서 고개를 가로저었다.

"그럼요? 무슨 책인데 그렇게 감추세요?"

"아무 책도 아니라니까요."

"아무 책도 아닌 게 어딨어요."

"하하하……."

"안 그래요? 어디 좀 봅시다. 무슨 책인지……."

내가 짓궂은 머슴애처럼 물러서질 않고 부득부득 떼를 쓰듯 하자 양 선생은,

"왜 이러실까, 이상하시네. 남이야 무슨 책을 읽든 무슨 상관이에요?"

하면서 살짝 눈을 흘겼다.

그런데 그 흘기는 눈이 어찌나 고운지 나는 양 선생이 결코 내심 싫어하지 않고 있다는 것을 알고 서슴없이 한 걸음 더 앞으로 다가서며,

"아마 무슨 수상한 책인 모양이죠?"

하고 히죽 웃었다.

내 입에서 그 말이 떨어지자 양 선생은 금세 표정이 달라졌다. 묘한 눈으로 나를 바라보는 것이었다.

나는 속으로 아차 싶었다. 말을 너무 경솔히 했구나 하는 생각이 들었다. 수상한 책이라는 말이 잘못 전달된 게 틀림없었다.

나는 수상한 책이라는 말을 성(性)에 관계되는, 남 앞에 떳떳이 공개하기가 부끄러운 그런 책이라는 뜻으로 말한 것인데, 양 선생은 그 말을 아마 불온한 책이라는 뜻으로 받아들인 모양 같았다. 6·25가 나기 전의 일이어서 불온한 서적이 밝은 빛을 피해서 그늘에서 그늘

로 슬금슬금 나돌고 있는 터였다.

"자, 보세요."

양 선생은 책상 밑으로 숨기고 있던 책을 약간 굳어진 듯한, 그러면서도 담담한 표정으로 내 앞으로 내밀었다.

나는 속으로 꽤 미안한 생각이 들었으나, 자연스럽게 그것을 받았다.

"하하하, 역시 좀 수상한 책이군요."

나는 빙그레 미소를 지으며 말했다.

그러자 양 선생은 이 사람이 도대체 무슨 소리를 하고 있느냐는 듯이 좀 뚱한 표정으로,

"아니, 그게 무슨 수상한 책이란 말이에요?"

못마땅한 듯이 바라보았다.

"내가 생각하기에는 약간 수상한 책이 아닐 수 없군요. 하하하 하하하……."

나는 재미 좋다는 듯이 크게 웃어댔다.

육아(育兒)에 관한 책이었다. 결혼을 해서 첫아기를 낳으면 어떻게 길러야 하는가, 그에 대한 안내서 같은 것이었다.

껄껄 웃어대는 내가 양 선생은 어이가 없고 밉고 싫은 그런 기색이었다.

나는 웃음을 거두고 여전히 장난기 어린 어투로 지껄여댔다.

"수상한 책이란 남 앞에 내놓기가 쑥스럽기도 하고 부끄럽기도 하고 좀 창피하기도 한 그런 책을 말하는 것이죠. 다른 뜻으로 말한 게

아니에요. 양 선생님, 오해는 마세요."

"……."

"그러니까 이 책도 남 앞에 내놓고 읽기가 좀 쑥스러울 것일까, 결국 좀 수상한 책이라고 할 수밖에 없죠. 안 그래요? 더구나 결혼도 안 한 처녀 선생님이 읽고 있으니 말입니다. 하하하……."

나는 또 웃음을 터뜨렸다.

양 선생도 그제야 굳어진 표정을 풀고, 얼굴에 살짝 발그레한 미소를 떠올렸다.

"양 선생님."

"왜요?"

"이 책 나도 좀 읽어보고 싶은데요. 읽어도 되겠죠?"

"호호호……."

"왜 웃으세요? 나는 읽으면 안 되나요? 나도 나중에 결혼을 하면 아기 아빠가 될 게 아니에요. 아빠도 아기를 어떻게 키우는가 알아두는 게 좋을 것 같은데요. 안 그래요? 양 선생님."

"호호호…… 재미있어."

"아기를 건강하게 잘 키우려면 엄마 혼자 힘만으로는 부족할 거예요. 아빠도 협력을 해야 되리라고 생각해요. 나도 나중에 좋은 아빠가 되려고 하는걸요. 히히히……."

"호호호……."

"그러니까 양 선생님, 다 읽고 나면 나 빌려 주세요."

"정말이에요?"

"정말이죠."

"빌려 드리는 거야 뭐 문제 있나요. 호호호…… 참 재미있다, 강 선생. 꼭 어린애 같으서. 열아홉 살이라죠?"

"예, 열아홉 살이에요. 히히히……."

나는 즐거움에 들뜬 어린애처럼 순진난만하기만 했다.

"아이 참 좋을 때다."

양 선생은 이렇게 말했다.

나는 웃긴다 싶었다.

"뭐요? 좋을 때라고요? 허허허, 그런 양 선생은 좋을 때 아니고, 시들어져 가고 있습니까?"

"하하하, 시들어져 가는 건 아니지만 벌써 스물다섯인 걸요."

"스물다섯이면 바야흐로 한창 무르익을 때 아닙니까. 그야말로 좋을 때죠."

"하하하……."

"허허허……."

열아홉 살 먹은 풋내기 총각 선생과 스물다섯 살 먹은 처녀 선생은 정다운 오누이처럼 유쾌하게 웃었다.

말하자면 그것이 양순정 선생과의 첫 번째의 즐거운 만남인 셈이었다. 매일같이 얼굴을 대해온 터이지만, 그처럼 단둘이 유쾌하게 웃으며 이야기를 나누기는 처음이었던 것이다.

그런 일이 있은 뒤로는 나는 곧잘 양 선생 교실로 가서 그녀와 담소를 했고, 그녀도 우리 교실로 자연스럽게 나를 찾아오곤 했다. 마치 누님이 여섯 살 아래의 남동생을 찾아오듯이 말이다.

양 선생은 그 육아에 관한 책도 물론 다 읽고 나서 빌려주었다. 그러나 나는 그것을 그저 건성으로 대충대충 넘겨가며 그림이나 좀 보았을 뿐 내용을 읽지는 않았다. 읽고 싶은 흥미도 없었을 뿐 아니라, 그런 책은 도무지 시시해서 내 안중에 비치지도 않았던 것이다.

시집이니 창작집이니 세계 문학 전집 같은 것에 열중하고 있는 터인데, 아새끼 낳아 키우는 그런 책이 눈에 들어올 턱이 있겠는가 말이다.

나중에 좋은 아빠가 될 생각이라느니, 아기를 건강하게 잘 키우려면 아빠도 협력을 아끼지 말아야 된다느니 하는 소리 따위도 말짱 그때 그 순간에 혓바닥에서 굴러나온 헛소리에 불과했던 것이다. 사내새끼가 뭐 할 일이 없어서 열아홉 꿈이 부풀어 가슴에 가득한 시절에 그런 따위 시시한 생각이나 되씹고 있었겠는가.

그저 양 선생의 손때가 묻은 책이니까, 대충 그림이나마 훑어보아 주었던 것이다.

아무튼 여섯 살 위의 누님 같은 양순정 선생은 나의 산골 학교 생활에 새로운 즐거움과 가슴 설렘을 가져다 준 셈이었다. 그저 하루하루가 밝고 즐겁기만 했다.

아침에 눈을 뜨면 오늘 학교에 갈 일이 즐거웠고, 해가 지고 밤이 오면 내일이라는 날이 멀지 않다는 사실이 또한 즐거웠다.

일요일에도 나는 가만히 하숙집 울타리 안에 갇혀 있을 수가 없었다. 공연히 기분이 좋아 어디로든 훨훨 나서고 싶었다. 그래서 곧잘 일요일에도 학교로 나가곤 했다.

어느 일요일 오후, 학교로 나가니 마침 양 선생이 혼자서 일직을 하고 있었다.

내가 교무실로 들어서자 양 선생은,

"어서와요, 강 선생."

하고 반겼다.

양 선생은 뜨개질을 하고 있었다. 여름 방학이 멀지 않은 때여서 활짝 활짝 창문을 열어 놓았는데도 교무실 안은 무더웠다.

흰 반소매 블라우스를 입고 앉아서 열심히 뜨개질을 하고 있는 양 선생 곁으로 다가가며,

"이 더위에 무슨 뜨개질을 하시나요?"

하니까, 그녀는 나를 향해 살짝 미소를 지었다. 그러나 두 손은 여전히 뜨개바늘을 잽싸게 놀리고 있었다. 뜨개질 솜씨가 보통이 아니었다. 눈으로 보지 않아도 저절로 바늘이 기계처럼 가볍게 실을 얽어가는 것이었다.

하얀 실로 짜는 무슨 책상보 같은 것으로 보였다. 그러나 나는 일부러,

"나중에 아기 낳으시면 입힐 옷인 모양이죠?"

시치미를 뚝 떼고 말했다.

까르르―, 양 선생은 자지러진 웃음을 터뜨렸다. 그리고 말했다.

"이게 아기 옷으로 보여요? 남자의 눈은 참 재밌어. 어쩌면 그렇게 엉터릴까."

"왜요? 아기 옷 만들면 예쁘겠는데요. 얼룩덜룩한 무늬가 있고……
국화꽃 무늬인가요? 아니면 민들레꽃인가…….”

나는 나오려는 웃음을 눌러 참으며 멀쩡한 얼굴로 지껄여댔다.

"아기가 무슨 물건인가요. 이런 보자기 같은 것으로 둘둘 싼단 말이에요? 아무리 남자지만 좀 생각해 봐요. 아기 옷 같으면 팔을 꿸 소매가 있어야 할 게 아니에요. 소매도 없는 아기 옷이 어딨단 말이에요.”

"아, 그렇군요.”

"상보예요, 상보.”

"그러고 보니 상보 같네요.”

비로소 나는 빙그레 웃었다.

"아기 옷은 무슨…… 결혼도 안 했는데 벌써 아기 옷을 짜겠어요? 자취하는 집에 파리가 많아서 상보를 짜는 거란 말이에요. 알겠어요? 바보 같은 열아홉 살짜리 총각 선생님…….”

"파리가 아 구멍으로 기어 들어가겠는데요.”

나는 손가락 하나를 얼룩덜룩한 꽃무늬에 나 있는 구멍에다가 쏙 찔러 넣었다.

"어머, 그러지 말아요. 구멍이 넓어져서 보기 싫어요.”

"보기 싫은 게 아니라, 파리가 선생님 밥상의 반찬 핥아 먹을려고 이 구멍으로 기어 들어가겠단 말입니다.”

"호호호……, 걱정도 많으셔. 그냥 이대로 상보를 하는 줄 알아요? 망사 같은 엷은 베를 안쪽에다 댄단 말이에요. 바보 선생님, 그런 걱정은 마시라니까."

"아, 그렇군요. 난 또……."

슬슬 나는 뒤통수를 긁었다.

양 선생은 계속 뜨개질을 했고, 나는 신문을 찾아들고 내 자리로 가 앉아 한참 동안 그것을 읽다가, 후덥지근하고 따분해서 풍금 있는 쪽으로 갔다.

풍금은 언제나 교무실 한쪽 가에 놓여 있었다. 음악 시간이면 학생들이 그것을 자기네 교실로 운반해 가고 끝나면 도로 운반해 다 놓고 하는 터였다.

가내가 풍금을 시루기 시작했으나, 양 선생은 여전히 제자리에 정물처럼 앉아 손끝만 가볍게 놀리고 있었다.

처음에는 국민 가요 같은 건전한 곡을 두어 곡 타다가 나는 슬그머니 양 선생의 기분을 뒤흔들어 놓고 싶은 생각이 들어 대중 가요를 시루기 시작했다. 풍금 소리가 울려퍼지는 데도 아무 반응이 없이 앉아서 뜨개질에만 열중하고 있어서 속으로 히죽 웃으며 어디 보자, 싶었던 것이다.

"아아 신라의 바암이이여, 불국사의 종소리이 들리어온다……."

그 무렵 한창 유행하던 노래였다.

그 노래를 일부러 신을 내어 한결 멋지고 유창하게 시루어 넘기며, 나중에는 곡조에 맞추어 노래까지 부르기 시작했다.

"…… 고요오한 달빛 아래 그음옥산 기슭이에서 노오래애를 불러 보자 아 시이일라의 밤 노오래애를……."

1절을 마치고 나서 나는 힐끗 양 선생 쪽을 돌아보았다.

나와 시선이 마주치자 양 선생은 조금 미소를 지었다. 그러나 여전히 손가락 끝은 가볍게 기계적으로 움직이고 있었다.

'신라의 달밤' 2절을 또 북적북적 신나게 시루어대며 한결 감정을 섞어 노래를 뽑고 나자 양 선생은 미소와 함께,

"유행가를 제법 잘 하시네요."

하였다.

그러나 뜨개질을 멈출 기색은 없었다. 나는 그녀가 일손을 놓고 자리에서 일어나 풍금 쪽으로 오도록 할 속셈이었다.

이번에는 '신라의 달밤' 보다 훨씬 감상적인 '비내리는 고모령' 을 택했다.

"어머님의 소느을 놓고오 돌아설 때에 부어엉새도 울었다오, 나아도 울어었소……."

노래도 더욱 센티멘털하게 뽑았다. 그래도 역시 그녀를 움직이지는 못했다. 오냐, 그렇다면…… 나는 아랫배에 지그시 힘을 주고 대담하게 일본 대중가요를 시루기 시작했다.

"스키노 사바쿠오 하루바루토 다비노 라쿠다가 유키마시다(달 밝은 사막 길을 멀리 또 멀리 나그네 실은 낙타가 걸어갑니다)……."

곡에 맞추어 유창하게 노래까지 불러 나가자, 양 선생은 일손을 멈추고 가만히 나를 바라보고 있었다. 노래가 끝나자, 드디어 뜨개질감을 책상 위에 놓고 자리에서 일어났다. 그리고 내 곁으로 다가오면서,

"강 선생이 어떻게 그런 노래를 다 아시지?"

약간 신기한 듯이 반말조로 말했다.

나는 속으로 회심의 미소를 지으며,

"왜요, 나는 그런 노래 알면 못 쓴다는 법이라도 있나요?"

일부러 약간 퉁명스럽게 내뱉었다.

"아니, 그런 노래를 언제……?"

"이래 봬도 당당히 일제 시대에 사범 학교에 입학한 몸입니다. 아시겠어요?"

"그래도…… 퍽 조숙하셨던가 봐."

"허허허……."

나는 웃음이 나와버렸다.

"그런 노래는 중학교 3, 4학년이 돼야 부르게 되는 건데……."

"천만에요. 나는 초등학교 때 벌써 그 노랠 알았는걸요."

"어머, 초등학교 때요? 6학년 때?"

"아니오. 5학년 때 알았어요."

"어머, 어쩌면……."

양 선생은 약간 놀랐다는 듯이 묘한 눈으로 나를 바라보았다.

나는 재미있었다. 5학년 때 그 노랠 알았다는 것은 거짓말이었다. 6학년도 다 갈 무렵에 배웠던 것이다.

우리 집 바로 앞집에 나보다 나이가 댓 살 위인, 그러니까 열여덟인가 아홉 된 처녀가 있었다. 초등학교를 졸업하고 집에서 가사를 거들며 말하자면 시집갈 준비를 하고 있던 처녀였는데, 나를 퍽 귀여워해 주었다. 식구들이 모두 논밭 일을 나가고 혼자서 집을 볼 때면 곧잘 나를 불러서 찐 감자랑 고구마 혹은 옥수수 같은 것, 하다 못해 누룽지라도 내놓으며 옛날 이야기도 해주고, 노래 같은 것도 가르쳐주곤 했다. 퍽 다정다감한 처녀였다. 나는 그녀가 마치 정다운 사촌누나 같아서 내 발로 곧잘 그녀를 찾아가기도 했다.

그녀는 둥근 수틀을 안고 앉아서 수를 놓는 게 일이었다. 한 바늘 한 바늘 고운 색실로 수를 놓으며 나직이 노래를 흥얼거리곤 했다. 말하자면 그녀의 꿈이 곱게 수틀에 아로 새겨지면서 감미롭고 가슴 설레는 노래가 되어 절로 흘러 나오는 셈이었다.

한 번은 그녀의 노래가 어찌나 쓸쓸한지, 그러면서도 야릇한 감미를 머금고 있는지 나는,

"그게 무슨 노래야?"

하고 물었다.

그러자 그녀는 소리없이 생글생글 웃을 뿐이었다.

"참 좋다. 그 노래."

"좋아?"

"응."

"가르쳐줄까?"

"응."

"너는 아직 빠를 텐데……."

그녀는 묘한 미소를 지으며 그럼 따라 부르라면서 한 구절씩 먼저 부르기 시작했다. 그녀를 따라 나는 열심히 불렀다.

그게 바로 '스키노 사바쿠(달밤의 사막)'였다. 사춘기의 젊은이들

이 즐겨 부르는 감미로우면서도 애수에 젖은 일본 대중 가요였다.

그녀는 그 노래를 마치 꿈꾸는 듯한 표정으로 불렀고, 나도 묘하게 짜릿한 기분으로 열심히 배웠다.

나는 그 노래의 야릇한 매력에 혹해서 틈만 있으면 그 노래를 흥얼거렸다. 그녀는 그 노래뿐 아니라, 그런 종류의 대중 가요를 여러 개 나에게 가르쳐 주었다. 말하자면 그녀는 나의 어린 가슴속에 아직은 깊숙이 묻혀 있는 사춘의 싹을 일찍부터 긁어 일으켜준 셈이었다.

나는 그 '스키노 사바쿠' 2절을 풍금과 함께 노래 부르기 시작했다.

곁에 서서 가만히 듣고 있던 양 선생의 입에서도 곧 노래가 흘러나왔다. 나는 매우 기분이 좋았고 신명이 나서 어깨까지 약간 우쭐거리며 풍금을 시루어댔다.

양 선생은 소프라노라고 할 수 있었고, 나는 바리톤쯤 된다고 볼 수 있었다. 높고 낮은 두 음정의 노래가 하모니를 잘 이루어 교무실 안은 감미로우면서도 애수에 젖은 꿈꾸는 듯한 야릇한 음률로 가득 넘쳤다. 무더위도 어디로 물러간 듯 그저 즐겁고 가슴 설레는 그런 분위기였다.

노래가 끝나자 나는 가만히 고개를 들어 양 선생을 쳐다보았다. 시선이 마주치자, 그녀는 조금 수줍은 듯한 그러면서도 묘하게 윤기가 흐르는 그런 눈으로 나긋이 웃었다.

나는 풍금 앞에서 일어났다.

"자아, 이제 양 선생님이 한 번······."

그러자 양 선생은,

"나는 강 선생처럼 그렇게 멋지게 치진 못해요."
하면서 서슴없이 걸상에 앉았다.

곧 양 선생의 풍금 소리가 교무실 안에 넘쳤다.

"야마노 사비시이 미스우미니(산중의 쓸쓸한 호숫가에)……." 어쩌고 하는 노래였다. 그 노래 역시 나도 고향의 그 처녀한테 배워서 잘 알고 있는 터였다.

양 선생은 그 노래를 풍금으로 시루기만 했다. 나는 곧 풍금에 맞추어 목청을 뽑았다. 1절이 끝나고 2절부터는 양 선생도 노래를 불렀다.

어쩌다가 그만 일요일 오후의 교무실이 일본 대중 가요판이 되고 말았다.

그 노래를 마치고서 양 선생은 좀 수줍고 멋쩍은 듯한 미소와 함께 자리에서 일어나려 했다. 나에게 풍금을 다시 양보하려는 것이었다.

"아닙니다. 양 선생님이 한 곡조 더……."

나는 그만 일어서려는 양 선생을 두 손으로 덥석 잡았다. 나는 양 선생의 등뒤에 약간 옆으로 서 있었다. 무의식중에 내가 잡은 것은 양 선생의 양쪽 어깨 조금 아래의 팔이었다.

그런데 참 묘했다. 그녀가 일어서는 것을 제지하기 위해서 거의 무의식중에 덥석 양쪽 팔을 잡았던 것인데, 잡고 나자 아뿔싸 싶었다. 이렇게 잡아도 되는 것인지 하는 생각이 번쩍 들었던 것이다.

그리고 기분이 야릇해졌다. 우선 그녀의 팔이 의외로 탱탱하고 미끈한 게 아닌가. 여자의 팔이니 부들부들할 줄 알았는데 그게 아니었다. 아주 탄력 있고 싱싱한 피부였다.

나는 손바닥을 통해 야릇한 기운이 짜릿하게 전신으로 퍼지는 것을 느끼며 가볍게 몸을 떨었다. 얼른 손을 놓아버릴까 싶었다. 그러나 어찌 된 셈인지 나는 그대로 덥석 잡은 채 손을 떼질 않고 오히려 손에 더 지그시 힘을 주고 있었다. 내 얼굴은 벌겋게 달아오르고 있었고, 가슴은 두근두근 뛰었다.

일어서려다가 양쪽 날갯죽지를 붙들린 격이 된 양 선생은 그대로 도로 주저앉았다. 그러나 나의 두 손이 자기의 팔에서 떨어질 줄을 모르고 오히려 더 묘하게 힘을 가하는 듯하자, 힐끗 나를 뒤돌아 쳐다보는 것이었다. 그녀의 얼굴도 약간 발그레 물들어 있었다.

나의 번들번들 타는 듯한 시선과 마주치자, 그녀의 얼굴을 물들였던 엷은 홍조가 별안간 눈에 띄게 짙은 빛으로 변했다. 당황하는 눈치였다.

잠시 야릇한 긴장감이 흘렀다.

그러나 양 선생은 곧 정신을 가다듬은 듯,

"강 선생, 이러면 못 써요."

차분하게 가라앉은 목소리로 말했다.

나는 좀 어색해졌으나, 여전히 가슴의 두근거림이 멎질 않고 숨결이 더웠다. 이렇게 두 팔을 잡고만 있을 게 아니라, 왈칵 냅다 뒤에서 껴안아버릴까 어쩔까……, 초조히 망설이며 뜨거운 침을 꿀꺽 삼켰다.

그때 킬킬킬 웃는 소리가 들렸다. 운동장 쪽 창문이었다.

힐끗 돌아보니 몇몇 학생들의 웃던 얼굴이 창문턱에서 얼른 사라졌다. 운동장에서 놀던 아이들이 풍금 소리와 노래 소리에 이끌려 모여들었던 모양이다.

나는 정신이 번쩍 들어 얼른 양 선생의 팔을 잡았던 손을 뗐다. 부끄러운 생각이 왈칵 들었다. 여 선생의 팔을 잡고 있던 묘한 장면이 아이들에게 발각된 것도 부끄러웠고, 선생이라는 사람이 자기 교무실에서 일본 대중 가요를 풍금으로 북적북적 시루어대며 신명을 내어 노래까지 불러댄 사실도 못 견디게 수치스러웠다. 말 많은 아이들의 입에서 어떤 말이 퍼질까, 슬그머니 걱정이 되기도 했다.

아니나 다를까 곧 야릇한 소문이 퍼졌다.

학생들 사이에 은밀히 퍼지는 잔잔한 물결 같은 소문을 선생이 얼른 알 턱이 없다.

며칠 동안은 아무 일도 없었다. 그러나 잔잔한 물결처럼 학생들의 입에서 입으로 소문은 은밀히 퍼져 나가고 있었다. 다만 내가 그것을 알아 차리지 못하고 있을 따름이었다.

물론 그 은밀한 소문의 물결은 우리 학급에도 스며들어 삽시간에 온통 넘칠 듯이 출렁거리고 있었으나, 나는 며칠 동안 눈치를 채지 못했다. 내가 교실에 들어서면 여느때와 다름없이 학생들은 단정한 얼굴로 나를 맞이할 뿐 별다른 변화를 느낄 수가 없었다. 간혹 좀 묘한 표정으로 나를 힐끗힐끗 보는 학생이 없는 것은 아니었으나, 그런 일은 여느때도 흔히 있는 일이어서 나는 그저 예사로 여겼다.

그러나 며칠 뒤 마침내 나는 한대 얻어맞은 것처럼 되고 말았다.

방과 후였다. 나는 몸이 좀 나른해서 숙직실에 가서 누워 있었다. 숙직실 방문에 발이 내려져 있어서 밖에서는 안이 잘 보이지 않았으나, 안에서는 바깥이 훤히 내다보였다. 나는 목침을 베고 누워서 발을 통해 하염없이 바깥을 내다보고 있다가 커다랗게 기지개를 켰다. 몸살이 오려는지 팔 다리가 나른하고, 몸에 열도 약간 있는 듯했다. 나는 잠을 한숨 자는 수밖에 없다고 생각하며 지그시 눈을 감았다. 그러나 잠은 쉬 와주질 않았다.

그렇게 눈을 떴다 감았다 하며 잠을 청하고 있는데, 몽롱한 청각에 가물가물 여학생들의 주고받는 소리가 와 닿았다. 그 소리를 듣는 순간 내 얼굴에서 핏기가 싹 가시는 듯한 느낌이었다.

숙직실 앞에 있는 커다란 오동나무 그늘에 앉아서 공기 받기를 하며 놀고 있던 학생 서너 명이 이제 놀이에 싫증이 난 듯 이야기를 주고받기 시작했던 것이다.

한 아이가 난데없이 불쑥 말했다.

"강 선생하고 양 선생하고 연애하는 거 한 번 봤으면 좋겠다."

그러자 모두 킬킬 웃었다.

"일요일에 학교에 나와서 교무실을 지켜보려무나."

"그러면 연애하는 거 볼 수 있을까? 이번 일요일에도 교무실에서 불끈 안았대?"

"히히히…… 정말 불끈 안았대?"

"그랬대. 둘이 풍금을 치면서 노랠 하다가 강 선생이 양 선생을 뒤에서 불끈 안더라는 거야."

"어머, 히히히…… 그런데 왜 뒤에서 안지? 안을라면 앞에서 안아야 진짜 연애가 되지. 그지?"

"맞아. 앞에서 안아야 입도 맞추고……."

"하하하……."

"호호호……."

얼굴에서 핏기가 싹 가신 듯한 기분이 된 나는 가만히 그 여학생들을 발 밖으로 쏘아보고 있었다. 숨도 제대로 쉴 수가 없는 듯했고, 나른하던 팔 다리도, 온몸에 느껴지던 미열도 순식간에 어디론지 싹 사라져버린 그런 느낌이었다.

여학생들은 계속 지껄여나갔다.

"우리 이번 일요일에 정말 학교에 와볼까?"

"그럴까?"

"그러자."

"난 도시락을 싸올란다. 도시락을 싸가지고 와서 하루 종일 지켜볼란다."

"나도 싸올게."

"히히히…… 나도……."

"나도……."

나는 가만히 듣고 있을 수가 없었다. 싹 가셨던 핏기가 얼굴로 다시 솟구치듯 후끈하게 돌아오는 것을 느꼈다. 벌떡 일어나 냅다 뛰어나가서 모조리 붙들어 꿇어앉혀 놓고 따귀라도 한 대씩 갈겨 주었으면 싶었다.

그러나 나는 꾹 눌러 참았다. 그럴 수는 없는 노릇이었다. 다른 일도 아니고 바로 나와 양 선생에 관한 소문을 호기심에 차서 숙덕거리고 있는 터인데, 그렇게 덮어놓고 화를 내며 불쑥 나타난다는 것은 오히려 우스꽝스러운 꼴이 될 것 같았다.

나는 우선 크게 숨을 들이쉬었다. 그리고 기지개를 쭉 켜고 나서 부스스 자리에서 일어나 자연스럽게 발을 들추고 마루로 나갔다.

한숨 자고 난 사람처럼 마루에 서서,

"아으윽……."

또 두 팔을 뻗어 올리면서 억지로 하품과 함께 기지개를 켰다. 이것들아, 바로 내가 여기 있는 줄을 모르느냐는 듯이 말이다.

아니나 다를까 힐끗 나를 본 여학생 하나가 깜짝 놀라며,

"엄마야!"

질겁을 하듯 자리에서 벌떡 일어나자 다른 아이들도,

"아이고 마!"

"아이고!"

"어메!"

비명을 지르며 후닥닥 뛰어 일어나 정신없이 사방으로 흩어져 도망을 치는 것이었다.

내가 바로 곁에서 저희들의 숙덕거리는 소리를 듣고 있을 줄이야 정말 꿈에도 몰랐을 터이니, 혼비백산하는 것도 무리가 아니었다.

나는 흩어져 도망치는 여학생들을 착잡한 기분으로 가만히 지켜보

았다. 다행히도 우리 학급 아이는 한 명도 없었다. 3, 4학년 짜리들인 듯했다. 그렇다고 크게 다행할 것도 없었고, 마음이 놓이는 것도 아니었다.

학생들 사이에 그런 소문이 퍼지고 있다는 사실을 알았으니, 이 일을 어떻게 했으면 좋을지 입맛이 쓰기만 했다.

그 다음날 둘째 시간이 끝나고서였다. 소변이 마려워 변소에 간 나는 또 한 번 이마를 한 대 얻어맞은 것 같은 느낌이 되고 말았다.

이번에는 낙서였다. 변소 한쪽 벽에 어떤 녀석이 내갈겼는지 얼른 눈에 들어오는 낙서가 있었다.

〈안았네, 안았네, 뒤에서 안았네〉

이런 낙서였다.

그리고 그 곁에는 조금 작은 글씨로,

〈강 선생＋양 선생 = 어린애새끼〉

이런 낙서가 곁들여져 있었다.

역시 또 얼굴에서 핏기가 가시는 듯한 가벼운 현기증 같은 것을 느끼면서도 나는 비식비식 자꾸 웃음이 흘러나왔다.

어떤 녀석이 그런 낙서를 했는지 알 수가 없는 일이었지만, 좌우간 재치가 매우 뛰어난 낙서가 아닐 수 없었다.

'안았네, 안았네, 뒤에서 안았네' 도 해학이 넘치는 표현이지만, '강 선생＋양 선생 = 어린애새끼' 라는 낙서도 여간 기지에 찬 게 아니었다. 나에게 양 선생을 더하면, 다시 말하면 나와 양 선생이 합쳐지면, 즉 결혼을 하면 어린애새끼가 생긴다는 그런 뜻이 아닌가.

아이들의 낙서는 대체로 이맛살이 찌푸려지는 그런 원색적이고 상스러운 게 많은데, 이건 썩 멋지다고 할 수 있는 낙서가 아닌가 말이다. 만일 그게 나에 관한 낙서가 아니고 대상이 다른 선생이었다면 나는 아주 기가 막히다는 듯이 고개를 끄덕이며 웃어댔을 것이다.

그러나 나는 착잡하기만 했다. 바로 나와 양 선생을 놀려대는 낙서인데, 그게 아무리 재치가 있은들 기분이 좋을 턱이 있겠는가 말이다.

나는 서서 줄줄줄 볼일을 보면서 저 낙서를 내 손으로 지울 것인가 어쩔 것인가 생각해 보았다.

당장 눈앞에 그런 것이 나타났는데 그냥 못 본 체 방치해둘 수는 없을 것 같았다. 그러면서도 한편 내 손으로 그것을 썩썩 문질러 지운다는 것도 어쩐지 모양 같잖다는 생각이 들었다.

내가 내 손으로 나 자신에 관한 낙서를 지운다는 것은 얼마나 멋쩍고 창피하기도 한 노릇인가 말이다.

그리고 그것을 한 번 지워서 문제가 끝난다면 창피하든 어떻든 서슴지 않겠는데, 지우고 나면 이어서 또 그런 낙서가 등장하지 않는다는 보장이 어디 있는가. 어떤 근본적인 해결책을 강구해야지, 낙서를 지우는 그런 일시적인 방편으로는 도저히 일이 막아지지 않을 것 같아 나는 막막한 느낌이었다.

양 선생하고 상의를 해 보는 게 좋겠다고 나는 생각했다. 양 선생인들 별 뾰족한 수가 있을까마는 그러나 앓는 것도 둘이 함께 앓으면 좀 나을게 아닌가 싶었다.

"그래야겠군, 그래야겠어."

중얼거리면서 볼일을 마친 나는 그러나 변소를 나오며 거의 무의식적으로 그 낙서 쪽으로 다가갔다. 마침 변소에는 아무도 없었다.

나는 얼른 '강 선생+양 선생……'이라는 그 낙서의 대가리 쪽, 즉 강 선생만을 손바닥으로 썩 문질러버렸다. 그리고 후닥닥 그 자리를 뜨며 시치미를 뚝 뗐다. 그러나 얼굴이 화끈 붉어지는 것을 어쩌지 못했다.

점심 시간에 나는 양 선생 교실을 찾아갔다.

양 선생은 혼자 교실 창가에 앉아 도시락을 먹고 나서 뜨개질을 하고 있었다. 아직 그 상보였다.

이제 그 상보가 마무리 단계에 들어가 있는 듯이 보였다.

학생들은 모두 운동장으로 나가고, 교실 안은 호젓했다.

"양 선생님, 아직 그 상보시군요."

"예."

양 선생은 무표정한 얼굴로 뜨개질을 계속하면서 대답했다.

일요일 오후에 교무실에서 그런 일이 있은 뒤로 그녀와 단둘이 만나기는 처음이었다. 나는 약간 기분이 쑥스럽고 이상했으나, 애써 담담한 어조로 말했다.

"이제 거의 완성이 되어가는 것 같군요."

"예."

"뜨개질 솜씨가 보통이 아니신데, 상보 하나 가지고 그렇게 오래 뜨세요?"

"예."

양 선생은 그저 기계적으로 대답을 했다.

나는 슬그머니 좀 기분이 언짢았다. 불쑥 본론으로 들어가는 수밖에 없다고 생각했다.

"양 선생님."

"예?"

내 어조가 좀 바뀐 듯하자, 양 선생은 힐끗 나를 쳐다보았다. 여전히 손은 뜨개바늘을 가볍게 놀리면서.

"아이들 사이에 이상한 소문이 돈다는 거 아시나요?"

"……."

"양 선생님과 내가 연애를 한다는 소문이 돌고 있어요."

"……."

"아세요, 모르세요?"

"……."

양 선생은 묵묵부답이었다. 그렇다고 부끄러운 듯한 어색한 기색이 얼굴에 떠오르는 것도 아니었다. 자기와는 상관이 없는 남의 이야기를 듣고 있는 것 같은 그런 표정이었다.

나는 이거 뭐 이래 싶었다.

"왜 아무 대답이 없어요? 예? 양 선생님."

"알고 있어요."

그제야 양 선생은 가만히 입을 열었다.

"어떻게 해야 되죠?"

"……."

"낙서까지 등장했단 말입니다. 변소에 어떤 녀석이 낙서를 해 놓았는데, 글쎄 뭐 뒤에서 안았네, 안았네 했던가…… 그리고 양 선생하고 나하고 플러스하면 어린애새끼가 된다나요. 허허허……, 나 참."

"나도 봤어요."

"보셨어요? 이 일을 어떻게 하면 좋죠?"

내가 정말 걱정스러운 듯 말하자, 양 선생은 일손을 멈추고 나를 가만히 바라보며,

"어떻게 하긴 어떻게 해요. 내버려두는 거지. 그게 그렇게 걱정이 돼요?"

히죽이 웃었다.

나는 아무 할 말이 없었다. 그녀가 그렇게 예사롭게 나올 줄은 미처 몰랐던 것이다.

"연애를 한다 해도 상관없고, 어린애새끼가 된다 해도 상관없어요. 아이들 지껄이는 소리에 뭐 그렇게 신경을 써요. 그런 사실이 없는데 무슨 걱정이냔 말이에요."

"……."

"그게 그렇게 걱정이 되면 요전 일요일에 왜 남의 팔을 그렇게 함부로 불끈 잡느냐 말이에요, 겁도 없이…… 학생들이 보고 있는 줄도 모르고……."

"……."

"하하하하……."

양 선생은 말문이 막혀 멀뚱히 서 있는 나의 표정이 매우 재미있다

는 듯이 까르르 웃음을 터뜨렸다.

　나도 그만 히히힉 웃었다. 벌겋게 얼굴이 물드는 것을 어쩌지 못했다. 이번에는 그녀에게 한 대 화끈하게 얻어맞은 것 같은 느낌이었다.

　콧대가 높은 편이고, 매사에 자신만만하기만 하던 내가 양순정 선생 그녀에 비해 형편없이 소심하고, 옹졸하기까지 한 것 같아 나는 못 견디게 부끄럽고 수치스러워서 공연히 헛바람이 새는 것 같은 웃음을 터뜨렸던 것이다.

　사실과는 거리가 먼 그와 같은 헛소문은 홍연이의 일기장에까지 반영되어 있었다. 그 주의 토요일에 일기장을 거두어서 검사를 하며 나는 홍연이의 일기를 보고 또 한 번 적지않이 당황했다.

　다른 학생들의 일기에는 양 선생과 나와의 소문에 관한 것은 한 마디도 언급되어 있지가 않았다. 그런 말을 썼다가 검사 때 선생님의 눈에 띄면 야단맞을 게 뻔해서 그런 모양이었다.

　그러나 홍연이는 그 주의 거의 대부분을 그 소문에 관해서 쓰고 있었다. 서슴없이 내갈긴 다음과 같은 대목을 읽었을 때 나는 야, 이것 봐라 하고 약간 입이 벌어지지 않을 수 없었다.

　'선생님이 양순정 선생을 뒤에서 안았다는 게 정말일까. 그 소문이 정말이라면 선생님은 바보야. 바보. 바보. 정말 보기 싫고 밉기만 한 바보 멍텅구리야.'

　그 다음날 일기에도 그 바보론은 계속되고 있었다.

　'아무리 생각해도 선생님은 바보 멍텅구린 것 같다. 양순정 선생이 자기보다 훨씬 나이가 많은 노처녀라는 것을 선생님은 모르시는 걸까. 양순정 선생은 스물다섯 살이라고 한다. 그러나 내가 보기에는 스물일곱 살이나 여덟 살은 틀림없이 된 것 같다. 호적상으로는 스물다섯 살인지 몰라도, 실제로는 틀림없이 스물일곱 살이나 여덟 살일 것이다. 선생님은 열아홉 살이니까 여덟 살이나 아홉 살 더 먹었다. 여덟 살이나 아홉 살 더 먹은 여자를 뒤에서 불끈 안다니, 그게 바보지 뭐야. 생각할수록 어처구니가 없고 속이 상해 죽겠다.'

어떤 날은 한결 짙게 자기 심정을 드러내 놓기도 했다. 다음과 같은 일기를 읽고는 홍연이가 정말 이제 한 사람의 당당한 여자로구나 하는 생각이 들어 새삼 놀라지 않을 수 없었다.

'오늘 보니까 양순정 선생이 입술에 루즈를 꽤 짙게 칠하고 있었다. 다른 때보다 얼굴에 분도 더 바른 것 같았다. 서른 살이 다 되어가는 노처녀가 화장을 그렇게 짙게 할 게 뭐람. 그렇게 짙게 한다고 더 젊어지나. 정말 꼴볼견이었다. 선생님에게 더 예쁘게 보이려고 그러는 게 뻔하다. 자기보다 여덟 살이나 아홉 살 적게 먹은 남자에게 예쁘게 보이려고 하다니, 같잖고 아니꼽다. 설마 여덟 살이나 아홉 살 밑인 선생님하고 결혼을 할 생각은 아니겠지. 결혼은 자기보다 서너 살 위의 남자와 하는 것이 마땅하지, 열 살 가까이나 아래의 남자와 하다니 말도 안 되지. 선생님도 그 점은 잘 아시고 계시겠지. 설마 여덟 살이나 아홉 살 더 먹은 양순정 선생과 결혼을 할 생각은 조금도 없으시겠지. 그런 바보는 정말 아니실 거야. 좌우간 양순정 선생의 화장을 짙게 한 얼굴을 보니 나는 오늘 하루 종일 기분이 나빴다. 양순정 선생이 왜 우리 학교로 전근을 와서 야단일까. 서른 살이 다 되도록 시집도 안 가고서 말이다. 보기 싫게…….'

나는 양 선생에게 홍연이의 이 일기를 보여 주고 싶은 야릇한 충동을 느꼈다. 그냥 혼자서만 읽고 덮어버리기가 어쩐지 아쉬운 듯한 그런 심정이었다. 초등학교 5학년생이 벌써 이렇게 애정에 관한 짙은 질투의 감정을 가지게 되다니, 더구나 다른 사람도 아닌 바로 자기 학교의 여 선생에 대해서 말이다. 정말 보통 일이 아니었다.

그러나 그것을 양 선생에게 보여줄 수는 없는 일이었다. 교육적으로 안 될 뿐 아니라, 교육이라는 것을 떠나서도 나 자신의 입장이 매우 우습게 될 게 아닌가 말이다.

나는 묘하고 아쉽고 조금 안타깝기도 했지만, 그저 혼자서 놀라움으로 고개를 끄덕거리며 일기장 끝에다가 아무 언급도 없이 검사했다는 '검' 자만을 커다랗게 동그라미 속에 적어 넣어 주었다.

아니 땐 굴뚝엔 연기가 나지 않는 법이다. 실제로 양 선생과 나 사이에 별로 땐 것이 없기 때문에 조금 나부껴 오르던 연기는 곧 희미하게 사라져버리고 말았다.

내가 양 선생의 팔뚝을 뒤에서 덥석 잡은 것이 학생들의 눈에 띄어 야릇한 연기가 되어 조금 나부껴 올랐을 뿐, 그 뒤 양 선생과 나 사이에 별다른 아무 일도 없었기 때문에 결국 검부러기 한 움큼이 타고는 저절로 연기는 꺼져버린 셈이었다.

학생들로서는 싱겁게 되었다. 계속 타는 것이 있어서 연기가 무럭무럭 피어 올랐더라면 재미가 좋았을 텐데 말이다. 그랬더라면 홍연이는 바짝바짝 더 약이 올랐을 것이고.
　소문도 잠잠해지고 낙서도 사라졌을 뿐 아니라, 홍연이의 일기에서도 그런 질투의 감정이 자취를 감추고 말았지만, 그녀가 나의 내부의 설렘이라 할까, 양 선생 그녀를 향한 야릇한 뜨거움은 결코 가라앉지가 않았다. 오히려 그 농도가 은밀히 더 짙어지는 듯했다.
　나는 밤으로 하숙방에 누워서 뜨거움에 흔들리는 마음을 가눌 길이 없어 이리 뒤척 저리 뒤척 하며 때로는 열기를 머금은 감미로운 신음 소리를 토하기로 했다.
　그러나 나는 소심한 사내임에 틀림없는 모양이었다. 그 짙은 마음의 설렘을 상대방 앞에 쏟아놓을 용기가 나질 않았다. 팔뚝을 뒤에서 덥석 잡고 지그시 힘을 주었던 것처럼 한 걸음 성큼 더 나아가 가슴이라도 불끈 안아버릴 그런 뜨거운 엄두가 좀처럼 나질 않는 것이었다.
　잠시 동안이나마 학생들 사이에 퍼졌던 소문과 낙서 같은 것을 생각하면 절로 고개가 움츠러드는 느낌이었다. 심리적으로 은근히 큰 충격이었던 것이다. 재차 그런 소문이 고개를 쳐든다면, 다시 말하면 굴뚝에 연기가 또 피어오른다면 이번에는 정말 감당할 수가 없을 것 같아 두려웠다.
　말하자면 안으로는 발그레 열도를 더해 가면서도 겉은 오히려 싸늘하고 딴딴한 껍질에 휩싸이는 그런 상태라고나 할까.
　그러나 안으로 열도를 더해가는 그 발그레한 덩어리를 아무리 딴딴

한 껍질이라 하더라도 언제까지나 휩싸고 있을 수는 없는 법이다. 언젠가는 껍질을 터뜨리고 뜨거운 덩어리가 분출하게 마련인 것이다.

나는 그 시기를 가을이라 생각했다.

가을 바람이 불어오면 나는 묘하게 기분이 흔들린다. 쓸쓸하고 허전하고, 야릇한 외로움이 가슴속으로 심란하게 젖어드는 것이다. 살짝 어떻게 된 것처럼 마음이 살랑살랑해지기까지 한다. 도저히 그 애수라 할까 짙은 고독감을 견딜 수가 없다. 그래서 공연히 휘파람을 불어대기도 하고, 쓸쓸한 노래를 뽑아내기도 하고, 냅다 술을 마셔대기도 한다.

가을은 남자의 마음을 흔드는 계절이고, 봄은 여자의 마음을 흔드는 계절이라고 한다. 맞는 말인 것 같다.

학생 시절, 내가 처음으로 러브 레터라는 것을 써 본 것도 가을이었다. 한 학년 밑의 어떤 여학생에게(교육 대학의 전신인 사범 학교였기 때문에 남녀 공학이었다) 야릇한 그리움을 느껴오다가 가을 바람과 함께 마침내 행동으로 옮겼던 것이다.

'······나는 그대를 내 목숨보다도 더 사랑합니다. 진정입니다. 그대를 향한 그리움은 이미 지난 봄에 싹텄습니다만, 그 동안 내 이 그리움이 진실인지 아닌지를 두고두고 가늠해 보았던 것입니다. 이제 추호도 거짓이 없는 진실이라는 것을 확인하고서 가을 밤하늘의 별에 맹세를 하며 이 글을 쓰오니, 사랑하는 그대여, 부디 나의 이 뜨거운 마음을 받아주소서·······.'

어쩌고 이런 식의 연서(戀書)를 밤이 이슥토록 하숙방 아랫목에 배를 깔고 엎드려서 코에서 단내가 솔솔 흘러 나오도록 열을 올려 길게 길게 썼다. 그것을 가슴에 품고 이튿날부터 사흘 동안을 이른 아침에 그녀의 집 근처에 가서 서성거린 끝에 그녀가 혼자서 등교하는 기회를 포착하여 그것을 전달했던 것이다.

말하자면 첫사랑이었다. 그러나 일이 잘 열매를 맺지 못하고 덧없이 망가뜨려지고 말았으니, 첫사랑이라기보다도 첫짝사랑이라고 하는 편이 옳을 것이다.

어쨌든 열일곱 살의 가을에 나는 그런 최초의 분홍빛 늪에 풍덩 빠졌던 일이 있는 터이라, 열아홉의 가을에도 다시 그런 두 번째의 뜨거움이 터져나올 것만 같았다. 아무리 학생들의 입이 두렵고, 연상의 여자라는 남부끄러움이 있다고 하더라도 가슴속의 심장을 야릇하게 건드리는 듯한 가을 바람이 불어오면 나의 소심증은 절로 낙엽처럼 흩날려버리고, 화끈한 용기가 불끈 고개를 쳐들 것 같았다. 학생들의 입 따위, 남들의 눈 따위 아랑곳없이 뜨겁게 내닫는 한 마리 짐승처럼 될 것 같았다.

그러나 그 해 가을은 나에게 그런 가슴 터지는 기쁨이 아니라, 끝없는 우수를 가져다 주었다. 나는 가을이 무르익기도 전에 온통 잎사귀 한 잎 남기지 않고 헐벗겨지고만 나목처럼 초라하고 처량한 꼴이 되고 말았다.

여름 방학이 끝나고 다시 학교가 시작되었을 때, 양순정 선생은 한결 화사하고 싱싱한 얼굴로 고향에서 돌아왔다. 여름 방학 동안 고향 집에 가서 잘 쉬었기 때문인지, 아니면 더위가 가고 서서히 가을이 다가오고 있기 때문인지, 양 선생은 그전보다 훨씬 건강도 좋아진 것 같았고 표정도 밝아진 듯했다. 어쩐지 그 눈빛까지도 한결 맑고 빛나 보였다.

그런 양 선생을 대하는 나는 맥없이 즐겁기만 했다. 은밀히 혼자서 조금씩 가슴을 두근거리며 침을 꿀꺽 삼키기도 했다. 가을 바람은 아직 제대로 불어오고 있진 않았으나 가슴속에 도사린 야릇한 덩어리가 서서히 꿈틀거리기 시작하는 것이었다.

나는 밤으로 혼자 하숙집 마루 끝에 나와 앉아 차츰 빛이 선명해지는 듯한 달을 바라보기도 하며, 양 선생에 대한 사랑의 고백을 어떤 식으로 하는 것이 좋을까 생각해 보았다.

편지를 쓰는 방법이 있고, 만나서 직접 말로써 털어놓는 방법이 있다. 두 가지 가운데 어느 방법이 좋을까.

지난 여름에 그녀의 팔을 뒤에서 잡고 지그시 힘을 준 그런 일이 있었기 때문에 이미 어느 정도 나의 감정이 전달되었다고 볼 수가 있다. 그녀에 대해 이성으로서 평범한 것 이상의 어떤 야릇한 것을 내가 느끼고 있다는 것을 그녀도 이미 알고 있는 터이다. 그렇다면 새삼스럽게 편지 같은 것을 쓸 게 아니라 직접 만나서,

'나는 양 선생님을 사랑하지 않고는 못 배기겠어요.'

이런 식으로 거침없이 쏟아놓는 게 남자다울 것 같았다.

그러나 아무래도 그 방법은 문제가 있을 듯했다. 그녀의 성격으로 보아 내가 그런 고백을 하면 대뜸 가볍게 웃어버리지, 결코 얼굴을 벌겋게 붉히지는 않을 것처럼 여겨졌다. 동생이라도 둘째나 셋째 동생

취급을 하며,

"누님이라도 큰누님 같은 사람에게 그런 말을 하다니, 못써요."
하고 살짝 눈을 흘기며 타이르려 들 것 같았다. 그렇게 되면 분위기가 팍 식어버리고, 우습게 될 게 아닌가 말이다.

그리고 내 성격으로 보아도 그런 식으로 나가는 것보다는 편지를 쓰는 편이 훨씬 적절할 것 같았다.

결국 편지를 쓰기로 작정했다. 두 번째 쓰는 러브 레터인 셈이었다. 러브 레터의 첫머리를 어떤 문구로 시작할 것인가 하고 나는 하숙집에서나 학교에서 한가할 때면 곧잘 그 생각에 잠기곤 했다.

'양 선생님, 저는 당신을 너무너무 사랑하고 있어요. 정말이에요.'

이런 식으로 대뜸 불쑥 내밀 듯이 시작할 것인가 아니면,

'낙엽이 지는 계절이 다가왔습니다. 제가 마음 설레는 계절이지요. 이 가을에 저는 한 가지 커다란 기쁨을 성취하려고 생각하고 있어요. 양 선생님, 그게 무언지 아시겠어요?'

이런 식으로 서서히 부드럽게 본론으로 들어갈 것인지 혹은 시적인 문장으로,

'가을. 저는 이 가을에 한 잎 낙엽이 되려고 해요, 낙엽이 되어 양 선생님 그대의 마음속 그윽한 호수 위에 나부껴 떨어질까 하지요. 그러면 그대의 호수에는 파문이 일겠지요. 그 파문은 아름다운 분홍빛일 거예요.'

이렇게 가슴속으로 스며들어가듯 하는 게 좋을지…… 갖가지 문장

을 종이에 낙서하듯 적고 또 적어 보았다.

그처럼 서서히 연정을 무르익혀 가고 있는 어느 날이었다. 둘째 시간을 마치고 교무실로 돌아가니 교장 책상 앞에 양 선생이 다소곳이 앉아서 무슨 이야기를 나누고 있었다.

얼른 보아서 그냥 사무적인 이야기는 아닌 듯해서 나는 곁에 있는 동료 교사에게 물어 보았다.

"무슨 일이야?"

"글쎄, 무슨 일이 있는 것 같은데……."

동료 교사도 잘 모르고 있었다.

자리에 앉아서도 나는 곧장 양 선생의 뒷모습과 교장 선생의 표정을 힐끗힐끗 살폈다.

잠시 후, 양 선생은 의자에서 일어나더니 조용하고 담담한 얼굴로 교무실을 나갔다. 자기네 교실로 가는 모양이었다. 그런데 어쩐지 교무실을 걸어 나가는 그 모습이 여느 때와는 달리 조금 어색한 것 같고, 수줍어 하는 듯한 기색이 느껴졌다.

나는 무슨 일인가 하고 교장 선생을 바라보고 있었다.

교장 선생은 자리에 가만히 앉은 채 얼굴에 은은한 미소를 떠올리며 입을 열었다.

"양 선생이 결혼을 한다는군."

혼자 중얼거리듯 지껄인 그 말에 나는 그만 핑하고 현기증이 느껴지며 눈앞이 노오랗게 흔들렸다.

양순정 선생이 결혼을 하게 되다니, 정말 예기치 않은 일이어서 나는 어이가 없기만 했다.

 그렇다면 방학 동안 고향에 갔을 때 이미 그런 결정이 내려져 날짜까지 정해진 모양인데, 그런 줄도 모르고 러브 레터의 첫머리를 어떤 식으로 시작할 것인가, 그런 달착지근한 생각에 도취되어온 나 자신이 우습고 모양 같잖기만 했다. 헛다리를 긁어도 분수가 있지, 상대방은 이쪽에 대해서는 전혀 관심도 없이 딴 남자의 아내가 되려고 정혼을 하고, 그 준비에 가슴 설레고 있는 판인데, 혼자서 백일몽을 꾼 셈이 아닌가 말이다.

 나는 허……, 웃음이 나오는 것을 어쩌지 못했다. 마치 발그레하고 팽팽하게 부풀어 올랐던 가슴에서 김이 푸우 소리를 내며 빠져버리는 듯한 그런 느낌이었다.

 아직 러브 레터를 쓰지 않길 잘했지, 전달하지 않길 잘했지 하는 생각이 들기도 했다. 이미 결혼을 하기로 결정한 여자에게 만일 러브 레터를 내밀었더라면 어쩔 뻔했는가 말이다.

 '강 선생, 이런 것 나한테 주면 못 써요. 누님도 바로 위가 아닌 그 위의 누님 같은 사람에게 연애 편질 쓰다니…… 될 말이에요? 그리고 미안하지만 강 선생, 난 곧 결혼한단 말이에요. 알겠어요?'

 그녀의 성격으로 보아서 틀림없이 이런 투의 말이 나오고 재미있다는 듯이 호호호, 웃음을 터뜨렸을지도 모를 일이 아닌가.

 생각만 해도 절로 얼굴이 빨개질 노릇이었다. 말하자면 나는 나의 체면부터 앞세워 생각하는 것이었다.

여 제자 111

그러고 보면 그녀에 대한 애정이 그다지 농도 짙은 게 아닌 모양이었다. 아주 짙은 사랑이라면 체면 같은 것이 문제겠는가 말이다. 그럴수록 오히려 못 견뎌서 체면 같은 것 내던져버리고, 마지막 단판이라도 하듯 불같이 덤벼들어야 할 게 아닌가.

'안 됩니다. 양 선생님, 절대로 나는 당신을 딴 남자에게 빼앗길 수 없습니다. 정말입니다. 당신은 내 것입니다. 벌써부터 나는 당신을 내 사람으로 결정하고 있었단 말입니다. 알겠어요? 누님 같으면 어때요? 사랑에 나이가 무슨 상관이란 말이에요. 사랑에는 국경도 없다는데, 나이 몇 살 여자가 많다고 그게 무슨 상관이냔 말입니까. 안 그래요? 양 선생님, 대답해 보세요.'

이런 식으로 마구 뜨겁게 내뱉으면서 말이다.

그러나 나는 오히려 그와 정반대 되는 말을 그녀에게 했던 것이다.

양 선생이 휴가원을 내고, 결혼식을 올리려 고향으로 돌아간다는 그 전날 퇴근 때였다. 나는 혼자서 터벅터벅 운동장의 정문 쪽으로 걸어 나가고 있었다. 곧바로 하숙으로 돌아가는 게 아니라, 면 소재지 쪽에 있는 술집에 가서 오늘은 혼자서 술을 좀 마셔야겠다 싶었던 것이다.

나는 술을 꽤 마시는 편이었다. 그러나 동료 교사들과의 술자리에서나 마시지, 결코 혼자서 마시는 일은 없었다. 그런데 그날은 혼자서 터벅터벅 술집을 찾아가는 것이었다. 다른 선생과 어울리고 싶지도 않았다. 기분이 뒤숭숭하고 쓸쓸하고 이상하기만 해서 혼자서 실컷 취하고 싶었던 것이다.

술집이 있는 면 소재지 마을은 학교에서 조금 떨어진 곳에 있었다.

혼자서 터벅터벅 걸어 교문을 나서는데, 누군가 잰 걸음으로 뒤따라오는 기색이 느껴졌다. 힐끗 돌아보니 양 선생이었다.

"어딜 가시느라 이쪽으로……?"

양 선생은 미소를 띠며 얼른 가까이 다가왔다.

나는 술집으로요! 하고 불쑥 내뱉아 주고 싶었으나, 어찌 된 셈인지 그 말은 나오지 않고,

"좀 볼일이 있어서요."

하였다.

혼자서 술을 마시러 가는 것도 볼일임에는 틀림없었다.

양 선생 자취하는 집은 면 소재지 마을에 있었다.

그녀와 나는 교문을 나서 나란히 걸었다. 잠시 두 사람 사이엔 아무 말도 없었다.

나는 아무래도 내가 뭐라고 한 마디 해야 될 것 같은 생각이 들었다.

그녀가 결혼을 하기 위해 내일 귀향한다는 것을 알고 있으면서 아무 말도 안 한다는 것은 좀 이상한 것 같았다.

그러나 나는 무슨 말을 해야 할지 망설여지기만 했다.

양 선생은 결혼을 하게 된 여자로서의 수줍음이라 할까, 정숙함이라 할까, 그런 것 때문에 먼저 입을 열지 않는 듯했다.

그러나 그녀는 두 사람 사이의 침묵이 어색했던 모양으로 혼자 중얼거리듯,

"이제 가을이군요."
하였다.

그 말에 나는 왠지 피식 웃음이 나왔다. 그리고 나도 모르게 불쑥 말했다.

"양 선생님은 좋겠군요."

"……."

그녀는 힐끗 나를 바라보았다. 아무리 바로 위가 아닌 그 위의 누님 같은 나이라고 하지만 역시 여자는 여자인지라, 살짝 수줍은 미소가 눈언저리에 매혹적으로 떠올랐다.

"결혼하신다자요?"

나는 뚱딴지같이 내뱉았다.

"호호호……."

이제야 불쑥 그런 소릴 하는 내가 재미있는 모양이었다.

잠시 또 말이 끊겼다가 그녀가 담담한 어조로 남의 얘기하듯 늘어놓았다.

"금년 가을에 결혼할 생각은 전혀 없었어요. 이삼 년 더 있다가 하려고 했는데, 방학에 집에 갔더니 좋은 자리가 나섰다면서 기어이 선을 보라지 않겠어요."

"……."

나는 가만히 듣고 있는 수밖에 없었다.

"어머니가 어찌나 성환지, 그 등쌀에 못 이겨서 하는 수없이 맞선을 봤지요. 어차피 해야 할 결혼이니까, 까짓것 어머니 맘대로 결정하시라고 맡겨버렸더니 글쎄, 좋다구나 하고 결혼 날짜까지 받아버리지 않았겠어요. 호호호…….”

 그 말에 나는 강한 반발을 느꼈다. 결혼을 그런 식으로 간단히 처리해 버리다니…….

 '안 됩니다. 지금이라도 늦지 않으니 취소를 하세요. 일생 일대의 중대사를 그렇게 장난처럼 아무렇게나 결정해 버리다니 될 말입니까?'

 이렇게 내뱉고 싶은 충동이 꿈틀거렸다. 그러나 어찌 된 셈인지 목구멍이 콱 막힌 듯 가슴이 울렁거리기만 할 뿐 그 말이 나오지 않았다.

 양 선생은 조금 걸어가다가 다시 말을 이었다.

 “결혼을 하기는 하지만 기쁜 줄도 모르겠고. 그저 그래요. 결혼을 하면 여자는 고생길로 들어서는 거죠. 별수 있겠어요. 처녀 시절이 좋지…….”

 마치 결혼 생활을 할 대로 해 본, 인생에 통달한 사람처럼 말하는 것이 나는 좀 같잖다 싶어 픽 웃었다. 그리고 불쑥 말했다.

 “그럼 뭐하러 결혼을 해요. 처녀로 혼자 살지…….”

 “처녀로 언제까지나 혼자 살 수도 없는 일이고…… 결국 고생길이라는 것을 알면서도 그 길로 발을 들여놓지 않을 수 없는 게 인생 아니겠어요.”

 아닌게 아니라 제법 인생을 아는 사람 같은 말투여서 나는 힐끗 그녀를 바라보았다.

그녀의 표정은 부드럽고 담담했다. 그러나 어딘지 모르게 정말 무슨 체념을 한 사람 같은 그런 쓸쓸한 것이 흐르고 있는 듯했다.

그 표정에서 나는 문득 이 여자가 실연을 한 일이 있는 여자로구나 하는 생각이 들었다. 지극하게 어떤 한 남자를 사랑하다가, 그 사랑을 이루지 못한 슬픈 경험이 있는 여자인 것만 같았다. 아마 틀림없을 것 같았다.

그녀가 한 말로 미루어 보아서도 그렇지 않은가. 맞선을 보고서 아무렇게나 어머니에게 그 결정을 일임했다든지, 결혼을 하기는 하지만 기쁜 줄도 모르겠다든지, 결혼을 하면 여자는 고생길로 들어서는 것이지 별수 있겠느냐고 한 말이 다 그래서 나온 것이 아니겠는가.

나는 어쩐지 목구멍이 카아 해지는 듯했다. 그녀를 그만 불끈 안고서 울어버리고 싶은 그런 심정이었다.

그러나 어느덧 우리는 면 소재지 마을에 당도해 있었고, 그녀가 자취하는 집 골목이 다가오고 있었다.

그녀는 골목으로 들어서며,

"그럼, 강 선생……."

말 끝을 흐리면서 묘하게 웃었다.

나는 그만 핑 두 눈에 눈물이 어리는 것을 어쩌지 못하며,

"잘 다녀오세요. 행복을 빕니다."

하고 억지로 웃음을 지어 보였다. 마치 목이 메이는 듯한 목소리였고, 눈 앞은 뿌옇게 흐려지고 있었다.

나는 그날 정신이 가물가물해질 지경으로 술을 마셨다.

고향에 가서 결혼식을 올리고 돌아온 양 선생은 곧 사표를 내고 영영 학교를 떠나가 버리고 말았다. 신랑을 따라 살림을 하러 가야 된다는 것이었다. 신랑이 도청 무슨 과에 근무하고 있다는 것이었다.

부임한 지 반 년도 못 되어 결혼을 하고서 그렇게 훌쩍 떠나가 버리자, 선생들은 싱거운 여자라고 빈정거리기도 했다.

나 역시 그런 생각이 조금 들었다. 그러나 나는 그녀가 결혼을 해버렸는데도 여전히 쓸쓸했고, 가슴이 허전하기만 했다. 결혼을 했어도 좋으니, 다시 말하면 남의 사람이 되어 버렸어도 상관없으니, 학교를 떠나지 말고 그대로 있어 주었으면 싶었다.

나의 그런 안타깝고 허망한 생각과는 정반대로, 양 선생이 짐을 싸 가지고 훌쩍 떠나가 버린 것을 몹시 기뻐하는 사람이 하나 있었다. 물론 그것은 홍연이었다.

홍연이는 일기에 다음과 같이 적고 있었다.

'양 선생님이 사표를 내셨다는 말을 듣고 나는 어찌나 기쁜지 야! 하고 손뼉을 치고 싶었다. 그러나 아이들이 이상하게 생각할 것 같아 손뼉은 치지 않고 싱글벙글 웃기만 했다. 양 선생님은 참 잘 생각하셨다. 결혼을 하면 여자는 남편을 따라가서 살림을 하는 게 옳은 일이다. 나는 기분이 좋아서 오늘 청소 시간에 혼자서 물을 세 양동이나 길어다가 열심히 교실을 닦고 또 닦고 했다. 남숙이가, "너 오늘 왜 이렇게 부지런을 떠니? 별일이야." 하면서 웃었다. 나는 이 일기를 쓰는 지금도 기분이 좋기만 하다.

오늘 조회 때 양 선생님이 우리들에게 작별 인사를 하셨다. 다른 아이들은 좀 섭섭한 모양이었으나, 나는 기쁘기만 했다. 선생님의 표정을 보니 좀 화가 나신 것 같았다. 양 선생님이 결혼을 해서 떠나가시는데 선생님이 그런 표정을 지으실 게 뭐람. 나는 속으로 우습기만 했다. 양 선생님은 참 좋으신 분이다. 남편과 함께 살림도 잘 하실 것이다. 양 선생님의 행복을 빈다.'

이런 대목을 읽고 나는 피식 웃지 않을 수 없었다. 홍연이의 심리가 눈에 보이는 듯했다.

그런데 그 심리가 어쩐지 약간 얄밉게 생각되는 게 아닌가. 아직 복숭아털도 덜 가신 한낱 여학생이 무르익는 수밀도(水蜜桃) 같은 여 선생과 겨루려 들다니, 그래서 마치 제가 무슨 승리자라도 된 듯이 양 선생을 칭찬까지 하며 행복을 빌다니……, 같잖다 싶었다.

여느때 같으면 홍연이에 대해서 결코 그런 생각이 들 턱이 만무한데, 그때는 이상하게도 심사가 그렇게 슬그머니 비뚤어지는 것이었다. 그만큼 나는 양 선생이 떠나간 데 대해 상심해 있었던 것이다.

그 해 가을 내내 나는 그런 안타깝고 허망하고 쓸쓸한 기분에서 벗어날 수가 없었다. 말하자면 나는 두 번째의 실연을 한 셈이었다. 상대방에게 사랑의 고백을 한 게 아니니 실연이랄 것도 없지만, 좌우간 이루지 못한 짝사랑임에는 틀림없었다.

학생 시절의 첫 번째 사랑도 러브 레터를 전달하기는 했었으나 결국 짝사랑으로 끝난 셈이었는데, 이번에도 그렇게 되니…… 어쩐지 나는 짝사랑만 하게 마련인 머저리 같은 녀석인 듯해서 입맛이 쓰고, 창피한 생각이 들기도 했다.

어쨌든 나는 그 해 가을, 흩날리는 낙엽을 바라보며 아……, 오……, 하는 식의 많은 비련의 시를 썼다. 그리고 겨울 방학에는 한 편의 단편 소설을 써보았다. 내가 처음으로 써본 소설이었다. 물론 양순정 선생과 나 자신을 모델로 해서였다.

열렬한 사랑을 하다가 실연을 한 과거가 있는 여 선생이 자기를 내심 사랑하고 있는 연하의 남 선생의 그 애정을 잘 알면서도 일부러 모르는 체 동생처럼만 대하다가 결혼을 하고, 마침내 떠나가 버리는데, 그녀가 산모퉁이를 돌아 사라져갈 때 어디선지 뻐꾸기 우는 소리가 구슬픈 메아리를 이루며 들려온다는 그런 내용이었다. 그러니까 사실과 거의 비슷한 소설이었다.

마지막 뻐꾸기 우는 소리가 들려오는 대목을 쓰면서 나는 원고지 위에 엎드려 남몰래 눈시울을 적시기도 했었다.

작품으로서는 연약하고 미숙한 것이었으나, 나로서는 아끼고 싶은 습작이었다. 제목은 '메아리'라고 붙였다.

그런데 신기한 것은 아……, 오……, 하고 슬픔을 토해놓듯 비련의 시를 쓸 때는 오히려 우수가 더 짙어지는 것 같았는데, 한 편의 소설을 완결시키고 나니 마치 가슴속의 비애를 온통 내쏟아버린 듯한 개운함과 후련함이 느껴지는 게 아닌가.

그래서 그런지 좌우간 길고 추운 겨울 방학이 끝나고, 다시 교단에 섰을 때 나는 싱싱한 기분으로 되돌아가 있었다. 이제 한 살 더 먹어 스무 살이 된 싱싱한 교사로 말이다.

졸업식 날이 다가오고 있었다.

아직 먼 산에는 눈이 희끗희끗 묻어 있고, 바람결도 쌀쌀했으나, 어딘지 모르게 봄 기운이 어리고 있는 듯이 느껴졌다. 그런 느낌은 햇볕에서 오는 듯했다. 햇볕이 어쩐지 하루하루 더 화사해지는 듯했고, 조금씩 두꺼워지는 것도 같았다. 그리고 한낮이면 저만큼 산모퉁이나 둔덕 같은 양지바른 곳에는 아른아른 아지랑이가 어리는 듯이 보이기도 했다.

"아, 이제 곧 봄이로구나."

나는 교실 창 밖으로 봄 기운이 어리는 듯한 풍경을 내다보며 가슴이 뿌듯하게 부풀어오르는 듯해서 커다랗게 기지개를 켜곤 했다.

그런 부풀어오르는 듯한 기분을 더욱 흔들어대는 것은 졸업식 노래였다. 이 교실 저 교실에서 곧잘 졸업식 노래가 울려퍼졌다. 음악 시간이면 다투어 연습들을 해대는 것이었다.

어느 날 오후, 음악 시간에 우리 학급도 졸업식 노래를 연습했다. 이미 모두 입에 익어 있는 노래기는 했지만, 음정이나 발성에 바로잡아야 할 점이 더러 있어 그 시간은 졸업식 노래로써 수업을 일관했다.

졸업식 노래는 곡이 부드럽고 유창하면서도 어딘지 모르게 쓸쓸하고 구슬프기까지 한 그런 감정을 불러일으키게 마련이다. 학교를 떠나는 졸업생과 그들을 보내는 재학생 사이의 이별의 노래이니 그럴 수밖에…….

'물려받은 책으로 공부를 하며,

우리는 언니 뒤를 따르렵니다.

잘 있거라 아우들아 정든 교실아,

선생님 저희들은 물러갑니다.'
냇물이 바다에서 서로 만나듯,
우리들도 이 다음에 다시 만나세.'
이런 대목은 특히 가슴이 뭉클하게 젖어드는 듯한 느낌인 것이다.
그 시간은 교실 안이 온통 그런 뭉클하면서도 쓸쓸한 묘한 분위기에 휩싸여 있었다.
수업이 끝나자 풍금 앞에서 일어서며 나는 약간 정감 어린 어조로,
"자, 너희들도 일 년 후면 학교를 떠나게 되는구나."
하고 입을 열었다.
학생들은 모두 말없이 나를 바라보고 있었다.
그러나 그들의 눈빛은 어딘지 모르게 조금 축축한 열기를 머금고 있는 듯이 느껴졌다.
나는 천천히 교단 위로 올라섰다. 그리고 말을 이었다.
"졸업을 한 뒤에도 너희들 나를 만나면 반가이 인사를 하겠느냐?"
학생들은 무슨 그런 질문이 다 있느냐는 듯한 표정으로,
"예."
일제히 대답했다.
"졸업을 하고 나면 선생님을 봐도 못 본 척 슬슬 피해버리거나, 얼른 숨어버리는 그런 사람이 없지 않거든. 너희들 중에도 그런 사람이 있을지 누가 알아?"
나는 약간 농담조로 말하며 웃었다.
"없어요."

"그러지 않아요."

"말도 안 돼요."

학생들은 떠들썩하게 항의를 하듯 소리를 질렀다.

"지금은 모두 그렇게 큰소리를 치지만, 어디 두고 보자구. 특히 여학생들은 믿을 수가 없거든. 선생님을 보면 부끄러워서도 숨어버리는 사람이 많을 거야."

이번에는 여학생들만 또,

"안 그래요."

"안 부끄러워요."

하고 떠들어댔다.

나는 어쩐지 재미있다는 생각이 들어 여학생들에게만 다시 질문을 던졌다.

"그럼 너희들 시집을 간 뒤에도 선생님을 만나면 인사를 하겠어?"

"예."

그리고 여학생들은 더러 킬킬킬 웃기도 했다. 시집을 간 뒤라는 말이 공연히 부끄럽고 재미있는 모양이었다.

"십 년, 이십 년이 지난 뒤에도……?"

"예."

"삼십 년이 지난 뒤에 만나도 선생님을 알아볼 수 있을까? 그때는 선생님이 희끗희끗 노인이 되어가고 있을 텐데……."

"알아볼 수 있어요."

"그때는 너희들도 서서히 할머니가 되어 가고 있을 게 아니야. 허허허…… 그래도 인사를 하겠어?"

"해요."

여학생들은 대답을 하고서, 서서히 할머니가 되어 가고라는 말이 우습고 재미있는 듯 서로 수군거리며 킬킬 웃어댔다.

모두가 그렇게 웃는 얼굴이었으나 오직 한 사람, 가만히 고개를 숙이고 앉아 있는 여학생이 있었다. 그것은 홍연이었다.

무슨 생각에 골똘히 잠겨 있는 듯한 그 애의 고개 숙인 모습이 눈에 들어오자 나는 속으로 흠, 싶었다. 다른 학생들처럼 나의 말이 그저 재미있기만 한 것이 아닌 게 틀림없어 보였다. 어쩌면 어떤 슬픔에 젖어 있는 것인지도 알 수 없었다. 어쩐지 그 애의 착 가라앉은 듯한 고개 숙인 모습이 그렇게 느끼게 했다.

그러나 나는 모르는 체하고 큰소리로 말했다.

"그래, 좋아. 이십 년 후에 만나도 인사를 하고, 삼십 년 후에 만나도 알아보는지 어디 한번 두고 보자구. 자, 그럼 이 시간은 이것으로 그만."

다음 시간은 그날 마지막 수업이었다.

수업 시작 종이 울려 교실로 들어가자, 어쩐지 분위기가 좀 수런거리는 듯한 느낌이었다. 여느때 같으면 교실 문을 열고 내가 들어서면 떠들썩하다가도 곧 물을 끼얹은 듯 조용해지는데 말이다.

내가 교단 위에 올라서자 급장인 남숙이가,

"조용히들 해!"

하고는,

"차렷! 경례."

구령을 질렀다.

경례를 하고 난 다음에도 웬일인지 분위기가 조용히 가라앉질 않는 듯했다. 서로 힐끗힐끗 바라보며 수군거리기도 하고, 호기심 어린 시선으로 나를 쳐다보기도 하는 것이었다.

"무슨 일이야? 왜들 조용히 하질 못하지?"

나는 무뚝뚝하게 내뱉았다.

그러자 남숙이가 자리에서 일어서더니 좀 난처한 표정으로,

"선생님, 저…… 홍연이가 울고 있습니다. 교실에 들어오질 않고……."

하는 것이 아닌가.

"울고 있다니, 왜?"

힐끗 홍연이의 좌석을 보니 비어 있었다.

"모르겠습니다. 농구(農具) 창고 뒤에 앉아서 울고 있는데, 왜 우느냐고 물어도 대답을 안 해요."

"어디 아픈 모양인가?"

"아프진 않은 것 같애요."

"그럼 왜 울고 있지?"

"교실에 들어가자고 해도 듣질 않고 울기만 해요."

"무슨 일이지?"

나는 홍연이가 울고 있다는 숙직실 옆에 있는 농기구 창고 뒤로 가 볼까 했다. 그러나 선생이 그런 일로 수업을 젖혀두고 달려 나간다는

게 좀 뭐해서 우선 남숙이에게,

"가서 얼른 들어오라고 해! 수업 시작 종이 울렸는데 교실에 들어오질 않고 울고 있다니…… 선생님이 화를 내더라고 그래!"

좀 엄한 어조로 일렀다.

남숙이가 나가자 나는 수업을 시작했다.

잠시 후 남숙이가 앞서고 홍연이가 뒤따라 교실로 들어왔다. 홍연이는 얼른 보아도 두 눈이 약간 부은 것 같았고 아직도 언저리가 눈물에 젖어 있는 듯이 보였다. 마치 무슨 큰 잘못이라도 저지른 것처럼 고개를 푹 숙이고 몹시 쑥스러운 듯한 몸짓을 하며 얼른 자기 자리로 들어가는 것이었다.

"홍연이, 왜 울었어?"

나는 불쑥 물었다.

그러나 그 애는 아무 대답 없이 자리에 가서 앉더니 깊숙이 고개를 떨구고만 있었다.

"시작종이 치면 교실로 들어와야지 1, 2학년생도 아니면서 울고 있다니…… 도대체 왜 울었지?"

"……."

"누구한테 맞았나?"

그러자 모두 재미있다는 듯이 히들히들 킬킬 웃었다.

나도 약간 어이가 없다는 듯이 허 웃어버렸다. 그리고 그 일은 그것으로 매듭을 짓고 수업을 계속했다.

홍연이가 왜 그렇게 창고 뒤에 앉아서 울었는지 그 까닭을 그 애의 일기에서 알고, 나는 얼굴이 화끈 붉어지는 듯한 느낌이었다. 그녀의 일기에 다음과 같이 씌어 있었던 것이다.

'음악 시간에 졸업식 노래를 부르는데 나는 자꾸 눈물이 나오려고 해서 애를 먹었다. 6학년 언니들이 곧 학교를 떠나기 때문에 그래서 슬픈 것이 아니었다. 명년이면 우리도 졸업을 해서 학교를 떠나야 되는구나 하는 생각이 들어서였다.

그런데 선생님께서도 수업이 끝나자 좀 슬픈 목소리로,

"너희들도 일 년 후면 학교를 떠나게 되는구나."

그런 말씀을 하시는 게 아닌가, 그리고 졸업을 한 뒤에도 만나면 반가운 인사를 하겠느냐고 하시는 바람에 그만 나는 울음이 쏟아져 나오려 해서 애를 먹었다. 명년에 졸업을 해서 선생님과 헤어질 일을 생각하니 견딜 수가 없어서 나는 창고 뒤로 가서 실컷 울어버렸다. 시집을 간 뒤에도, 이십 년 후에 만나도 인사를 하겠느냐, 삼십 년 후에 만나도 알아보겠느냐고 하신 선생님의 목소리가 일기를 쓰고 있는 지금도 귀에 들리는 것 같아 또 눈물이 나오려 한다. 나는 나중에 시집을 안 갈 거야. 절대로 안 갈 거야.'

이렇게 시집 안 간다는 말로 그날의 일기를 끝맺어 놓았는데, 시집을 안 간다는 말은 곧 나를 염두에 두고 한 말임에 틀림없었다. 다시 말하면 내가 아닌 다른 남자에게는 시집을 안 가겠다는 그런 생각이 은연중 밑바닥에 깔려 있는 말이었다.

나는 얼굴이 화끈해지는 것을 느끼며 비식비식 웃었다. 어쩐지 낯간지럽고 쑥스러우며, 약간 창피한 것도 같은 그런 또한 기분이었다.

봄이 오고, 신학년도가 되자, 새로 담임 발표가 있었다. 나는 6학년 2반 담임이었다. 그러니까 5학년 2반 그 학급을 그대로 데리고 올라가게 된 것이다.

학생들은 무척 기뻐했다. 남학생들보다 여학생들이 더 기뻐하는 것 같았다. 홍연이는 겉으로는 별로 나타내지 않았지만 누구보다도 진정으로 좋아했다. 일기에 온통 그런 심정을 쏟아놓고 있었다.

나도 기뻤다. 같은 값이면 5학년 때 정이 든 그 학생들을 그대로 6학년 때도 맡아서 잘 졸업을 시켜야지 싶으니 가슴이 뿌듯해 오기도 했다. 교단 생활에서는 6학년을 맡아서 잘 가르쳐 진학도 시키고, 졸업을 시키는 일이 가장 큰 보람일 것 같았다.

그러나 그런 나의 바람은 그 해 여름 보기 좋게 깨어지고 말았다. 6·25가 일어난 것이다.

전쟁은 모든 것을 엉망진창으로 뒤흔들었다. 학교가 폐교 상태가 되어 버린 것은 말할 필요도 없다. 낙동강까지 밀렸다가, 압록강까지 몰아붙였다가, 다시 후퇴했다가, 전진했다가, 숨을 들이키고 교육계도 서서히 다시 움직이기 시작했다.

1951년 봄, 나는 딴 학교로 전근 발령을 받았다.

새로 부임한 학교 역시 면 소재지 학교였는데, 밋밋한 언덕 위의 널찍한 터에 자리잡고 있어서 그전의 학교보다 한결 후련한 느낌이었다. 어쩐지 운동장도 훨씬 넓은 것 같았다. 운동장 가에는 벚나무가 빙 둘러 심어져 있었다.

마침 봄이어서 벚꽃이 만개해 있었는데, 벚꽃의 구름 속에 학교가 담겨 있는 듯했다. 정말 화사하고 푸짐한 벚꽃이었다.

그러나 학교는 어설펐다. 전쟁이 할퀴고 지나간 자국이 어수선하게 눈에 띄었다.

무엇보다도 전쟁의 자취는 학생들의 수효에 나타나 있었다. 한 학급에 학생이 불과 20명 남짓밖에 되지 않았다.

나는 6학년을 담임했는데, 우리 학급은 20명도 채 못 되는 15명이 학교에 나오고 있었다. 60명이 넘는 재적 인원 가운데 4분의 3은 무단 결석을 하고 있는 셈이었다.

그러니 선생인들 의욕이 생길 턱이 없었다. 가뜩이나 악몽 같은 전쟁의 소용돌이를 겪느라 정신이 황폐해진 터인데 학생들 수효마저 이 지경이니……

그저 건들건들 건성으로 수업을 마치면 부락으로 출석 독려를 하러 나가는 것이 일과처럼 되어 있었다. 몇몇 교사가 어울려 부락에 나가 출석 독려를 좀 하고는 귀로에 막걸리나 마시는 것이 낙이었다.

어느 토요일 해질 무렵이었다.

부락으로 출석 독려를 나갔다가 돌아오는 길에 주막 마루에 걸터앉아 나는 동료 교사 두 사람과 막걸리 잔을 주고받고 있었다.

그날따라 고향 생각도 나고, 전에 근무하던 학교의 여학생들도 그리워지면서 어쩐지 쓸쓸하고, 조금 들뜨는 것도 같은 묘한 기분이었다. 홍연이는 학교에 잘 다니고 있는지…… 그녀도 이곳 학생들처럼 학교에 나가질 않고 집에서 일이나 거들고 있는 것인지……, 궁금하고 야릇하게 그 애가 보고 싶기까지 했다.

그런 기분이어서 나는 막걸리 잔을 사양하지 않고 거푸 비워댔다.

"강 선생, 오늘은 유독 술맛이 나는 모양인데 자, 한 잔 더……."

신을 벗고 마루에 올라앉은 교사가 불그레해진 얼굴에 웃음을 띠며 또 나에게 잔을 내밀었다.

"이제 봄도 다 가니 총각 선생 심사가 쓸쓸한 모양이지?"

마루에 나와 마주 걸터앉은 교사가 싱겁게 이죽거렸다. 그들 두 사람은 다 기혼이었다.

나는 그저 히죽히죽 웃으며 꿀꺽꿀꺽 잔을 기울이기만 했다.

"강 선생, 그럼 내가 중신을 할까?"

마루에 올라앉은 교사가 말했다.

"중신이 뭐하는 건데요?"

나는 능청스럽게 받아넘겼다.

"아니, 아직 중신이 뭔지도 모르다니, 이거 교단에 설 자격이 없는데……."

그러자 마루에 걸터앉은 교사도,

"허허허……, 없지. 중신이 뭔지도 모르는 사람이 어떻게 아이들을 가르쳐. 교사 자격증 헛받았군그려."

재미있다는 듯이 맞장구를 쳐댔다.

"중신하고 교사 자격증하고 아주 밀접한 관계가 있는 모양이죠?"

나의 말에 그만 폭소가 터졌다.

그렇게 술잔을 주고받으며 시시한 농담을 노닥거리고 있는데, 자전거를 타고 주막 앞을 지나가던 학부형 한 사람이,

"선생님들 안녕하시오?"

하면서 자전거에서 내려 다가왔다.

학교 바로 앞에서 잡화상을 하고 있는 사람이었다.

"어서 오시오. 같이 한 잔 합시다."

마루에 올라앉은 교사가 말했다.

"아니올시다. 난 벌써 한 잔 했어요. 더하면 자전걸 타고 갈 수 없는걸요. 이거 학교 편지 드리려고……."

잡화상 주인은 윗도리 호주머니에서 편지 서너 통을 꺼내 내밀었다.

내가 그것을 받았다.

물건을 떼러 읍내에 갔다가 우체부를 만난 모양이었다. 그 무렵은 우체부가 일일이 이 마을 저 마을, 이 집 저 집을 찾아다니며 편지를 전하는 것이 아니라, 중도에 그 부락 사람을 만나면 그 사람에게 우편물을 주어버리기 일쑤였다. 학교로 오는 우편물도 예외는 아니었다. 학교 근처에 사는 사람이나, 때로는 학생들에게 맡겨버리고 돌아서 가는 일이 허다했다. 그래서 우편물이 며칠씩 엉뚱한 집에서 묵었다가 전달되어오는 수도 있었다.

편지를 전하자, 잡화상 주인은 자전거를 타고 가버렸고, 나는 꽤 주기가 오른 상태였으나, 하나하나 편지를 살폈다. 모두 네 통이었다.

네 통 가운데 나한테 온 편지가 하나 있었다. 주소와 강수하 선생님이라는 글씨가 연필로 씌어 있었다.

나는 얼른 봉투의 뒷면을 보았다. 보낸 사람은 다름 아닌 홍연이었다.

 뜻밖에 홍연이의 편지를 받은 나는 취중이면서도 얼굴이 조금 화끈해 지는 것 같은 기분이었다. 흐흠, 오늘 홍연이의 편지를 받으려고 그렇게 여느 날과는 달리 묘하게 들뜨는 것 같고, 기분이 이상했구나 싶었다.
 봉투가 다른 편지들보다 두 배 정도 두꺼워 보였다. 많은 사연을 적어 놓은 것 같아 나는 반가우면서도 어쩐지 좀 쑥스러워 얼른 가운데를 접어서 상의 안 포켓 속에 집어 넣어버렸다.
 "아니, 무슨 편진데 뜯어보지도 않고 얼른 집어 넣어버리지?"
 마루에 올라앉은 교사가 또 농담조로 불쑥 말하자,
 "보나마나 좋은 사람한테서 온 거겠지 뭐. 그러니까 안 포켓에 넣지 그렇지 않음 뭐하려고 안 포켓에 넣겠어, 안 그래? 허허허……."
 걸터앉은 교사는 껄껄 웃었다.
 "내가 중신을 할까 했더니, 그랬더라면 강 선생 애인한테 매를 맞을 뻔했군."
 "매 정도가 아니라 몽둥이를 맞을 뻔했지."
 두 교사의 히들거리는 말에 나는 능청스럽게 또,
 '애인이라는 게 무언지 모르지만, 몽둥이질을 하는 모양이죠.'
 이런 식으로 받아넘기려 했으나, 어찌 된 셈인지 도무지 목 안이 굳어진 듯 그런 말이 자연스럽게 나와 주지가 않았다. 안 포켓에 든 홍연이의 두툼한 편지가 자꾸 가슴의 맨살에 닿는 듯 그쪽으로 신경이 쓰이는 것이었다.

그것이 비록 애인한테서 온 것이 아니라, 제자한테서 온 편지지만, 여느 평범한 제자와는 다른, 나를 이성으로서 사모하고 있는 그런 제자한테서 온 것이어서 도둑이 지레 발이 저리다는 격으로 두 동료 교사 앞에 공연히 말문이 막히는 모양이었다.

술이 꽤 되어서 약간 비틀거리기도 하며 하숙집에 돌아간 나는 저녁을 조금 뜨는 둥 마는 둥 하고 상을 물렸다. 그리고 취중에도 성냥을 찾아 초에 불을 붙였다.

전기가 없는 것은 아니었으나, 그 무렵의 전기라는 것은 호롱불 정도의 밝기도 채 되지 않는 경우가 허다했다. 그냥 전구 속의 필라멘트가 빨갛게 달아 있기만 할 때도 많았다.

그러니까 밤에 책을 읽거나 무엇을 쓰거나 하려면 따로 더 불을 켜야만 했다.

촛불을 밝히고서 나는 방 윗목에 아무렇게나 벗어 던져놓은 상의 안 포켓에서 홍연이의 편지를 꺼냈다. 그리고 북 봉투를 뜯었다.

취중이어서 촛불이 온통 눈앞에서 흔들흔들 일렁일렁 움직이면서 타 오르고 있는 듯이 느껴졌다. 아가리를 뜬 봉투 속에서 알맹이를 꺼내는데도 곧장 손끝이 헛움직이는 것 같았다.

편지를 펼쳐든 순간, 나는 그만 두 눈이 휘둥그래지고 말았다. 훨훨 타오르는 촛불의 훤한 불빛 속에 떠오른 것은 연필 글씨가 아니라 시뻘건 피 글씨였다.

'선생님, 그립고 그리운 선생님, 선생님, 선생님…….'

이렇게 선생님만 수없이 써 내려가다가 끝에 가서 약간 희미해진

피로,

'저는 지금 울고 있어요.'

라고 쓰고는 그만이었다.

연필 글씨와는 달리 손가락으로 쓴 혈서여서 불과 두 장인데도 피가 말라붙어 있어서 그렇게 봉투가 두꺼웠던 것이다.

나는 잠시 그저 얼떨떨하고 멍하기만 해서, 훨훨 타오르는 불빛을 받아 약간 괴이하게 번들거리는 그 시뻘건 피 글씨를 넋잃은 사람처럼 바라보고 있었다.

그러나 나는 잠시 후 편지를 손에서 떨어뜨리고,

"ㅎㅎㅎㅎ……."

웃으며 비실 쓰러지듯 방바닥에 드러누워 버렸다. 취중과 긴장이 풀리자, 절로 그렇게 몸이 무너지며 허파의 바람이 새어나오듯 히들히들 웃음이 흘러나오는 것이었다.

이튿날 나는 10시가 넘어서야 일어났다. 일요일이기도 했고, 어제의 술이 좀 과했던 탓으로 실컷 늦잠을 자버렸던 것이다.

방바닥 한쪽에 홍연이의 편지 봉투가 아무렇게나 던져져 있었다. 간밤에 취중에도 도로 그 혈서 편지를 접어서 봉투 속에 넣고 잠이 들었던 모양이었다.

실컷 자고 일어나기는 했으나, 아직 머리가 맑질 않고 약간 흐릿하고 멍했다. 밖에 나가 세수를 하고, 팔 다리를 건들건들 흔들어 체조 비슷한 것을 조금 하고 들어오니 정신이 꽤 산뜻해지는 느낌이었다.

그러나 나는 방바닥에 떨어져 있는 홍연이의 그 편지 봉투를 힐끗

힐끗 보기만 할 뿐 손을 가져가진 않았다. 마치 무슨 매우 중대하고도 심각한 그런 사연이 담긴 편지처럼 여겨져 쉽사리 손이 가질 않는 것이었다.

아침 밥상을 물리고 나서야 나는 그 봉투를 집어 들었다. 그리고 알맹이를 꺼냈다.

간밤에 본 그대로 피로 쓴 간단한 몇 마디였으나, 그것을 보는 느낌은 어젯밤과는 매우 달랐다. 어젯밤에는 너무나 의외의 일이어서 우선 얼떨떨하고 멍하도록 놀랐고, 그리고 히들히들 웃음이 나왔다. 그러나 이제는 어이가 없는 그런 놀라움이 아니라, 진정 가슴에서 솟아나오는 듯한 놀라움이었고, 그리고 웃음 같은 것은 전혀 떠오르지가 않았다.

'선생님, 그럽고 그리운 선생님, 선생님, 선생님……. 저는 지금 울고 있어요.'

정말 간절하고 아프게 다가오는 홍연이의 피맺힌 그리움의 몇 마디가 아닌가.

"흠……."

나는 고개를 대고 끄덕거렸다. 기분이 이상하기만 했다.

바깥에서 사람 소리가 나는 바람에 나는 얼른 그 혈서를 봉투 속에 집어 넣었다. 누가 보아서는 절대 안 될 그런 비밀인 것만 같고, 어쩐지 몹시 쑥스럽기도 했다.

봉투의 뒷면에 적힌 주소를 눈여겨보니 학교로 되어 있는 것이 아니라, 집 주소였다.

그렇다면 홍연이도 이곳 학생들과 마찬가지로 학교에 나가질 않고, 집안일을 거들고 있는 것인지…… 학교에 다니고 있으면서도 집 주소를 적어놓은 것인지 잘 알 수가 없었다.

홍연이의 그 피로 쓴 편지에 대해서 나는 며칠을 두고 생각해 보았다. 답장을 해야 옳을지, 그만두는 것이 좋을지…… 결국 나는 답장을 그만두기로 하고 말았다.

그만두기로 했다기보다도 몇 차례나 답장을 쓰려고 펜을 들었으나, 도무지 뭐라고 써야 좋을지 펜이 잘 나가주질 않았던 것이다. 그럴 수밖에 없는 것이 피로써 그처럼 간절한 그리움을 쏟아놓은 편지에 대해 펜으로 잉크를 찍어서 도대체 뭐라고 쓴단 말인가.

그리고 답장을 쓴다면 그것은 이미 스승과 제자 사이의 사연을 넘어선 것이 될 게 뻔했다. 상대편은 피 글씨로 그리움을 호소하는데, 이쪽은 점잖은 스승의 목소리로 답장을 보낼 수는 없는 노릇이 아닌가.

그래서 결국 답장을 그만두는 편이 가장 현명한 일인 것 같았던 것이다. 그것이 만일 혈서가 아니었다면, 연필로 그저 선생님이 보고싶고 그립다는 그런 사연을 적었더라면 나는 아마 답장을 썼을 것이다.

아무튼 그렇게 해서 나는 홍연이의 혈서 편지에 대해 답장을 쓰지 않고 말았는데, 그 뒤로는 홍연이로부터 더 편지가 오지도 않았다. 나의 답장이 없기 때문에 편지를 안 했는지, 혈서를 또 쓸 수도 없고, 그렇다고 싱겁게 연필로 무슨 말을 할 수도 없어서 그랬는지, 좌우간 그것으로 홍연이의 소식은 끊어지고 말았다.

이듬해 나는 징집 영장을 받고 입대를 했고, 몇 년 복무를 하고 제대를 한 뒤엔 영 교직을 떠나버리고 말았다. 그리고 결혼을 하여 가정이라는 것을 갖게 되었으며 아들과 딸의 아버지가 되었다.

그러나 나는 결코 홍연이를 잊을 수가 없었다. 그녀도 이제 시집을 가서 남의 아내가 되고 어머니가 되었겠지, 어디서 살고 있는 것일까, 고향의 그 산골에서 살고 있을까, 아니면 혹시 나처럼 상경을 해서 같은 서울 하늘 밑에 살고 있지나 않는지……, 이런 생각을 하며 아련한 향수처럼 첫 교단 시절을 회상하고, 그녀의 나에 대한 가지 가지 사모의 정과 혈서 편지를 떠올리며 좀 쑥스럽게 웃기도 했다.

그러나 그런 아련한 그리움도 세월의 흐름과 함께 차츰 엷어지고 희미해져서 어느덧 머릿속 깊숙한 곳으로 사라지듯 가라앉아버리고 말았다.

그런데 30년이라는 세월이 지나서 뜻밖에도 바로 홍연이 그녀로부터 전화가 걸려온 게 아닌가. 정말 너무나도 의외의 일이 아닐 수 없었다.

그래서 그날 밤 나는 이슥토록 잠을 이루지 못하고, 30년 전 옛날의 일들을 차례차례 머리에 떠올리며 참으로 오래간만에 마치 사춘기의 소년으로 되돌아간 듯한 기분이 안 될 도리가 없었다.

홍연이로부터 두 번째 전화가 온 것은 이틀인가 사흘 뒤였다.

점심을 먹고 소파에 기대앉아 있는데, 때르르 전화벨이 울려 수화기를 들었더니 그녀였다.

"선생님, 오늘 선생님 댁에 찾아갈까 하는데 괜찮겠지요?"

"응, 괜찮고 말고, 몇 시에 올 거야?"

"지금 곧 갈까 해요. 남숙이와 강주랑 셋이 갈 거예요."

"그래, 어서 와, 기다릴게. 우리 아파트 잘 찾겠어?"

"강주가 그쪽 지리를 잘 아는군요."

"그럼 됐군. 어서 오라구."

"선생님, 정말 꿈 같애요."

"정말이야."

"그럼 선생님, 곧 뵙겠어요."

"응, 그래."

수화기를 놓자, 나는 가슴이 조금 설레는 듯해서 소파에 가만히 앉아 있을 수가 없었다. 벌떡 일어나 먼지떨이를 벗겨 가지고 거실의 여기저기를 털기 시작했다. 별로 먼지도 없는데 말이다.

딩동댕, 부저 소리가 울린 것은 30분 가량 지나서였다.

나는 피우고 있던 담배를 재떨이에 껐다. 그리고 천천히 소파에서 몸을 일으켰다. 매우 침착한 동작이었으나 마음속은 그렇지가 않았다. 슬그머니 긴장이 되면서 가슴이 조금 설레는 듯 두근거리기까지 했다.

"누구세요?"

하면서 현관문을 열었다.

"어머, 선생님."

"선생님."

수줍은 듯 그러면서도 나긋한 웃음을 띤 세 중년 여인이 제각기 손에 선물 꾸러미를 들고 현관 밖에 서 있었다.
　"어서 들어와요."
　그러면서 나는 세 여인을 번갈아 바라보았다.
　옛 여 제자들이라는 것을 미리 알고 있었으니 말이지, 그렇지 않았더라면 도무지 누군지 짐작도 못 할 뻔했다. 길거리에서 스쳐 지나갔더라면 전혀 생소한 부인들로 여겼을 것 같았다.
　그만큼 그녀들은 변모되어 있었다. 30년 전의 제자들이니 그럴 수밖에. 단발 머리의 소녀들이 어느덧 이제는 쉰을 바라보는 중년 부인들이 되었으니 말이다.
　현관으로 들어선 세 여인을 거실로 안내해서 소파에 앉기를 권했다.
　그러나 그녀들은 들고 온 선물 꾸러미를 한쪽에 놓고 나란히 서서,
　"선생님, 절 받으세요."
하면서 나부시 머리를 숙여 인사를 했다. 30년 만에 만난 옛 스승에 대한 예의를 갖추는 셈이었다.
　나도 감개가 무량한 그런 심정이 되어,
　"정말 오래간만이군. 자, 어서들 앉아요."
하고는 내가 먼저 소파에 푹신 허리를 묻었다.
　세 여인도 다소곳이 소파에 앉았다.
　"선생님, 별로 늙지 않으셨네요. 대뜸 알아보겠는데요."
　한 여인이 입을 열었다.

"늙지 않다니, 벌써 쉰인데……."

나는 그 여인을 가만히 바라보았다. 그것은 남숙이었다. 여학생 급장이었던 30년 전 남숙이의 얼굴이 지금의 그녀 얼굴 위에 어렴풋이 떠오르는 것이었다.

"남숙이로군. 알아보겠는데…… 여기는 강주고."

남숙이 옆에 앉은 여인은 강주였다.

현관을 들어설 때는 전혀 낯설게만 여겨졌는데, 마주앉아 잘 보니 옛날 얼굴이 떠오르는 것이었다.

그러자 강주가 생글 웃으며,

"얘는 누군지 아세요? 홍연이에요."

하였다.

강주 옆에 앉은 홍연이는 살짝 웃음을 띠며 고개를 숙였다. 어쩐지 그녀의 얼굴에 연한 홍조가 어리는 듯했다.

홍연이는 전화로는 그렇게 별 스스럼 없이 얘길 하더니, 막상 집을 찾아와서는 한 마디 말도 없이 그저 나긋한 눈으로 수줍은 듯, 쑥스러운 듯 나를 힐끗힐끗 바라보기만 하는 것이었다.

나 역시 어쩐지 좀 기분이 묘해서 그녀에게는 똑바로 시선이 가지도 않고, 뭐라고 얼른 말이 나오지도 않았다. 그러나 말할 필요도 없이 나는 남숙이와 강주보다 내심 홍연이를 처음부터 눈여겨보고 있었다. 세 여인이 현관문 밖에 서 있을 때부터, 그리고 현관을 들어와 거실에 나란히 서서 절을 할 때 역시 나는 홍연이에게 온 신경이 쏠리고 있었다.

현관문 밖에 세 여인이 서 있을 때 얼른 보아서는 누가 홍연인지 그 얼굴을 식별할 수가 없었다. 그러나 느낌으로 대뜸 알 수가 있었다.

현관을 들어와 거실로 걸음을 옮기는 동작에서도 홍연이는 다른 두 여인과는 식별이 되었다. 나란히 서서 절을 할 때 역시 그녀가 던지는 느낌은 전혀 달랐다.

홍연이는 어느덧 중년의 그림자가 짙게 얼굴에 서려 있었다. 다른 두 여인보다도 어쩐지 훨씬 나이가 많아 보였다. 많아도 한두 살 많을 터인데 말이다. 나보다 세 살 밑인 마흔일곱이라고 했는데, 쉰이 넘은 여인처럼 느껴졌다.

그 동안 사는 데 고생이 많아서 늙어 보이는 것일까. 그러나 고생을 해서 찌든 그런 모습은 아니었다. 오히려 다른 두 여인보다 나이는 많아 보이지만, 어딘지 모르게 윤기 같은 것이 흐르고 있었다. 결코 지금 현재도 어렵게 살아가고 있는 그런 모습은 아니었다.

중로(中老)의 여인이 된 홍연이, 처음 얼른 보아서는 잘 알 수가 없을 정도로 변모를 한 홍연이의 모습……, 그러나 마주 앉아 자꾸 보니 옛날 단발 머리 때의 그 얼굴이 그대로 떠오르는 것이었다.

어느덧 30년……, 흘러간 세월이 눈에 보이는 듯, 피부에 와닿는 듯 나는 그저 감개가 무량해서 멍멍하고 벙벙한 기분이었다.

"보자…… 차를 한 잔 끓여야지."

나는 소파에서 몸을 일으켰다.

"사모님 안 계세요?"

남숙이가 물었다.

"집사람 어디 볼일 보러 나갔어."
하면서 나는 주방으로 갔다.
 그러자 남숙이가 자리에서 일어나 주방으로 따라오면서,
 "선생님은 앉아 계세요. 제가 차 끓일게요."
하는 것이 아닌가.
 "아냐, 아냐. 앉아 있어. 손님이 차를 끓이다니……."
 "손님은 무슨…… 제자지요."
 "삼십 년 만에 찾아온 정말 귀한 손님들이니, 내 손으로 직접 차를 끓여 대접하고 싶어."
 "선생님은 나이가 드셔도 여전히 정이 많으시네요. 옛날과 다름없어요."
 "그래? 옛날에 내가 정이 많았던가? 허허허……."
 나는 기분좋게 웃으며 커피포트에 물을 담고 스위치를 꽂았다.
 내가 끓인 차를 마시며 세 여인은 30년 전 단발 머리 시절의 기억을 생각나는 대로 끄집어내어 즐겁게 이야기를 해댔다. 처음에는 어색하고 수줍은 듯 말이 없던 홍연이도 차츰 분위기에 젖어 스스럼이 풀린 듯 자연스럽게 이야기에 어울렸다.
 나는 주로 듣는 역할이었다.
 "아, 그랬던가?"
 "응, 그런 일도 있었던 것 같군."
하고 웃음과 함께 고개를 끄덕거리면서 말이다.
 마치 30년 전 그 시절이 우리 집 거실에 홀연히 다시 찾아온 듯한 그런 분위기였다.

한참 추억담이 계속된 다음 홍연이가 문득 생각이 난 듯,

"참, 선생님, 이 사진 가지고 계세요?"

하면서 핸드백을 열고 한 장의 사진을 꺼냈다.

약간 누렇게 변색이 된 옛 사진이었다. 스무 명 남짓한 여학생들과 담임인 내가 자운영인 듯한 꽃밭에서 찍은 것인데, 앉아 있는 내 바로 곁에 홍연이가 서 있었다.

"흠, 이 사진 찍은 기억이 나는데……."

내가 사진을 들여다보며 말하자 홍연이는,

"그럼, 선생님은 안 가지고 계시군요. 저는 옛날 생각이 나면 그 사진을 꺼내보곤 했어요."

나긋한 시선으로 힐끗 나를 바라보고는 살짝 고개를 숙였다.

"어디, 무슨 사진이에요?"

남숙이가 그 사진을 받아서 강주와 함께 들여다보았다.

남숙이와 강주도 그 사진 속에 있었다. 그러나 그녀들은 나와 마찬가지로 그 사진을 갖고 있지 않은 모양이었다.

"어머, 이 사진 기억나네. 용케 지금까지 가지고 있었군그래."

강주가 말하였다.

그 말에 나는 남숙이의 표정을 힐끗 보지 않을 수 없었다. 어쩐지 무슨 의미가 담긴 듯한 말이었던 것이다. 혹시 홍연이가 나를 지극히 사모했다는 사실을 알고 있지나 않을까 싶었다. 그러나 그런 눈치는 아닌 듯 그저 무심히 한 말인 것 같았다.

"참 소중한 사진이다. 오래오래 보관해라."

남숙이가 사진을 홍연이 앞으로 내밀었다.

홍연이가 왼손으로 그것을 받아 핸드백 속에 도로 넣으려 했다.

"가만 있어. 저……."

순간 나는 약간 당황했다. 그러나 겉으로는 침착하게,

"그 사진 내가 좀 복사를 했으면 싶은데……."

하면서 도로 그것을 홍연이에게서 받았다.

내가 속으로 약간 당황한 것은 그 사진이 도로 홍연이의 핸드백 속으로 들어가려 했기 때문이 결코 아니었다. 그 사진을 왼손으로 받아 핸드백 속에 넣으려 했을 때, 홍연이의 왼손 새끼손가락이 눈에 띄었기 때문이었다. 새끼손가락 끝이 마치 무슨 쇠망치 같은 것으로 내리쳐서 짓뭉개버린 것처럼 되어 있었던 것이다.

그것을 보는 순간 번쩍 머리에 와닿는 것은 그녀의 혈서였다. 그녀가 어쩌면 저 손가락을 저렇게 짓뭉개 가지고 그 피로 혈서를 썼던 게 아닌가 하는 생각이 들었다.

그렇다면 얼마나 미안하고 가슴 아픈 일인가. 손가락 하나를 짓뭉개버릴 정도로 절절이 나를 사모했었다니……. 그렇게 해서 써보낸 혈서 편지에 대해 나는 아무 회답도 보내지 않았으니 말이다. 그런데도 30년이라는 세월이 흐른 뒤까지 잊지 않고, 이렇게 친구들을 재촉해서 찾아와 주다니…… 정말 가슴이 멍멍하도록 고마운 일이었다.

'그 새끼손락이 왜 그렇지?'

하고 확실한 것을 물어보고 싶었으나, 다른 두 제자가 있는 앞에서 그런 질문을 할 수는 없었다.

나는 그저,

"흠……."

고개를 끄덕이며 그녀가 30년 간 간직해오며 그 시절이 그리울 때마다 들여다보았다는 사진을 소중히 한쪽 장 서랍에 넣었다.

세 여인은 두어 시간 앉아 이야기를 나누다가 자리에서 일어났다. 일어나면서 남숙이가 말했다.

"선생님, 여 제자도 다 쓸데없지는 않죠? 선생님이 말씀하셨잖아요. 여학생들은 다 쓸데없다고, 나중에 커서 시집을 가고 나면 옛날 선생을 만나도 인사도 잘 안 할 것이라고요."

"허허허……."

나는 그저 웃기만 했다.

"그리고 너희들 이십 년 후에 나를 만나도 인사를 하겠느냐, 삼십 년 후에 만나도 나를 알아보겠느냐, 그런 말씀을 하셨어요. 며칠 전에 전화로도 말씀드렸지만……."

"글쎄……, 그런 말을 했던 것 같기도 해. 역시 급장이었던 남숙이가 기억력이 좋아."

"기억력이 좋아서가 아니라, 그 말이 어쩐지 머리에서 떠나질 않고 깊이 남아 있었어요."

그러자 강주가 생글 웃음을 띠며,

"여 제자가 남자 제자들보다 낫지요? 삼십 년 후에 이렇게 셋이나 찾아왔으니 말이에요."

하였다.

"그래, 그래. 정말 너무 고맙고 반갑고……, 글쎄 난 며칠 전에 홍연이 전화를 받았을 때 깜짝 놀랐다니까. 너무 뜻밖이어서 꿈 같은 느낌이…… 허허허……."

그러자 홍연이가,

"정말 저도 신문에서 선생님의 사진을 보고 깜짝 놀랐어요."

하면서 나긋한 눈으로 나를 힐끗 보고는 수줍은 듯 살짝 얼굴을 돌렸다.

나는 세 여인을 버스 타는 곳까지 배웅했다.

그녀들이 버스에 오를 때 나는,

"홍연이, 또 전화해."

하고 말했다. 그리고 얼른,

"남숙이랑 강주도."

하였다.

버스가 멀어져 가자, 나는 집을 향해 터벅터벅 걸음을 옮기며, 다음에 홍연이한테 전화가 오면 그 왼손 새끼손가락에 대해서 물어봐야지 싶었다. 그러면서도 한편 그런 말을 물어봐도 될까 하는 생각이 들기도 했다.

30년이 흘러서 이제 피차 중로의 저무는 길에 들어섰으나, 담담하게 그런 얘기를 나눌 수 있을 것 같기도 했고, 아무리 세월이 흘렀지만 여전히 옛 스승은 스승이요, 제자는 제자인데, 그런 말을 꺼낸다는 것은 좀 이상하지 않을까 싶기도 했다.

그런 생각에 젖으며 천천히 걸음을 옮기고 있는데, 문득 저만큼 길모퉁이를 돌아 초등학교 학생들의 행렬이 나타나는 게 눈에 띄었다. 나는 가만히 걸음을 멈추었다.

소풍을 갔다가 돌아오는 길인 모양이었다. 백이랑 물통 같은 것을 어깨에 멘 아이들이 손을 잡고 지절거리면서 걸어오고 있었고, 그 곁을 담임 선생들이 따라 걷고 있었다. 울긋불긋한 그 행렬 위로 가을 오후의 햇살이 확 퍼져 내리고 있었다. 유난히 눈부신 듯한 햇살이었다.

나는 그 햇살 속을 걸어오고 있는 울긋불긋한 꽃 무더기 같은 아이들과 선생들을 하염없이 바라보고 있었다. 마치 30년 전 나의 그 시절을 바라보듯이……….

이범선

/ 오발탄 / 학鶴 마을 사람들 /

    그날은 밤이 깊도록 학 나무 밑에 화톳불이 이글이글 탔다. 아직 추운 3월이라 불가에 둘러앉은 젊은이들은 막걸리를 사발로 마구 들이켰다. 그러면 마을 처녀들은 이렇게 마셔대는 막걸리와 안주를 떨어지지 않게 날라와야 했다. 그런 때면, 그 처녀가 화톳불을 싸고 빙 둘러앉은 청년들 중에 누구의 어깨 너머로 술이나 안주를 가운데 상에 넘겨 놓는가가 문제였다. 처녀가 술이나 안주를 누구의 어깨 너머로든지 살짝 넘겨놓으면 그때마다 일제히 와, 하고 함성을 울렸다.

(「학 마을 사람들」 중에서)

오발탄

계리사(計理士) 사무실 서기 송철호(宋哲浩)는 6시가 넘도록 사무실 한구석 자기 자리에 멍청하니 앉아 있었다. 무슨 미진한 사무가 있는 것도 아니었다. 장부는 벌써 접어치운 지 오래고 그야말로 멍청하니 그저 앉아 있는 것이었다. 딴 친구들은 눈으로 시계 바늘을 밀어올리다시피 5시를 기다려 후닥닥 나가 버렸다. 그런데 점심도 못 먹은 철호는 허기가 나서만이 아니라 갈 데도 없었다.

"송 선생님은 안 나가세요?"

이제 청소를 해야 할 테니 그만 나가달라는 투의 사환애의 말에 철호는 다 낡아빠진 해군 작업복 저고리 호주머니에 깊숙이 찌르고 있던 두 손을 빼내어서 무겁게 책상 위에 올려놓았다.

"나가야지."

하품 같은 대답이었다.
　사환애는 저쪽 구석에서부터 비질을 하기 시작하였다. 먼지가 사정없이 철호의 얼굴로 몰려왔다. 철호는 어슬렁 일어났다. 이쪽 모서리 창가로 갔다. 바께쓰의 물을 대야에 따랐다.
　두 손을 끝에서부터 가만히 담갔다. 아직 이른봄이라 물이 꽤 손끝에 시렸다. 철호는 물 속에 잠긴 두 손을 물끄러미 내려다보고 있었다. 펜대에 시달린 오른손 장지 첫 마디에 콩알만한 못이 박혔다. 그 못에서 파란 명주실 같은 것이 사르르 물 속으로 풀려났다. 잉크. 그것은 잠시 대야 밑바닥을 기다 말고 사뿐히 위로 떠올라 안개처럼 연하게 피어서 사방으로 번져나갔다. 손가락 끝을 중심으로 하고 그 색의 농도가 점점 연해져 갔다. 맑게 갠 가을 하늘 색으로 대야 가장자리까지 번져나간 그것은 다시 중심의 손끝을 향해 접어들며 약간 진한 파랑색으로 달무리처럼 동그란 원을 그렸다.
　피! 이건 분명히 피다!
　철호는 엉뚱한 생각을 하고 있었다. 슬그머니 물 속에서 손을 빼내었다. 그러자 이번엔 대야 밑바닥의 한 사나이의 얼굴을 보았다. 철호는 눈을 마주 쳐다보는 그 사나이는 얼굴의 온 근육을 이상스레 히물히물 움직이며 입을 비죽거려 웃고 있었다.
　이마에 길게 흐트러진 머리카락. 그 밑에 우묵하니 패인 두 눈. 깎아진 볼. 날카롭게 여윈 턱. 송장처럼 꺼멓고 윤기 없는 얼굴. 그것은 까마득한 원시인(原始人)의 한 사나이였다.
　몽둥이 끝에, 모난 돌을 하나 칡넝쿨로 아무렇게나 잡아매어 들고,

동굴 속에 남겨두고 나온 식구들을 위하여 온종일 숲속을 맨발로 헤매고 다니던 사나이.

곰? 그건 용기가 부족하다.

멧돼지? 힘이 모자란다.

노루? 너무 날쌔어서.

꿩? 그 놈은 하늘을 난다.

토끼? 토끼. 그래, 고놈쯤은 꽤 때려잡음 직하다. 그런데 그것마저 요즈음은 몫이 잘 돌아오지 않는다. 사냥꾼이 너무 많다. 토끼보다도 더 많다.

그래도 무어든 들고 들어가야 하는 것이다.

사나이는 바위 잔등에 무릎을 꿇고 앉아 냇물에 손을 씻는다. 파란 물 속에 빨간 노을이 잠겼다. 끈적끈적하게 사나이의 손에 묻었던 피가 노을 빛보다 더 진하게 우러난다.

무엇인가 때려잡은 모양이다. 곰? 멧돼지? 노루? 꿩? 토끼?

그런데 사나이가 들고 일어선 것은 그 어느 것도 아니었다. 보기에도 징그러운 내장. 그것이 무슨 짐승의 내장인지는 사나이 자신도 모른다. 사나이는 그 짐승의 머리도 꼬리도 못 보았다. 누군가가 숲속에 끌어내어 버린 것을 주워오는 것이었다.

철호는 옆에 놓인 비누를 집어들었다. 마구 두 손바닥으로 비볐다. 오구구 까닭 모를 울분이 끓어올랐다.

빈 도시락마저 들지 않은 손이 홀가분해 좋긴 하였지만, 해방촌 고개를 추어오르기에는 뱃속이 너무 허전했다. 산비탈을 도려내고 무질서하게 주워붙인 판잣집들이었다. 철호는 골목으로 접어들었다. 레이션 곽을 뜯어 덮은 처마가 어깨를 스칠 만치 비좁은 골목이었다. 부엌에서들 아무 데나 마구 버린 뜨물이 미끄러운 길에는 구공탄재가 군데군데 헌데 더뎅이처럼 깔렸다. 저만치 골목 막다른 곳에, 누런 시멘트 부대 종이를 흰 실로 얼기설기 문살에 얽어맨 철호네 집 방문이 보였다. 철호는 때에 절어서 마치 가죽 끈처럼 된 헝겊이 달린 문걸쇠를 잡아당겼다. 손가락이라도 드나들 만치 엉성한 문이면서 찌걱찌걱 집혀서 잘 열리지를 않았다. 아래가 잔뜩 집힌 채 비틀어진 문 틈으로 그의 어머니의 소리가 새어나왔다.

"가자! 가자!"

미치면 목소리마저 변하는 모양이었다. 그것은 아미 그의 어머니의 조용하고 부드럽던 그 목소리가 아니고, 쨍쨍하고 간사한 게 어떤 딴사람의 목소리였다. 문을 열고 들어서는 철호의 얼굴에 걸레 썩는 냄새 같은 것이 확 풍겨왔다. 철호는 문 안에 들어선 채 우두커니 아랫목을 내려다보고 있었다.

중학교 시절에 박물관에서 미라를 본 일이 있었다. 그건 꼭 솜 누더기에 싸놓은 미라였다. 흰 머리카락은 한 오리도 제대로 놓인 것이 없었다. 그대로 수세미였다. 그 어머니는 벽을 향해 돌아누워서 마치 딸꾹질처럼 어떤 일정한 사이를 두고, 가자 가자 하는 외마디 소리를 지르고 있었다. 그 해골 같은 몸에서 어떻게, 그런 쨍쨍한 소리가 나오는지 이상하였다.

철호는 윗방으로 올라가 털썩 벽에 기대어 앉아버렸다. 가슴에 커다란 납덩어리를 올려놓은 것 같았다. 정말 엉엉 소리를 내어 울고 싶었다. 눈을 꼭 지리감으며 애써 침을 삼켰다.

두 달 전까지만 해도 철호는 저녁때 일터에서 돌아오면, 어머니야 알아듣건 말건 그래도 어머니 지금 돌아왔습니다. 하고 인사를 하곤 하였다. 그러나 요즈음은 그것마저 안 하게 되었다. 그저 한참 물끄러미 굽어보고 섰다가 그대로 윗방으로 올라와 버리는 것이었다.

컴컴한 구석에 앉아 있던 철호의 아내가 슬그머니 일어섰다. 담요바지 무릎을 한쪽은 까망, 또 한쪽은 회색으로 기웠다. 만삭이 되어서 꼭 바가지를 엎어놓은 것 같은 배를 안은 아내는 몽유병자처럼 철호의 앞을 지나 나갔다. 부엌으로 나가는 것이었다. 분명 벙어리는 아닌데 아내는 말이 없었다.

"아버지."

철호는 누가 꼭대기를 쿡 쥐어박기나 한 것처럼 흠칫했다.

바로 옆에 다섯 살 난 딸애가 눈을 동그랗게 뜨고 철호를 쳐다보고 있었다. 철호는 어린것에게로 얼굴을 돌렸다. 웃어 보이려는 철호의 얼굴이 도리어 흉하게 이지러졌다.

"나아, 삼촌이 나일론 치마 사준댔다."

"응"

"그리구 구두두 사 준댔다."

"그러면 나 엄마하고 화신 구경 간다."

"……"

철호는 그저 어린것의 노랗게 뜬 얼굴을 바라보고 있을 뿐이었다. 철호의 헌 셔츠 허리통을 잘라서 위에 끈을 꿰어 스커트로 입은 딸애는 짝짝이 양말 목다리에다 어디서 주운 것인지 가는 고무줄을 끼웠다.

"가자! 가자."

아랫방에서 또 어머니의 그 저주 같은 소리가 들려왔다. 벌써 7년을 두고 들어와도 전연 모를 그 어떤 딴 사람의 목소리.

철호는 또 눈을 꼭 감았다. 머릿속의 볏줄이 팽팽히 헤어졌다. 두 주먹으로 무엇이건 꽉 때려부수고 싶은 충동에 철호는 어금니를 바숴져라 맞씹었다.

좀 춥기는 해도 철호는 집 안보다 이 바위 잔등이 더 좋았다. 그래 철호는 저녁만 먹으면 언제나 이렇게 집 뒤 산등성이에 있는 바위 위에 두 무릎을 세워 안고 앉아 하염없이 거리의 등불들을 바라보며 밤 깊기를 기다리는 것이었다. 어느 거리쯤인지 잘 분간할 수 없는 저 밑에서, 술 광고 네온사인이 핑그르르 돌고는 깜빡 켜지고 핑그르르 돌고는 깜빡 꺼지고 하였다.

철호는 그저 언제까지나 그렇게 그 네온사인을 지켜보고 있었다.

바위 잔등이 차츰차츰 식어왔다. 마침내 다 식고 겨우 철호가 깔고 앉은 그 부분에만 약간 온기가 남았다. 이제 조금만 더 있으면 밑이 시려올 것이다. 그러면 철호는 하는 수 없이 일어서야 하는 것이다. 드디어 철호는 일어섰다. 오래 꾸부려 붙이고 있던 두 다리가 저렸다. 두 손을 작업복 호주머니에 깊숙이 찔렀다. 철호는 밤하늘을 쳐다보았다. 지금까지 바라보던 밤거리보다 더 화려하게 별들이 뿌려져 있었다. 철호는 그 많은 별들 가운데에서 북두칠성을 찾아보았다. 머리를 뒤로 젖혀 하늘을 쳐다보는 채 빙그르르 그 자리에서 돌았다. 거꾸로 달린 물주걱 같은 북두칠성은 쉽사리 찾아낼 수 있었다. 그 북두칠성 앞에 딴 별들보다 좀 크고 빛나는 별. 그건 북극성이었다. 철호는 지금 자기가 서 있는 지점과 북극성을 연결하는 직선을 밤하늘에 길게 그어보았다. 그리고 그 선을 눈이 닿는 데까지 연장시켰다. 철호는 그렇게 정북(正北)을 향하여 한참이나 서 있었다. 고향 마을이 눈앞에 떠올랐다. 마을의 좁은 길까지, 아니 그 길에 박혀 있던 돌 하나까지도 선히 볼 수 있었다.

으스스 몸이 떨렸다. 한기(寒氣)가 전기처럼 발 끝에서 튀어 콧구멍으로 빠져나갔다. 철호는 크게 재채기를 하였다. 그리고 또 한 번 부르르 몸을 떨며 바위 밑으로 내려왔다.

철호는 천천히 골목 안으로 들어섰다.

"가자!"

철호는 멈칫 섰다. 낮에는 이렇게까지 멀리 들리는 줄 미처 몰랐던 어머니의 그 소리가 골목 어귀에까지 들려왔다.

"가자!"

그러나 언제까지나 그렇게 골목에 서 있을 수도 없는 노릇이었다. 철호는 다시 발을 옮겨놓았다. 정말 무거운 발걸음이었다. 그건 다리가 저려서만이 아니었다.

"가자!"

철호는 그의 집 쪽으로 걸음을 옮겨놓을 때마다 그만치 그 소리는 더 크게 들려왔다.

가자는 것이었다. 돌아가자는 것이었다. 고향으로 돌아가자는 것이었다. 옛날로 되돌아가자는 것이었다. 그것은 이렇게 정신이상이 생기기 전부터 철호의 어머니가 입버릇처럼 되풀이하던 말이었다.

삼팔선. 그것은 아무리 자세히 설명을 해주어도 철호의 늙은 어머니에게만은 아무 소용이 없는 일이었다.

"난 모르겠다. 암만해도 난 모르겠다. 삼팔선. 그래 거기에다 하늘에 꾹 닿도록 담을 쌓았단 말이냐 어쨌단 말이냐. 제 고장으로 간다는데 그래 막는 놈이 도대체 누구란 말이냐."

죽어도 고향에 돌아가서 죽고 싶다는 철호의 어머니였다. 그러고는
"이게 어디 사람 사는 게냐. 하루 이틀도 아니고."
하며 한숨과 함께 무릎을 치며 꺼지듯이 풀썩 주저앉곤 하는 것이었다.

그럴 때마다 철호는,
"어머니, 그래도 남한은 이렇게 자유스럽지 않아요?"
하고, 남한이니까 이렇게 생명을 부지하고 살 수 있지, 만일 북쪽 고향으로 간다면 당장에 죽는 것이라고, 자유라는 것이 얼마나 소중한 것인가를 갖은 이야기를 다 예로 들어가며 어머니에게 타일러 보는 것이었다. 그러나 자유라는 것을 늙은 어머니에게 이해시키기란 삼팔선을 인식시키기보다도 몇백 갑절 더 힘드는 일이었다. 아니 그것은 거의 불가능한 일이라 하겠다. 그래 끝내 철호는 어머니에게 자유

라는 것을 설명하는 일을 단념하고 말았다. 그렇게 되고 보니 철호의 어머니에게는 아들— 지지리 고생을 하면서도 고향으로 돌아갈 생각만은 죽어도 하지 않는 철호가 무슨 까닭인지는 몰라도 늙은 에미를 잡으려고 공연한 고집을 피우고 있는 천하에 고약한 놈으로만 여겨지는 것이었다. 그야 철호에게도 어머니의 심정이 이해되지 않는 것은 아니었다.

무슨 하늘이 알 만치 큰 부자는 아니었지만 그래도 꽤 큰 지주로서 한 마을의 주인격으로 제법 풍족하게 평생을 살아오던 철호의 어머니 눈에는 아무리 그네가 세상을 모른다고 해도, 산등성이를 악착스레 깎아내고 거기에다 게딱지 같은 판잣집을 다닥다닥 붙여놓은 이 해방촌이 이름 그대로 해방촌(解放村)일 수는 없는 노릇이었다.

"나두 내 나라를 찾았다게 기뻐서 울었다. 엉엉 울었다. 시집올 때 입었던 홍치마를 꺼내 입구 춤을 추었다. 그런데 이 꼴 좋다. 난 싫다. 아무래두 난 모르겠다. 뭐가 잘못됐건 잘못된 너머 세상이디 그래."

철호의 어머니 생각에는 아무리 해도 모를 일이었던 것이었다. 나라를 찾았다면서 집을 잃어버려야 한다는 것은, 그것은 정말 알 수 없는 일이었던 것이다.

철호의 어머니는 남한으로 넘어온 후로 단 하루도 이 가자는 말을 하지 않은 날이 없었다.

그렇게 지내오던 그날, 6·25사변으로 바로 발 밑에 빤히 내려다보이는 용산 일대가 폭격으로 지옥처럼 무너져 나가던 날 끝내 철호는 어머니를 잃어버리고 말았던 것이다.

"큰애야 이젠 정말 가자, 데것 봐라. 담이 홈싹 무너지는데. 삼팔선의 담이 데렇게 무너지는데. 야."

그때부터 철호의 어머니는 완전히 정신이상이었다. 지금의 어머니, 그것은 이미 철호의 어머니는 아니었다. 아무리 따져보아도 그것이 철호 자기의 어머니일 수는 없었다. 세상에 아들딸마저 알아보지 못하는 어머니가 있을 수 있는 것일까? 그날부터 철호의 어머니는,

"가자! 가자!"

하고 저렇게 쨍쨍한 목소리로 외마디 소리를 지를 뿐 그 밖의 모든 것을 완전히 잃어버리고 있었다. 철호에게 있어서 지금의 어머니는 말하자면 어머니의 시체에 지나지 않았다.

뚫어진 창호지 구멍으로 그래도 희미한 불빛이 새어나오고 있었다. 철호는 윗방 문을 열었다. 아랫방과 윗방 사이 문턱에 위태롭게 올려놓은 등잔이 개똥벌레처럼 가물거리고 있었다. 윗방 아랫목에는 딸애가 반듯이 누워서 잠이 들었다. 담요를 몸에다 돌돌 말고 반듯이 누운 것이 꼭 송장 같았다. 그 옆에 철호의 아내가 두 무릎을 꿇고 앉아 있었다. 꺼먼 헝겊과 회색 헝겊으로 기운 담요바지 무릎 위에는 빨간색 유단으로 만든 조그마한 운동화가 한 켤레 놓여 있었다. 철호가 방 안에 들어서자 아내는 그 어린애의 빨간 신발을 모두어 자기 손바닥에 올려놓아 철호에게 들어 보였다.

"삼촌이 사왔어요."

유난히 실눈썹이 긴 아내의 눈이 가늘게 웃었다. 참으로 오래간만에 보는 아내의 웃음이었다. 자기가 미인이었다는 것을 잊어버리고

만 지 오랜 아내처럼 또 오래 보지 못하여 거의 잊어버려가던 아내의 웃는 얼굴이었다.

철호는 등잔이 놓인 문턱 가까이 가서 앉으며 아내의 손에서 빨간 어린애의 신발을 받아 눈앞에서 아래위로 살펴보았다.

"산보 갔었소?"

거기 등잔불을 사이에 두고 윗방을 향해 앉은 철호의 동생 영호(英浩)가 웃으며 철호를 쳐다보았다.

"언제 들어왔니."

"지금 막 들어와 앉은 길입니다."

그러고 보니 영호는 아직 넥타이도 끄르지 않고 있었다.

"형님!"

새삼스레 부르는 동생의 소리에 철호는 손에 들었던 어린애의 신발을 아내에게 돌리며 영호의 얼굴을 빤히 바라보았다.

"이제 우리두 한번 살아 봅시다. 남 다 사는 데 우리라구 밤낮 이렇게만 살겠수, 근사한 양옥도 한 채 사구, 장기판만한 문패에다 형님의 이름 석 자를, 제길 장님도 보게 써서 대못으로 땅땅 때려박구 한번 살아 봅시다."

군대에서 나온 지 2년이 넘도록 아직 직업도 못 잡은 영호가 언제나 술만 취하면 하는 수작이었다.

"그리구 이천만 환짜리 세단차도 한 대 삽시다. 거기다 똥통이나 싣고 다니게. 모든 새끼들이 아니꼬워서. 일이야 있건 없건 빵빵 울리면서 동리를 들락날락해야지. 제길, 하하하."

비스듬히 벽에 기대어 앉은 영호는 벌겋게 열에 뜬 얼굴을 하고 담배 연기를 푸 내뿜었다.

"또 술 마셨구나."

고학으로 고생고생 다니던 대학 3학년에 군대에 들어갔다가 나온 영호로서는, 특별한 기술이 없어, 직업을 잡지 못하는 것은 별 도리 없는 노릇이라 칠 수도 있었지만, 이건 어디서 어떻게 마시는 것인지 거의 저녁마다 이렇게 취해 들어오는 동생 영호가 몹시 못마땅한 철호의 말이었다.

"네, 조금했습니다. 친구들이……."

그것도 들으나마나 늘 같은 대답이었다. 또 그것이 거짓말이 아니라는 것도 철호는 알고 있었다.

"이제 술 좀 그만 마셔라."

"친구들과 어울리면 자연히 마시게 되는걸요."

"글쎄 그러니까 그 어울리는 걸 좀 삼가란 말이다."

"그럴 수도 없구요, 하하하."

"그렇다고 언제까지 그저 그렇게 어울려서 술이나 마시면 뭐가 되나."

"되긴 뭐가 돼요. 그저 답답하니까 만나는 거구. 만나면 어찌어찌 하다 한 잔씩 하며 이야기나 하는 거죠 뭐."

"글쎄 그게 맹랑한 일이란 말이다."

"그렇지만 형님, 그런 친구들이라도 있다는 게 좋지 않수. 그게 시시한 친구들이라 해도, 정말이지 그 놈들마저 없었더라면 어떻게 살

뻔했나 하고 생각할 때가 많아요. 외팔이, 절름발이, 그런 놈들. 무식한 놈들. 참 시시한 놈들이지요. 죽다 남은 놈들. 그렇지만 형님, 그놈들 다 착한 놈들이에요. 최소한 남을 속이지는 않거든요. 공갈을 때릴망정. 하하하하. 전우 전우."

영호는 고개를 뒤로 젖히고 천장을 향해 후 담배 연기를 내뿜었다. 철호는 그저 물끄러미 영호의 모습을 쳐다볼 뿐 아무 말도 없었다. 영호는 여전히 천장을 향한 채 피어오르는 연기를 바라보며 한 손으로 넥타이를 앞으로 잡아당겨 풀어 늦추어 놓았다.

"가자!"

아랫목에서 어머니가 소리를 질렀다.

영호는 슬그머니 아랫목으로 고개를 돌렸다. 한참이나 그렇게 어머니 쪽으로 고개를 돌리고 있는 영호는 아무 말도 없이 그저 눈만 껌뻑껌뻑하고 있었다.

철호는 길게 한숨을 쉬었다. 앞에 놓인 등잔불이 거물거물 춤을 추었다. 철호는 저고리 호주머니에서 담배를 꺼내었다. 꼬깃꼬깃 구겨진 파랑새 갑 속에서 담배를 한 개비 뽑아내었다. 바삭바삭 마른 담배는 양끝이 반쯤 빠져나갔다. 철호는 그 양 끝을 비벼 말았다. 흡사 비과 모양으로 되어 있었다. 철호는 그 비과 모양의 담배 한 끝을 입에다 물었다.

"이걸 피슈, 형님."

영호가 자기 앞에 놓였던 담배갑을 집어서 철호의 앞으로 내밀었다. 빨간색 양담배 갑이었다. 철호는 그 여느 것보다 좀 긴 양담배 갑

오발탄

을 한 번 힐끔 쳐다보았을 뿐, 아무 소리도 없이 등잔불로 입에 문 파랑새 끝을 가져갔다. 영호는 등잔불 위에 꾸부린 형 철호의 어깨를 넌지시 바라보고 있었다. 지지지 소리가 났다. 앞이마에 흐트러져 내렸던 철호의 머리카락이 등잔불에 타며 또르르 끝이 말려올랐다. 철호는 얼굴을 들었다. 한 모금 빨자 벌써 손끝이 따갑게 꽁초가 되어버린 담배를 입에서 떼었다. 천천히 연기를 내뿜는 철호의 미간에는 세로 석 줄의 깊은 주름이 패어졌다. 영호는 들었던 담배갑을 도로 방바닥에 내려놓았다. 그리고 조용히 등잔불로 시선을 떨구었다. 그의 입가에는 야릇한 웃음이…… 애달픈, 아니 그 누군가를 비웃는 듯한 그런 미소가 천천히 흘러 지나갔다.

한참 동안 아무도 말이 없었다.

"가자!"

아랫방 아랫목에서 몸을 뒤척이는 어머니가 잠꼬대를 했다. 어머니는 이제 꿈 속에서마저 생활을 잃어버린 모양이었다. 아주 낮은 그 소리는 한숨처럼 느리게 아래윗방에 가득 차 흘러 사라졌다.

여전히 아무도 말이 없었다.

철호는 꽁초를 손 끝에 꼬집어 쥔 채 넋빠진 사람처럼 가물거리는 등잔불을 지켜보고 있었고, 동생 영호는 비스듬히 벽에 기대어 앉은 채 철호의 손끝에서 타고 있는 담배꽁초를 바라보고 있었으며, 철호의 아내는 잠든 딸애의 머리맡에 가지런히 놓인 빨간 신발을 요리조리 매만지고 있었다.

"가자!"

또 한 번 어머니의 소리가 저 땅 밑에서 새어나오는 듯이 들려왔다.

"형님은 제가 이렇게 양담배를 피우는 게 못마땅하지요?"

영호는 반쯤 탄 담배를 자기의 눈앞에 가져다 그 빨간 불티를 들여다보며 말했다.

"분에 맞지 않지."

철호는 여전히 등잔불을 바라보며 대답했다.

"그렇지만 형님. 형님은 파랑새와 양담배 두 가지 중에서 어느 것이 더 좋으슈?"

"……? 그야 양담배가 좋지. 그래서?"

그래서 너는 보리밥도 못 버는 녀석이 그래 좋은 것은 알아서 양담배를 피우는 거냐 하는 철호의 눈초리가 번뜩 영호의 면상을 때렸다.

"그래서 전 양담배를 택했어요."

"뭐가?"

"형님은 절 오해하고 계세요."

"……?"

"제가 무슨 돈이 있어서 양담배를 사서 피우겠어요. 어쩌다 친구들이 사주는 것이니 피우는 거지요. 형님은 또 제가 거의 저녁마다 술을 마시고 또 제법 합승을 타고 들어오는 것도 못마땅하시죠. 저도 알고 있어요. 형님은 때때로 이십오 환 전찻값도 없어서 종로서 근 십 리를 집에까지 터덜터덜 걸어서 돌아오시는 것을. 그렇지만 형님이 걸으신다고 해서, 한사코 같이 타고 가자는 친구들의 호의, 아니 그건 호의도 채 못되는 싱거운 수작인지도 모르죠. 어쨌든 그것을 굳이 뿌리

오발탄 163

치고 저마저 걸어야 할 아무 까닭도 없지 않습니까? 이상한 놈들이죠. 술 담배는 사주고 합승은 태워줘도 돈은 안 주거든요."

영호는 손끝으로 뱅글뱅글 비벼 돌리는 담뱃불을 들여다보며 말했다.

"어쨌든 너도 이젠 좀 정신 차려 줘야지. 벌써 군대에서 나온 지도 이태나 되지 않니?"

"정신 차려야죠. 그렇지 않아도 이 달 안으로는 어찌 되든 간에 결판을 내구 말 생각입니다."

"어디 취직을 해야지."

"취직이요? 형님처럼요? 전찻값도 안 되는 월급을 받고 남의 살림이나 계산해 주란 말이지요?"

"그럼 뭐 별 뾰족한 수가 있는 줄 아니."

"있지요. 남처럼 용기만 조금 있으면."

"……?"

어처구니없는 영호의 수작에 철호는 그저 멍청하니 영호의 얼굴을 쳐다보았다. 손끝이 따가웠다. 철호는 비르 깡통으로 만든 재떨이에 담배를 비벼 껐다.

"용기?"

"네, 용기."

"용기라니."

"적어도 까마귀만한 용기만이라도 말입니다. 영리할 필요는 없더군요. 우둔해도 상관없어요. 까마귀는 도무지 허수아비를 무서워하지 않습니다. 참새처럼 영리하지 못한 탓으로 그 놈의 까마귀는 애당초 허수아비를 무서워할 줄조차 모르거든요."

 영호의 입가에는 좀 전에 파랑새 꽁초에다 불을 댕기는 철호를 바라보던 때와 같은 야릇한 웃음이 또 소리없이 감돌고 있었다.

 "너, 설마 무슨 엉뚱한 계획을 세우고 있는 것은 아니겠지."

 철호는 약간은 긴장한 얼굴로 영호를 바라보며 꿀꺽하고 침을 삼켰다.

 "아니요. 엉뚱하긴 뭐가 엉뚱해요. 그저 우리들도 남들처럼 다 벗어던지고 홀가분한 몸차림으로 달려보자는 것이죠 뭐."

 "벗어던지고?"

 "네. 벗어던지고. 양심이고, 윤리고, 관습이고, 법률이고, 다 벗어던지고 말입니다."

 영호의 큰 두 눈이 유난히 빛나는가 하자 철호의 눈을 정면으로 밀고 들었다.

 "양심이고, 윤리고, 관습이고, 법률이고?"

 "……?"

 "너는. 너는……."

 영호는 아무 대답도 하지 않았다. 그러나 눈만은 똑바로 형 철호를 쳐다보고 있었다.

 "그렇게나 살자면 이 형도 벌써 잘살 수 있었다."

 철호의 목소리는 떨리고 있었다.

 "그렇게나라니요?"

오발탄

"양심을 버리고, 윤리와 관습을 무시하고, 법률까지도 범하고?!"

흥분한 철호의 큰 목소리에 영호는 지금까지 철호의 얼굴에 주었던 시선을 앞을 쭉 뻗치고 앉은 자기의 발끝으로 떨구었다.

"저도 형님을 존경하고 있어요. 고생하시는 형님을. 용케 이 고생을 참고 견디는 형님을. 그렇지만 형님은 약한 사람이야요. 용기가 없는 거지요. 너무 양심이 강해요. 아니 어쩌면 사람이 약하면 약한 만치, 그만치 반대로 양심이란 가시는 여물고 굳어지는 것인지도 모르죠."

"양심이란 가시?"

"네, 가시지요. 양심이란 손끝의 가십니다. 빼어버리면 아무렇지도 않은데 공연히 그냥 두고 건드릴 때마다 깜짝깜짝 놀라는 거야요. 윤리요? 윤리. 그건 나일론 빤쯔 같은 것이죠. 입으나마나 불알이 덜렁 비쳐 보이기는 매한가지죠. 관습이요? 그건 소녀의 머리 위에 달린 리본이라고나 할까요? 있으면 예쁠 수도 있어요. 그러나 없대서 뭐 별일도 없어요. 법률? 그건 마치 허수아비 같은 것입니다. 허수아비. 덜 굳은 바가지에다 되는대로 눈과 코를 그리고 수염만 크게 그린 허수아비. 누더기를 걸치고 팔을 쩍 벌리고 서 있는 허수아비. 참새들을 향해서는 그것이 제법 공갈이 되지요. 그러나 까마귀쯤만 돼도 벌써 무서워하지 않아요. 아니 무서워하기는커녕 그 놈의 상투 끝에 턱 올라 앉아서 썩은 흙을 쑤시던 더러운 주둥이를 쓱쓱 문질러도 별일 없거든요. 흥."

영호는 코웃음을 쳤다. 그리고 거기 문턱 밑의 담뱃갑에서 새로 담배를 한 개 빼어물고 지금까지 들고 있던 다 탄 꽁다리에서 불을 옮겨 빨았다.

"가자!"

어머니의 그 소리가 또 들렸다. 어머니는 분명히 잠이 들어 있는 것이었다. 그러면서도 간간이 저렇게 가자 가자 소리를 지르는 것이었다. 그것은 어쩌면 어머니에게는 호흡처럼 생리화해 버린 것인지도 몰랐다.

철호는 비스듬히 모로 앉은 동생 영호의 옆얼굴을 한참이나 노려보고 있었다. 영호는 영호대로 퀭한 두 눈으로 깜박이기를 잊어버린 채 아까부터 앞으로 뻗친 자기의 발끝을 바라보고 있었다. 이윽고 철호는 영호에게서 눈을 돌려버렸다. 그리고 아랫방과 윗방 사이 칸막이를 한 널쪽에 등을 기대며 모로 돌아앉았다. 희미한 등잔불빛에 잠든 딸애의 조그마한 얼굴이 애처로웠다. 그 어린것 옆에 앉은 철호의 아내는 왼쪽 무릎을 세우고 그 위에 손을 펴 깔고 턱을 괴었다. 아까부터 철호와 영호 형제가 하는 말을 조용히 듣고만 있는 그네는 무엇을 생각하고 있는지 한쪽 손끝으로, 거기 방바닥에 가지런히 놓인 빨간 어린애의 신발만 몇 번이고 쓸어보고 있었다.

철호는 고개를 푹 떨구어 턱을 가슴에 묻었다. 영호는 새로 피워 문 담배를 연거푸 서너 번 들이빨았다. 그리고 또 말을 계속하였다.

"저도 형님의 그 생활 태도를 잘 알아요. 가난하더라도 깨끗이 살자는. 그렇지요, 깨끗이 사는 게 좋지요. 그런데 형님 하나 깨끗하기 위하여 치르는 식구들의 희생이 너무 어처구니없이 크고 많단 말입니다. 헐벗고 굶주리고. 형님 자신만 해도 그렇죠. 밤낮 쑤시는 충치 하나 처치 못 하시고. 이가 쑤시면 치과에 가서 치료를 하거나 빼어버리거나 해야 할 것 아니야요. 그런데 형님은 그것을 참고 있어요. 낯을 잔뜩 찌푸리고 참는단 말입니다. 물론 치료비가 없으니까 그러는 수밖에 없겠지요. 그겁니다. 바로 그겁니다. 그 돈을 어떻게든지 구해야죠. 이가 쑤시는데 그럼 어떻게 해요. 그걸 형님처럼, 마치 이 쑤시는 것을 참고 견디는 그것이 돈을 —치료비를— 버는 것이거나 한 것처럼 생각하는 것. 안 쓰는 것은 혹 버는 셈이 된다고 할 수도 있을 거야요. 그렇지만 꼭 써야 할 데 못 쓰는 것이 버는 셈이라고는 할 수 없지 않아요. 세상에는 이런 세 층의 사람들이 있다고 봅니다. 즉 돈을 모으기 위해서만으로 필요 이상의 돈을 버는 사람들과, 필요하니까 필요한 만치의 돈을 버는 사람과, 또 하나는 이건 꼭 필요한 돈도 채 못 벌고서 그 대신 생활을 조리는 사람들. 신발에다 발을 맞추는 격으로. 형님은 아마 그 맨 끝의 층에 속하겠지요. 필요한 돈도 미처 벌지 못하는 사람. 깨끗이 살자니까 그럴 수밖에 없다고 하시겠지요. 그래요. 그것은 깨끗하기는 할지 모르죠. 그렇지만 그저 그것뿐이죠. 언제까지나 충치가 쏘아 부은 볼을 싸쥐고 울상일 수밖에 없지요. 그렇지 않습니까? 그야 형님! 인생이 저 골목 안에서 십 환짜리를 받고 코 흘리는 어린애들에게 보여주는 요지경이라면야 자기가 가지고 있는 돈값만치 구멍으로 들여다보고 말 수도 있겠지요. 그렇지만 어디 인생이 자기 주머니 속의 돈 액수만치만 살고 그만두고 싶으면 그만둘 수 있는 요지경인가요 어디. 돈만치만 먹고 말 수 있는 그런 편리한 목구멍인가요 어디. 싫어도 살아야 하니까 문제지요. 사실이지 자살을 할 만치 소중한 인생도 아니고요. 살자니까 돈이 필요하구요. 필요한 돈이니까 구해야죠. 왜 우리라고 좀더 넓은 테두리, 법률선(法律線)까지 못 나가란 법이 어디 있어요. 아니 남들은 다 벗어던지구 법률선까지도 넘나들면서 사는데, 왜 우리들만이 옹색한 양심의 울타리 안에서 숨이 막혀야 해요. 법률이란 뭐야요. 우리들이 피차에 약속한 선이 아니야요?"

영호는 얼굴을 번쩍 들며 반쯤 끌러놓았던 넥타이를 마저 끌러서 방 구석에 픽 던졌다.

철호는 여전히 턱을 가슴에 푹 묻은 채 묵묵히 앉아 두 짝 다 엄지발가락이 몽땅 밖으로 나온 뚫어진 양말을 내려다보고 있었다. 나일론 양말을 한 켤레 사면 반 년은 무난히 뚫어지지 않고 견딘다는 말을 들었다. 그러나 뻔히 알면서도 번번이 백 환짜리 무명 양말을 사들고 들어오는 철호였다. 칠백 환이란 돈을 단번에 잘라낼 여유가 도저히 없는 월급이었던 것이다.

"가자!"

어머니는 또 몸을 뒤척였다.

"그건 억설이야."

철호는 천천히 고개를 들었다. 신문지를 바른 맞은편 벽에, 쭈그리고 앉은 아내의 그림자가 커다랗게 비쳐 있었다. 꼽추처럼 꼬부리고 앉은 아내의 그림자는 헝클어진 머리카락이 괴물스러웠다. 철호는 눈을 감았다. 머리마저 등 뒤 칸막이 반자에 기대었다.

철호의 감은 눈앞에 10여 년 전 아내가 흰 저고리 까만 치마를 입고 선히 나타났다. 무대에 나선 그네는 더욱 예뻤다. E여자대학 졸업음악회였다. 노래가 끝나자 박수 소리가 그칠 줄을 몰랐다. 그날 저녁 같이 거리를 거닐던 그네는 정말 싱싱하고 예뻤다. 그러나 지금 철호 앞에 쭈그리고 앉은 아내는 그때의 그네가 아니었다. 무슨 둔한 동물처럼 되어버린 그네. 이제 아무런 희망도 가져 보려고 하지 않는 아내. 철호는 가만히 눈을 떴다. 그래도 아내의 속눈썹만은 전처럼 까맣고 길었다.

"가자!"

철호는 흠칫 놀라 환상에서 깨어났다.

"억설이요? 그런지도 모르죠."

한참이나 잠잠하니 앉아 까물거리는 등잔불을 바라보던 영호의 맥 빠진 대답이었다.

"네 말대로 한다면 돈 있는 사람들은 다 나쁜 사람이란 말밖에 더 되나 어디."

"아니죠. 제가 어디 나쁘고 좋고를 가렸어요. 나쁘긴 누가 나빠요? 왜 나빠요? 아 잘사는 게 나빠요? 도시 나쁘고 좋고부터 따질 아무런 선도 없지요. 뭐."

"그렇지만 지금 네 말로는 잘살자면 꼭 양심이고 윤리고 뭐고 다 버려야 한다는 것이 아니고 뭐야."

"천만에요. 잘못 이해하신 겁니다. 간단히 말씀드리면 이렇다는 것입니다. 즉 양심껏 살아가면서 잘살 수도 있기는 있다. 그러나 그것은 극히 적다. 거기에 비겨서 그 시시한 것들을 벗어 던지기만 하면 누구나 틀림없이 잘살 수 있다."

"그것이 바로 억설이란 말이다. 마음 한구석이 어딘가 비틀려서 하는 억지란 말이다."

"글쎄요. 마음이 비틀렸다고요. 그건 아마 사실일는지 모르겠어요. 분명히 비틀렸어요. 그런데 그 비틀리기가 너무 늦었어요. 어머니가 저렇게 미치지 전에 비틀렸어야 했지요. 한강철교를 폭파하기 전에 말입니다. 하나밖에 없는 누이동생 명숙이가 양공주가 되기 전에 비틀렸어야 했지요. 환도령(還都令)이 내리기 전에. 하다못해 동대문 시장에 자리라도 한 자리 비었을 때 말입니다. 그러구 이 놈의 배때기에 지금도 무슨 내장이기나 한 것처럼 박혀 있는 파편이 터지기 전에 말입니다. 아니 그보다도 더 전에, 제가 뭐 무슨 애국자나처럼 남들은 다 기피하는 군대에 어머니의 원수를 갚겠노라고 자원하던 그 전에 말입니다."

"……"

"……그보다도 더 전에 썩 전에 비틀렸어야 했을지 모르죠. 나면서부터 비틀렸더라면 더 좋았을지도 모르죠."

영호는 푹 고개를 떨구었다. 길게 한숨을 내쉬었다. 그 한숨이 후르르 떨고 있었다. 철호는 한참 동안 아무 말도 하지 않았다. 윗목에 앉아 있던 철호의 아내가 방바닥에 떨어진 눈물을 손끝으로 장난처럼 문지르고 있었다. 영호도 홀쩍홀쩍 코를 들이키고 있었다.

"그렇지만 인생이란 그런 게 아니야. 너는 아직 사람이란 어떻게 살아야만 하는 것인지조차도 모르고 있어."

"그래요. 사람이란 과연 어떻게 살아야 하는 것인지는 정말 모르겠어요. 그렇지만 이제 이 물고 뜯고 하는 마당에서 살자면, 생명만이라도 유지하자면 어떻게 해야 할는지는 알 것 같애요, 허허."

영호는 눈물이 글썽하니 고인 눈을 천장을 향해 쳐들며 자기 자신을 비웃듯이 허허 하고 웃었다.

"가자!"

또 어머니는 가자고 했다. 영호는 아랫목으로 눈을 돌렸다. 철호는 길게 한숨을 쉬었다. 앞의 등잔불이 크게 흔들렸다. 방 안의 모든 그림자들이 움직였다. 집 전체가 그대로 기울거리는 것 같았다. 그것뿐 조용했다. 밤이 꽤 깊은 모양이었다. 세상이 온통 잠들고 있었다.

저만치 골목 밖에서부터 딱 딱 딱 딱 구둣발 소리가 뾰족하게 들려왔다. 점점 가까워 왔다. 바로 아랫방 문 앞에서 멎었다. 영호는 문께로 얼굴을 돌렸다. 삐걱삐걱 두어 번 비틀리던 방문이 열렸다. 여동생 명숙이가 들어섰다. 싱싱한 몸매에 까만 투피스가 제법 어느 회사의 사무원 같았다.

"늦었구나."

영호가 여전히 두 다리를 쭉 뻗고 앉은 채 고개만 뒤로 젖혀서 명숙을 쳐다보았다.

명숙은 영호의 말에 아무런 대꾸도 없이 돌아서서 문 밖에서 까만 하이힐을 집어올려 아랫방 모서리에 들여놓았다. 그리고 백을 홱 방 구석에 던졌다. 겨우 웃저고리와 스커트를 벗어 걸은 명숙은 아랫방

뒷구석에 가서 털썩 하고 쓰러지듯 가로누워 버렸다. 그리고 거기 접어놓은 담요를 끌어다 머리 위에서부터 푹 뒤집어썼다.

철호는 명숙을 거들떠보지도 않고 덤덤히 등잔불만 지켜보고 있었다.

철호는 언젠가 퇴근하던 길에 전차 창문 밖에서 본 명숙의 꼴을 생각하고 있는 것이었다.

철호가 탄 전차가 을지로 입구 십 자 거리에서 머물러 신호를 기다리고 있었다. 손잡이를 붙들고 창을 향해 서 있던 철호는 무심코 밖을 내다보았다. 전차 바로 옆에 미군 지프차가 한 대 와 섰다. 순간 철호는 확 낯이 달아올랐다.

핸들을 쥔 미군 바로 옆자리에 색안경을 쓴 한국 여자가 앉아 있었다. 그것이 바로 명숙이었던 것이다. 바로 철호의 턱 밑에서였다. 역시 신호를 기다리는 그 지프차 속에서 미군은 한 손은 핸들에 걸치고 또 한 팔로는 명숙의 허리를 넌지시 끌어안는 것이었다. 미군이 명숙의 얼굴을 들여다보며 뭐라고 수작을 걸었다. 명숙은 다리를 겹치고 앉은 채 앞을 바라보는 자세 그대로 고개를 까딱거렸다. 그 미군 지프차 저편에 와 선 택시 조수가 명숙이와 미군을 쳐다보며 피시시 웃었다. 전찻간에서도 마찬가지였다. 철호 바로 옆에 나란히 서 있던 청년들이 쑥덕거렸다.

"그래도 멋은 부렸네."

"멋? 그래 색안경을 썼으니 말이지?"

"장사치곤 고급이지, 밑천없이."

오발탄 173

"저것도 시집을 갈까?"

"흥."

철호는 손잡이를 놓았다. 그리고 반대편 가운데 문께로 가서 돌아서고 말았다. 그것은 분명히 슬픈 감정만은 아니었다. 뭐라고 말할 수조차 없는 숯덩어리 같은 것이 꽉 목구멍을 치밀었다. 정신이 아뜩해지는 것 같았다. 하품을 하고 난 뒤처럼 콧속이 싸하니 쓰리면서 눈물이 핑 솟아올랐다. 철호는 앞에 있는 커다란 유리를 꽉 머리로 부수고 싶은 충동을 느끼며 어금니를 꽉 맞씹었다. 찌르르 벨이 울렸다. 덜커덩 전차가 움직였다. 철호는 문짝에 어깨를 가져다 기대고 눈을 감아버렸다.

그날부터 철호는 정말로 한 마디도 누이동생 명숙이와 말을 하지 않았다. 또 명숙이도 철호를 본 체 만 체였다.

"자, 우리도 이제 잡시다."

영호가 가슴을 펴서 내어밀며 바로 앉았다.

등잔불을 끄고 두 방 사이의 문을 닫았다.

폭 가라앉은 것같이 피곤했다. 그러면서도 철호는 정작 잠을 이룰 수는 없었다. 밤은 고요했다. 시간이 그대로 흐르기를 멈추어버린 것 같이 조용했다. 철호의 아내도 이제 잠이 들었나보다. 앓는 소리를 내었다. 철호는 눈을 감았다. 어딘가 아득히 먼 것을 느끼고 있었다. 철호도 잠이 들어가고 있었다.

"가자!"

다들 잠든 밤의 그 어머니의 소리는 엉뚱하게 컸다. 철호는 흠칫 눈을 떴다. 차츰 눈이 어둠에 익어갔다. 며칠인가, 문 틈으로 새어든 달빛이 철호의 옆에서 잠든 딸애의 머리에서부터 발끝까지 쭉 파란 줄을 그었다. 철호는 다시 눈을 감았다. 길게 한숨을 쉬며 벽을 향해 돌아누웠다.

"가자!"

또 어머니가 소리를 질렀다. 그러나 철호는 눈을 뜨지 않았다. 그도 마저 잠이 들어버린 것이었다.

그런데 이번에는 아랫방에서 명숙이가 눈을 떴다. 아랫목의 어머니와 윗목의 오빠 영호 사이에 누운 명숙은 어둠 속에 가만히 손을 내밀었다. 어머니의 손을 더듬어 잡았다. 뼈 위에 겨우 가죽만 씌워진 손이었다. 그 어머니의 손에서는 체온이 느껴지는 것이 아니라 축축히 습기가 미끈거렸다. 명숙은 어머니 쪽을 향하여 돌아누웠다. 한쪽 손을 마저 내밀어서 두 손으로 어머니의 송장 같은 손을 감싸쥐었다.

"가자!"

딸의 손을 느끼는지 못 느끼는지 어머니는 또 한 번 허공을 향해 가자고 소리 질렀다.

"엄마!"

명숙이의 낮은 소리였다. 명숙은 두 손으로 감싸쥔 어머니의 여윈 손을 가만히 흔들었다.

"가자!"

"엄마!"

기어이 명숙은 흐느끼기 시작하였다. 명숙은 어머니의 손을 끌어다

오발탄 175

자기의 입을 틀어막았다.

"엄마!"

숨을 죽여가며 참는 명숙의 울음은 한숨으로 바뀌며 어머니의 손가락을 입 안에서 잘근잘근 씹어보는 것이었다.

"겁내지 마라."

옆에서 영호가 잠꼬대를 했다.

"가자!"

어머니는 명숙의 손에서 자기의 손을 빼어가지고 저쪽으로 돌아누워버렸다.

명숙은 다시 담요를 끌어다 머리 위까지 푹 썼다. 그리고 담요 속에서 흐득흐득 울고 있었다.

"엄마."

이번엔 윗방에서 어린 것이 엄마를 불렀다.

철호는 잠 속에서 멀리 그 소리를 들었다. 그러면서도 채 잠이 깨지는 않았다.

"엄마."

어린것은 또 한 번 엄마를 불렀다.

"오오, 왜 엄마 여기 있어."

아내의 반쯤 깬 소리였다. 어린 것을 끌어다 안는 모양이었다. 철호는 그 소리를 멀리 들으며 다시 곤히 잠들어버렸다.

"오줌."

"오, 오줌 누겠니. 자 일어나. 착하지."

철호의 아내는 일어나 앉으며 어린것을 안아 일으켰다. 구석에서 깡통을 끌어다 대어주었다.

"참, 삼촌이 네 신발 사왔지. 아주 예쁜 거. 볼래?"

깡통을 타고 앉은 어린것을 뒤에서 안아주고 있던 철호의 아내는 한 손으로 어린것의 베개맡에 놓아 두었던 신발을 집어다 보여주었다. 희미하게 달빛이 들이비쳤을 뿐인 어두운 방 안에서는 그것은 그저 겨우 모양뿐 색채를 잃고 있었다.

"내 거야? 엄마."

"그래. 네 거야"

"예뻐?"

"참 예뻐. 빨강이야."

"응……."

어린것은 잠에 취한 소리로 물으며 신발을 두 손에 받아 가슴에 안았다.

"자, 이제 거기 놔두고 자야지."

"응, 낼 신어도 돼?"

"그럼."

어린것은 오물오물 담요 속으로 파고 들어갔다.

"엄마. 낼 신어도 돼?"

"그럼."

뭐든가 좀 좋은 것은 아껴야 한다고만 들어오던 어린것은 또 한 번 이렇게 다짐하는 것이었다. 아내는 어린것의 담요 가장자리를 꼭꼭 눌러주고 나서 그 옆에 누웠다.

다들 다시 잠이 들었다. 어느 사이에 달빛이 비껴서 칼날 같은 빛을 철호의 가슴으로 옮겼다. 어린것이 부스스 머리를 내밀었다. 배를 깔고 엎드렸다. 어린것은 조그마한 손을 베개 너머로 내밀었다. 거기 가지런히 놓아둔 신발을 만져보았다. 어린것은 안심한 듯이 다시 베개를 베고 누웠다. 또다시 조용해졌다. 한참 만에 또 어린것이 움직거렸다. 잠이 든 줄만 알았던 어린것은 또 엎드렸다. 머리맡의 신발을 또 끌어당겼다. 조그마한 손가락으로 신발 코를 꼭 눌러보았다. 그리고는 이번에는 아주 자리 위에 일어나 앉았다. 신발을 무릎 위에 들어 올려놓았다. 달빛에다 신발을 들이대어 보았다. 바닥을 뒤집어 보았다. 두 짝을 하나씩 두 손에 갈라들고 고무바닥을 맞대어 보았다. 이번엔 신발을 앞으로 내놓았다. 가만히 신발을 가져다 신었다. 앉은 채로 꼭 방바닥을 디뎌 보았다.

"가자!"

어린것은 깜짝 놀랐다. 얼른 신발을 벗었다. 있던 자리에 도로 모아 놓았다. 그리고 한 번 더 신발을 바라보고 난 어린것은 살그머니 누웠다. 오물오물 담요 속으로 기어들어갔다.

점심을 못 먹은 배는 오후 2시에서 3시 사이가 제일 견디기 힘들었다. 철호는 펜을 장부 위에 놓았다. 저쪽 구석에 들어앉은 사환애를 바라보았다. 보리차라도 한 잔 더 마시고 싶었다. 그러나 두 잔까지는 사환애를 시켜서 가져오랄 수 있었으나 세 번까지는 부르기가 좀 미안했다. 철호는 걸상을 뒤로 밀고 일어섰다. 책상 모서리에 놓인 차종(茶種)을 집어들었다. 그리고 출입문으로 나갔다. 복도의 풍로 위에서 커다란 주전자가 끓고 있었다. 보리차를 차종 하나 가득히 부었다. 구수한 냄새가 피어올랐다. 철호는 뜨거운 차종을 손가락으로 꼬집어 들고 조심조심 자기 자리로 돌아와 앉았다. 그리고 차종을 입으로 가져갔다. 후 불었다. 막 한 모금 들이마시는 때였다.

"송 선생님 전화입니다."

사환애가 책상 앞에 와 알렸다. 철호는 얼른 차종을 책상 위에 내려놓았다. 그리고 과장 책상 앞으로 갔다. 수화기를 들었다.

"네. 송철호올시다. 네? 경찰서요? ……전 송철호라는 사람인데요? 네? 송영호요? 네? 바로 제 동생입니다. 무슨? ……네? 네? 송영호가요? 제 동생이 말입니까? 곧 가겠습니다. 네 네."

철호는 수화기를 걸었다. 그리고 걸어놓은 수화기를 멍하니 내려다보고 서 있었다. 사무실 안 사람들의 시선이 모두 철호에게로 쏠렸다.

"무슨 일인가. 동생이 교통사고라도?"

서류를 뒤적이던 과장이 앞에 서 있는 철호를 쳐다보며 말했다.

"네? 네. 저 과장님. 잠깐 다녀오겠습니다."

철호는 마시던 보리차를 그대로 남겨둔 채 사무실을 나섰다. 영문을 모르는 동료들이 서로 옆사람의 얼굴을 힐끗 쳐다보는 것이었다.

철호는 전에도 몇 번 경찰서의 호출을 받은 일이 있었다.

양공주 노릇을 하는 누이동생 명숙이가 걸려들면 그 신원보증을 해야 하는 철호였다. 그때마다 철호는 치안관 앞에서 낯을 못 들고 앉았다가 순경이 앞세우고 나온 명숙을 데리고 아무 말도 없이 경찰서 뒷문을 나서곤 하였다. 그럴 때면 철호는 울었다. 하나밖에 없는 누이동생이 정말 밉고 원망스러웠다. 철호는 명숙을 한 번 돌아다보는 일도 없이 전찻길을 따라 사무실로 걸었고, 또 명숙은 명숙이대로 적당한 곳에서 마치 낯도 모르는 사람이나처럼 딴길로 떨어져 가버리곤 하는 것이었다.

그런데 이번에는 누이동생이 아니라 남동생 영호의 건이라고 했다. 며칠 전 밤에 취해서 지껄이던 영호의 말들이 머리를 스치고 지나갔다. 불안했다. 그런들 설마하고 마음을 다시 먹으며 철호는 경찰서 문을 들어섰다.

권총강도.

형사에게서 동생 영호의 사건 내용을 들은 철호는 앞의 형사의 얼굴을 바보처럼 멍청히 바라보고 있을 뿐이었다. 점점 핏기가 가셔가는 철호의 얼굴은 표정을 잃은 채 굳어가고 있었다.

어느 회사에서 월급을 줄 돈 천오백만 환을 은행 앞에 대기시켰던 지프차에 싣고 막 떠나려고 하는데 중절모를 깊숙이 눌러쓰고 색안경을 낀 괴한 두 명이 차 속으로 올라오며 권총을 내들더라는 것이었다.

"겁내지 마라! 차를 우이동으로 돌리라."

운전사와 또 한 명 회사원은 차가운 권총 구멍을 등에 느끼며 우이동까지 갔다고 한다. 어느 으슥한 숲속에서 차를 세웠다고 한다. 그러고는 둘이 다 차 밖으로 나가라고 한 다음, 괴한들이 대신 운전대로 옮아 앉더라고 한다. 운전수와 회사원은 거기 버려둔 채 차는 전속력으로 다시 시내로 향해 달렸단다. 그러나 지프차는 미아리도 채 못 와서 경찰에 붙들리고 말았다는 것이었다. 그런데 차 안에는 괴한이 한 사람밖에 없었다고 한다.

형사가 동생을 면회하겠느냐고 물었을 때도 철호는 그저 얼이 빠져서, 두 무릎 위에 손을 올려놓고 앉은 채 아무 대답도 못했다.

이윽고 형사실 뒷문이 열리더니 거기 영호가 나타났다.

"이리로 와."

수갑이 채워진 두 손을 배 앞에다 모으고 천천히 형사의 책상 앞으로 걸어나오는 영호는 거기 걸상에 앉았다 일어서는 철호를 향하여 약간 머리를 끄덕여 보였다. 동생의 얼굴을 뚫어져라고 바라보고 서 있는 철호의 여윈 볼이 히물히물 움직였다. 괴로울 때의 버릇으로 어금니를 꽉 꽉 씹고 있는 것이었다.

형사는 앞에 와서 선 영호에게 눈으로 철호를 가리켰다.

영호는 철호에게로 돌아섰다.

"형님 미안합니다. 인정선(人情線)에 걸렸어요. 법률선까지는 무난히 뛰어넘었는데. 쏘아버렸어야 하는 건데."

영호는 철호의 얼굴을 들여다보며 빙그레 웃었다. 그러고는 옆으로 비스듬히 얼굴을 떨구며 수갑을 채운 오른손 엄지를 권총 방아쇠를 당길 때처럼 까불려서 지그시 당겨보는 것이었다.

철호는 눈도 깜빡하지 않고 그저 영호의 머리카락이 흐트러져 내린

오발탄 181

이마를 바라보고 있었다.

"돌아가세요, 형님."

영호는 등신처럼 서 있는 형이 도리어 민망한 듯이 조용히 말했다.

"수감해."

형사가 문간에 지키고 서 있는 순경을 돌아보았다.

영호는 그에게로 오는 순경을 향해 마주 걸었다. 영호는 뒷문으로 끌려 나가다 말고 멈춰 섰다. 그리고 뒤를 돌아보았다.

"형님. 어린것 화신 구경이나 한 번 시키세요. 제가 약속했었는데."

뒷문이 쾅 닫혔다. 철호는 여전히 영호가 사라진 뒷문을 바라보고 서 있었다. 눈이 뿌옇게 흐려졌다. 아무것도 보이지 않았다.

"쏠 의사는 처음부터 없었던 것 같은데."

조서를 한옆으로 밀어놓으며 형사가 중얼거렸다. 철호는 거기 걸상에서 가만히 걸터앉았다.

"혹시 그 같이 한 청년을 모르시나요."

철호의 귀에는 형사의 말소리가 아주 멀었다.

"끝내 혼자서 했다고 우기는데, 그러나 증인이 있으니까 이제 차츰 사실대로 자백하겠지만."

여전히 철호는 말이 없었다.

경찰서를 나온 철호는 어디를 어떻게 걸었는지 알 수 없었다. 철호는 술취한 사람처럼 허청거리는 다리로 집이 있는 언덕길을 올라가고 있었다. 철호는 골목길 어귀에 들어섰다.

"가자!"

철호는 거기 멈춰 섰다. 고개를 뒤로 젖혔다. 그러나 그는 하늘을 쳐다보는 것이 아니었다. 하 하고 숨을 크게 내쉬는 철호는 울고 있었다. 눈물이 콧속으로 흘러서 찝찔하니 목구멍으로 넘어갔다.

"가자. 가자. 어딜 가잔 거야. 도대체 어딜 가잔 거야."

철호는 꽥 소리를 지르고 있었다. 거기 처마 밑에 앉아서 소꿉질을 하던 어린애들이 부스스 일어서며 그를 쳐다보았다. 철호는 그 앞을 모른 체 지나쳐버렸다.

"오빤 어딜 그렇게 돌아다뉴."

철호가 아랫방에 들어서자 윗방 구석에서 고리짝을 열어놓고 뒤지고 있던 명숙이가 역한 소리를 했다. 윗방에는 넝마 같은 옷가지들이 한 무더기 쌓여 있었다.

딸애는 고리짝 옆에 쪼그리고 앉아서 명숙이가 뒤져 내놓은 헌옷들을 무슨 진귀한 것이나처럼 지켜보고 있었다. 철호는 아내가 어딜 갔느냐고 물어보려다 말고 그대로 윗방 아랫목에 털썩 주저앉아 버렸다.

"어서 병원에 가보세요."

명숙은 여전히 고리짝을 들추며 돌아앉은 채 말했다.

"병원엘?"

"그래요."

"병원에라니?"

"언니가 위독해요. 어린애가 걸렸어요."

"뭐가?"

철호는 눈앞이 아찔했다.

점심때부터는 진통이 시작되었는데 영 해산을 못하고 애를 썼단다. 그런데 죽을 악을 쓰다보니까 어린애의 머리가 아니라 팔부터 나왔다고 한다. 그래 병원으로 실어갔는데, 철호네 회사에 전화를 걸었더니 나가고 없더라는 것이었다.

"지금쯤은 아마 애기를 낳았거나, 그렇지 않으면……."

명숙은 흰 헝겊들을 골라 개켜서 한옆으로 젖혀놓으며 말했다. 아마 어린애의 기저귀를 고르고 있는 모양이었다. 그런데 이상했다. 좀 전에 아찔하던 정신이 사르르 풀리며 온몸의 맥이 빠져나갔다. 철호는 오래간만에 머릿속이 깨끗이 개는 것을 느꼈다.

말라리아를 앓고 난 다음날처럼 맥은 하나도 없으면서 머리는 비상히 깨끗했다. 뭐 놀랄 일이 있느냐 하는 심정이 되었다. 마치 회사에서 무슨 사무를 한 뭉텅이 맡았을 때와 같은 심사였다. 철호는 호주머니에서 담배를 꺼내어 물었다. 언제나 새로 사무를 맡아 시작하기 전에 하는 버릇이었다. 철호는 일어섰다. 그리고 문을 열었다.

"어딜 가슈."

명숙이가 돌아보았다.

"병원에"

"무슨 병원인지 모르면서."

철호는 참 그렇다고 생각했다.

"S 병원이야요."

"……."

철호는 슬그머니 문 밖으로 한 발을 내디뎠다.

"돈을 가지고 가야지 뭐."

"……돈."

철호는 다시 문 안으로 들어섰다. 우두커니 발부리를 내려다보고 서 있었다. 명숙이가 일어섰다. 그리고 아랫방으로 내려갔다. 벽에 걸어놓았던 핸드백을 벗겼다.

"옛수."

100환짜리 한 다발이 철호 앞 방바닥에 던져졌다. 명숙은 다시 돌아서서 백을 챙기고 있었다. 철호는 명숙의 뒷모습을 물끄러미 바라보고 있었다. 철호의 눈이 명숙의 발 뒤축에 머물렀다. 나일론 양말이 계란만치 구멍이 뚫렸다. 철호는 명숙의 그 구멍 뚫린 양말 뒤축에서 어떤 깨끗함을 느끼고 있었다. 오래간만에 철호는 명숙에 대한 오빠로서의 애정을 느꼈다.

"가자."

어머니가 또 외마디 소리를 질렀다.

철호는 눈을 발 밑의 돈다발로 떨구었다. 허리를 꾸부렸다. 연기가 든 때처럼 두 눈이 싸하니 쓰렸다.

"아버지 병원에 가? 엄마 애기 났어?"

"그래."

철호는 돈을 저고리 호주머니에 밀어넣으며 문을 나섰다.

"가자."

오발탄

골목을 빠져나가는 철호의 등 뒤에서 또 한 번 어머니의 소리가 들려왔다.

아내는 이미 죽어 있었다.

"네. 그래요."

철호는 간호원보다도 더 심상한 표정이었다. 병원의 긴 복도를 휘청휘청 걸어서 널따란 현관으로 나왔다. 시체가 어디에 있느냐고 묻지도 않았다. 무엇인가 큰일이 한 가지 끝났다는 그런 기분이었다. 아니 또 어찌 생각하면 무언가 해야 할 일이 생긴 것 같은 무거운 기분이도 했다. 그러면서도 그 해야 할 일이 무엇인지는 좀처럼 생각이 나질 않았다. 그저 이제는 그리 서두를 필요도 없어졌다는 생각만으로 철호는 거기 병원 현관에 한참이나 우두커니 서 있었다.

이윽고 병원의 큰 문을 나선 철호는 전찻길을 따라서 천천히 걸었다. 자전거가 휙 그의 팔굽을 스치고 지나갔다. 그는 멈춰섰다. 자기도 모르게 그는 사무실 쪽으로 걸어가고 있었다. 6시도 더 지났을 무렵이었다. 이제 사무실로 가야 할 아무 일도 없었다. 그는 전찻길을 건넜다. 또 한참 걸었다. 그는 또 멈춰섰다. 이번엔 어느 사이에 낮에 왔던 경찰서 앞에 와 있었다. 그는 또 돌아섰다. 또 걸었다. 그저 걸었다. 집으로 돌아가자는 생각도 아니면서 그의 발길은 자동기계처럼 남대문 쪽을 향해 걷고 있었다. 문방구점. 라디오방. 사진관. 제과점. 그는 길가에 늘어선 이런 가게의 진열장들을 하나하나 기웃거리며 걷고 있었다. 그러면서도 무엇이 있는지 하나도 보이지는 않았다. 그러던 철호는 또 우뚝 섰다. 그는 거기 눈앞에 걸린 간판을 쳐다보고 있었다. 장기판만한 흰 판에 빨간 페인트로 치과라고 씌어져 있었다. 철호는 갑자기 이가 쑤시는 것을 느꼈다. 아침부터, 아니 벌써 전부터 홀떡 홀떡 쑤시는 충치가 갑자기 아팠다. 양쪽 어금니가 아래위 다 쑤셨다. 사실은 어느 것이 정말 쑤시는 것인지조차도 분간할 수가 없었다. 철호는 호주머니에 손을 넣어보았다. 만 환 다발이 만져졌다.

철호는 치과 간판이 걸린 층계 이층으로 올라갔다.

치과 걸상에 머리를 젖히고 입을 아 벌리고 앉았다. 의사는 달가닥 달가닥 소리를 내며 이것저것 여러 가지 쇠꼬치를 그의 입에 넣었다 꺼냈다 하였다. 철호는 매시근하니 잠이 왔다.

아무런 생각도 하지 않고 입을 크게 벌린 채 눈을 감고 있었다.

"좀 아팠지요? 뿌리가 꾸부러져서."

의사가 집게를 뽑아든 이를 철호의 눈앞에 가져다 보여 주었다. 속이 시꺼멓게 썩은 징그러운 이뿌리에 뻘건 살점이 묻어나왔다. 철호는 솜을 입에 문 채 머리를 좌우로 흔들어 보였다. 사실 아프지도 아무렇지도 않았다.

"됐습니다. 한 삼십 분 후에 솜을 빼어버리슈. 피가 좀 나올 겁니다."

"이쪽을 마저 빼주십시오."

철호는 옆의 타구에 피를 뱉고 나서 또 한쪽 볼을 눌러 보였다.

"어금니를 한 번에 두 대씩 빼면 출혈이 심해서 안 됩니다."

"괜찮습니다."

"아니, 내일 또 빼지요."

"다 빼주십시오. 한몫에 몽땅 다 빼주십시오."

"안 됩니다. 치료를 해가면서 한 대씩 빼야지요."

"치료요? 그럴 새가 없습니다. 막 쑤시는 걸요."

"그래도 안 됩니다. 빈혈증이 일어나면 큰일납니다."

하는 수 없었다. 철호는 치과를 나왔다. 또 걸었다. 잇몸이 멍하니 아픈 것 같기도 하고 또 어찌하면 시원한 것 같기도 했다. 그는 한 손으로 볼을 쓸어보았다.

그렇게 얼마를 걷던 철호는 거기에서 또 치과 간판을 발견하였다. 역시 2층이었다.

"안 될 텐데요."

거기 의사도 꺼렸다. 철호는 괜찮다고 우겼다. 한쪽 어금니를 마저 뺐다. 이번에는 두 볼에다 다 밤알만큼씩한 솜덩어리를 물고 나왔다. 입 안이 찝찔했다. 간간이 길가에 나서서 피를 뱉었다. 그때마다 시뻘건 선지피가 간덩어리처럼 엉겨서 나왔다.

남대문을 오른쪽에 끼고 돌아서 서울역이 보이는 데까지 왔을 때 으스스 몸이 한 번 떨렸다. 머리가 띵하니 비어버린 것 같다고 생각했다. 바로 그때에 번쩍 거리에 전등이 들어왔다. 눈앞이 한 번 환해졌다. 그런데 다음 순간에는 어찌 된 셈인지 좀 전에 전등이 켜지기 전보다 더 거리가 어두워졌다. 철호는 눈을 한번 꾹 감았다 다시 떴다. 그래도 매한가지였다. 뱃속이 비어서 그렇다고 철호는 생각했다. 그는 새삼스레 점심도 저녁도 안 먹은 자기를 깨달았다. 뭐든가 좀 먹어야겠다고 생각했다. 구수한 설렁탕 생각이 났다. 입안에 군침이 하나

가득히 고였다. 그는 어느 전주 밑에 가서 쭈그리고 앉아서 침을 뱉었다. 그런데 그건 침이 아니라 진한 피였다. 그는 다시 일어섰다. 또 한번 오한이 전신을 간질이고 지나갔다. 다리가 약간 떨리는 것 같았다. 그는 속히 음식점을 찾아내야겠다고 생각하며 서울역 쪽으로 허청허청 걸었다.

"설렁탕."

무슨 약 이름이기나 한 것처럼 한 마디 일러놓고는 그는 식탁 위에 엎드려버렸다. 또 입 안으로 하나 찝찔한 물이 고였다. 철호는 머리를 들었다. 음식점 안을 한 바퀴 휘 둘러보았다. 머리가 아찔했다. 그는 일어섰다. 그리고 문 밖으로 급히 걸어나갔다. 음식점 옆 골목에 있는 시궁창에 가서 쭈그리고 앉았다. 울컥 하고 입안의 것을 뱉었다. 그러나 이번에는 주위가 어두워서 그것이 핀지 또는 침인지 알 수 없었다. 철호는 저고리 소매로 입술을 닦으며 일어섰다. 이를 뺀 자리가 쿡 한 번 쑤셨다. 그러자 뒤이어 거기에 호응이나 하듯이 관자놀이가 또 쿡 쑤셨다. 철호는 아무래도 좀 이상하다고 생각했다. 이제 빨리 집으로 돌아가 누워야겠다고 생각했다. 그는 다시 큰길로 나왔다. 마침 택시가 한 대 왔다. 그는 손을 한 번 흔들었다.

철호는 던져지듯이 털썩 택시 안에 쓰러졌다.

"어디로 가시죠?"

택시는 벌써 구르고 있었다.

"해방촌."

자동차는 스르르 속력을 늦추었다. 해방촌으로 가자면 차를 돌려야 하는 까닭이었다. 운전사는 줄지어 달려오는 자동차의 사이가 생기기를 노리고 있었다. 저만치 자동차의 행렬이 좀 끊겼다. 운전사는 핸들을 잔뜩 비틀어 쥐었다. 운전사가 몸을 한편으로 기울이며 막 핸들을 틀려는 때였다. 뒷자리에서 철호가 소리를 질렀다.

"아니야, S 병원으로 가."

철호는 갑자기 아내의 죽음을 생각했던 것이었다.

운전사는 다시 휙 핸들을 이쪽으로 틀었다. 운전사 옆에 앉아 있는 조수애가 한 번 철호를 돌아다보았다. 철호는 뒷자리 한 구석에 가서 몸을 틀어박은 채 고개를 뒤로 젖히고 눈을 감고 있었다. 차는 한국은행 앞 로터리를 돌고 있었다. 그때에 또 뒤에서 철호가 소리를 질렀다.

"아니야, X 경찰서로 가."

눈을 감고 있는 철호는 생각하는 것이었다. 아내는 이미 죽었는데 하고.

이번에는 다행히 차의 방향을 바꿀 필요가 없었다. 그냥 달렸다.

"X 경찰서 앞입니다."

철호는 눈을 떴다. 상반신을 번쩍 일으켰다. 그러나 곧 또 털썩 뒤로 기대고 쓰러져버렸다.

"아니야. 가."

"X 경찰섭니다. 손님."

조수애가 뒤로 몸을 틀어 돌리고 말했다.

"가자."

철호는 여전히 눈을 감고 있었다.
"어디로 갑니까?"
"글쎄 가."
"하 참 딱한 아저씨네."
"……."
"취했나?"
운전사가 힐끔 조수애를 쳐다보았다.
"그런가 봐요."
"어쩌다 오발탄(誤發彈) 같은 손님이 걸렸어. 자기 갈 곳도 모르게."

운전사는 기어를 넣으며 중얼거렸다. 철호는 까무룩히 잠이 들어가는 것 같은 속에서 운전사가 중얼거리는 소리를 멀리 듣고 있었다. 그리고 마음속으로 혼자 생각하는 것이었다.

'아들 구실. 남편 구실. 애비 구실. 형 구실. 오빠 구실. 또 계리사 사무실 서기 구실. 해야 할 구실이 너무 많구나. 너무 많구나. 그래 난 네 말대로 아마도 조물주의 오발탄인지도 모른다. 정말 갈 곳을 알 수가 없다. 그런데 지금 나는 어디건 가긴 가야 한다.'

철호는 점점 더 졸려왔다. 다리가 저린 것처럼 머리의 감각이 차츰 없어져 갔다.

"가자!"

철호는 또 한 번 귓가에 어머니의 소리를 들었다고 생각하며 푹 모로 쓰러지고 말았다.

차가 네거리에 다다랐다. 앞의 교통신호등에 빨간 불이 켜졌다. 차가 섰다. 또 한 번 조수애가 뒤를 돌아보며 물었다.

"어디로 가시죠?"

그러나 머리를 푹 앞으로 수그린 철호는 아무 대답도 없었다.

따르르릉 벨이 울렸다. 긴 자동차의 행렬이 움직이기 시작했다. 철호가 탄 차도 목적지를 모르는 대로 행렬에 끼여서 움직이는 수밖에 없었다. 철호의 입에서 흘러내린 선지피가 홍건히 그의 와이셔츠 가슴을 적시고 있는 것은 아무도 모르는 채 교통신호등의 파란불 밑으로 차는 네거리를 지나갔다.

학鶴마을 사람들

자동찻길엘 가재도 오르는 데 10리, 내리는 데 10리라는 영(嶺)을 구름을 뚫고 넘어, 또 그 밑의 골짜기를 30리나 더듬어 나가야 하는 마을이었다.

강원도 두메의 이 마을을 관(官)에서는 뭐라고 이름지었는지 몰라도, 그들은 자기네 곳을 학 마을[鶴洞]이라고 불렀다.

무더기무더기 핀 진달래꽃이 분홍 무늬를 놓은 푸른 산들이 사면을 둘러싼 가운데 소복이 들어앉은 일곱 집이 이 마을의 전부였다. 영마루에서 내려다보면 꼭 새둥우리 같았다. 마을 한가운데에는 한 그루 늙은 소나무가 섰고, 그 소나무를 받들어 모시듯, 둘레에는 집집마다 울 안에 복숭아꽃이 활짝 피어 있었다.

때때로 목청을 돋우어 길게 우는 낮닭의 소리를 받아, 우물가 버드

나무 밑에서 애들이 부는 버들피리 소리가 피리 피리 필릴리 영마루까지 아지랑이를 타고 피어 올랐다.

이 학 마을 이장(里長) 영감과 서당의 박 훈장(訓長)은, 지팡이로 턱을 괴고 영마루에 나란히 앉아 말없이 마을을 내려다보고 있었다.

그들은 둘 다 오늘 아침, 면사무소 마당에서 손자들을 화물자동차에 실어 보내고 돌아오는 길이었다. 왜놈들은 끝내 이 두메에서까지 병정(兵丁)을 뽑아냈던 것이다.

두 노인은 흐린 눈으로 똑같이, 저 밑에 마을 한가운데 소나무를 물끄러미 내려다보고 있었다.

그들은 아침부터 지금 낮이 기울도록, 30리 길을 걸어오면서도 거의 한 마디도 없었다.

이윽고 이장 영감이 지팡이와 함께 쥐었던 장죽으로, 걸터앉은 바윗등을 가볍게 두드리며 입을 열었다.

"학이 안 온 지가 벌써 삼십 년이 넘어."

"그렇지. 올해 삼십육 년짼가?"

박 훈장은 여전히 마을을 내려다보는 채였다.

"내가 마흔넷이던 해니까, 그렇군. 꼭 서른여섯 해째군, 하."

이장 영감은 장죽에 담뱃가루를 담으며 한숨을 쉬었다. 또 다시, 그 느릿느릿한 잠꼬대 같은 대화마저 끊어졌다.

꼬교—.

또 한 번 마을에서 닭이 울었다. 다음은 고요하다. 졸리도록 따스한 봄햇볕이 흰 무명 옷의 등에 간지러웠다. 이장 영감은 갓끈과 함께 흰 수염을 한 번 길게 쓸어내렸다.

학 마을. 얼마나 아름답고 포근한 마을이었노.
이장 영감은 어느새 황소 같은 더벅머리 총각으로 돌아가 이글이글 타오르는 화톳불을 돌며 덩실덩실 춤을 추고 있었다.
옛날, 학 마을에는 해마다 봄이 되면 한 쌍의 학이 찾아오곤 했었다. 언제부터 학이 이 마을을 찾아오기 시작하였는지는 아무도 모른다. 어쨌든, 올해 여든인 이장 영감이 아직 나기 전부터라 했다. 또 그의 아버지가 나기도 더 전부터라 했다.
씨 뿌리기 시작할 바로 전에, 학은 꼭 찾아오곤 했었다. 그러고는 정해두고 마을 한가운데 서 있는 노송(老松) 위에 집을 틀었다. 마을 사람들은 이 노송을 학 나무라고 불렀다.
학이 돌아온 날은 학 마을의 가장 큰 잔칫날이었다. 학 나무 밑에선 호기롭게 떡을 쳤다. 서당에는 어른들이 모여 앉아 술상을 앞에 놓고 길고 느린 노래를 흥얼흥얼했다. 그러나 가장 즐겁기는 젊은이들이었다. 이 마을 젊은이들이 마음 놓고 술을 마실 수 있는 날은 이날뿐이었다. 그 외에는 혼인잔치까지도 젊은이들은 술을 마셔서는 안 된다는 것이 이 학 마을의 율법이었다.
그날은 밤이 깊도록 학 나무 밑에 화톳불이 이글이글 탔다. 아직 추운 3월이라 불가에 둘러앉은 젊은이들은 막걸리를 사발로 마구 들이켰다. 그러면 마을 처녀들은 이렇게 마셔대는 막걸리와 안주를 떨어지지 않게 날라와야 했다. 그런 때면, 그 처녀가 화톳불을 싸고 빙 둘러앉은 청년들 중에 누구의 어깨 너머로 술이나 안주를 가운데 상에 넘겨 놓는가가 문제였다. 처녀가 술이나 안주를 누구의 어깨 너머로든지 살짝 넘겨놓으면, 그때마다 일제히 와, 하고 함성을 울렸다. 술에 달은 젊은이들의 검붉은 얼굴들이 와르르 웃으면, 처녀들은 불빛에 빨가니 달은 얼굴을 휙 돌려 치마폭에 쌌다. 그때 탄실이는 꼭 억쇠―지금의 이장 영감―의 어깨 너머로 듬뿍듬뿍 안주를 날라다놓곤 하였다. 그러면 또 와와 함성을 울렸다. 억쇠는 슬쩍 뒤를 돌아보았다. 탄실이는 긴 머리채를 흔들며 달아나면서도 억쇠를 향하여 눈을 흘기는 것만은 잊지 않았다. 억쇠는 그저 즐거웠다. 취기가 올라오기 시작하면 억쇠는 일어나 춤을 추었다. 젓가락으로 두드리는 사발 장단에 맞추어 덩실덩실 돌았다. 어느 해엔가는 잔뜩 취하여 잠방이 띠가 풀린 것도 모르고 춤을 추다가 웃음판에 그대로 나가 넘어진 일도 있었다.

　학으로 하여 즐거운 이야기는 마을 처녀들에게도 있었다.

　처녀들도 역시 학이 좋았다.

　그네들은 물을 길러 뒷산 밑 박우물로 갔다. 그러자면 꼭 학 나무 밑을 지나가야 했다. 그런데 어쩌다 학의 똥이 처녀들의 물동이에 떨어지는 일이 있었다. 그러면 그 처녀는 그 해 안에 시집을 간다는 것이었다. 그래서 나이 찬 처녀들은 물동이를 이고 학 나무 밑을 지날 때면 걸음걸이가 더욱 의젓하였다. 한 해에 한둘은 꼭 물동이에 흰 학의 똥을 받았다. 그리고 그들은 틀림없이 그 해 안에 시집을 가곤 하였다.

탄실이가 시집을 가던 해에도 그랬다. 물방앗간 옆 대추나무 밑에서 자근자근 빨간 댕기를 씹으며,

"학이……."

하고 탄실이가 고개를 숙였을 때, 억쇠는 구름 사이 으스름 달을 쳐다보았다. 탄실이에게는 이미 아버지가 정해놓은 곳이 있었다. 한참만에 억쇠는 탄실이의 보동한 손목을 꽉 붙들었다. 그들은 그 길로 영을 넘었다. 호호, 호호…… 길가 나무 꼭대기에서 부엉새가 울었다. 그래도 억쇠의 굵은 팔에 안겨 걷는 탄실이는 조금도 무섭지 않았다.

그러나 그건 시집을 가는 게 아니라서였던지 다음날 아침 그들은 탄실이 아버지한테 붙들려 다시 돌아왔다. 그 가을에 탄실이는 울며, 단풍든 영을 넘어 이웃 마을로 시집을 가고 말았고 다음 해부터는 학 날이 와도 억쇠는 춤을 추지 않았다.

"학이 안 오던 그 핸 가뭄도 심하더니."

"허 참. 나라가 망하던 판에 오죽해."

이장 영감은 장죽과 쌈지를 옆의 박 훈장에게 건네 주었다.

이장이 마흔네 살이 되던 해였다.

씨 뿌릴 준비를 다 해놓고 마을 사람들은 학을 기다렸다. 그런데 웬일인지 계절이 다 늦도록 학은 돌아오지 않았다. 그들은 하는 수 없어 학 없이 씨를 뿌렸다. 가뭄이 들었다. 봄내 여름내 비 한 방울 안 왔다. 모든 곡식은 바삭바삭 말라버렸다. 마을 사람들은 그저 헛되이 학 나무만 쳐다보았다. 학 나무에는 지난 해에 틀었던 학의 둥우리만

이 빈 채 달려 있었다.

'학만 있었으면.'

마을 사람들은 여느 해에 그렇게도 영험하던 학의 생각이 몹시도 간절하였다. 이런 때면 학은 늘 하늘과 그들 사이에 있어 주었다.

가뭄이 들어도 그들은 학 나무를 쳐다보았다. 그러면 학이 그 긴 주둥이를 하늘로 곧추고 비오— 비오—, 울어 고해주는 것이었다. 그러면 또 하늘은 꼭 비를 주시곤 했다. 장마가 져도 그들은 학을 쳐다보았다. 이번엔 학이 가 가 길게 울어주기만 하면, 비는 곧 가시는 것이었다. 바람이 불 것도 그들은 미리 알 수 있었다. 학이 삭은 나뭇가지를 자꾸 둥우리로 물어올리면 그들은 곡식을 빨리빨리 거두어들여야 했다.

그러던 그들은 학이 없던 그 해, 그렇게 가뭄이 심해도 어떻게 하늘에 고해볼 길이 없었다. 그저 저녁때 들에서 돌아오다가는, 빨간 놀을 등에 지고 그림자처럼 조용히 서서 빤히 석양을 받은 학의 빈 둥우리를 오랜 버릇으로 한참씩 쳐다보고 섰을 뿐이었다.

그러던 어느 날, 기다리던 비 대신 기막힌 소문이 날아 들어왔다. 왜놈들이 우리 나라를 빼앗고 들어왔다는 것이다.

마을 사람들은 며칠 동안 김을 맬 생각도 않고 학 나무 밑에들 모여 앉아 멍히 맞은편 산만 바라보고들 있었다.

그런데 또 한 겹 더 겹쳐 마을 안에 열병이 퍼지기 시작하였다. 한 집 두 집, 꼭 젊은 일꾼들이 앓아누웠다. 거의 날마다 곡소리가 들렸다. 학 마을은 그대로 무덤이었다.

다음해 봄에도, 또 다음해 봄에도 학은 돌아오지 않았고 흉년만이 계속되었다. 그러자 이제 학이 버리고 간 이 학 마을에서는 살 수 없으리라는 말이 누구의 입에서부터인지 퍼져나왔다.

한 집이 떠났다. 또 한 집이 떠났다.

그들은 영마루에 서서 한참씩 학 나무를 내려다보다가는, 드디어 산을 넘어 어디론지 떠나가곤 하는 것이었다.

근 스무 가구나 되던 마을이 겨우 일곱 집만 남았다.

그 동안 이장 영감도 몇 번이나 밖으로 나가 살 만한 곳을 찾아보았었다. 그러나 그때마다 번번이 그는 이 학 마을을 버리지 못했다. 무쇠 같은 그의 가슴에 첫사랑이 뻘겋게 달아오르던 곳이라서만은 아니었다. 그저 어쩐지 이 학 마을을 떠나서는 살 수 없을 것만 같았던 것이었다. 빈 둥우리나마 아직 남아 있는 학 나무 밑을 떠나서 왜놈들이 들끓는 마당에 어딜 가면 살 수 있겠는가 하는 생각에서였다. 남아 있는 딴 사람들도 그랬다.

학은 오지 않고 이름만 남은 학 마을은 말할 수 없이 고달팠다.

그래도 해마다 봄은 찾아왔다. 아지랑이가 가물가물 타기 시작하면 그들은 양지 쪽에 앉아 수숫대로 바자를 엮으며 어린것들에게 가지가지 학 이야기를 들려주는 것이었다. 어린것들에게는 그건 해마다 들어도 재미있는 옛 이야기였다. 그러나 이야기하는 어른들에게는 그건 슬픈 추억이었고, 또 봄마다 속아 벌써 30년이 지난 오늘까지도 끝내 아주 버릴 수 없는 희망이기도 하였다.

"그런데 그 학이 어딜 갔을까?"

"알 수 없지."

"살아 있기는 살아 있을까?"

"학은 장생불사(長生不死)라지 않아?"

"장생불사."

이장 영감은 또 한 번 천천히 수염을 내리쓸다 그 끝을 쥐고 내려다보며 중얼거렸다.

"쾡 쾡, 쾡 쾡, 쾡 쾡, 쾡 쾡."

바로 그때였다. 저 밑에 마을에서 꽹과리 소리가 요란스레 들려왔다. 무슨 일이 일어난 신호였다.

이장 영감은 벌떡 일어섰다. 박 훈장도 담뱃대를 털며 따라 일어섰다. 그대로 꽹과리 소리는 울려 올라왔다. 잠든 듯 고요하던 마을에 새까만 사람의 그림자들이 왔다갔다 하였다. 이장 영감은 눈에다 힘을 주고 마을을 살피고 있었다.

"학이다 ─ 학이다 ─."

이장 영감은 힐끔 뒤의 박 훈장을 돌아보았다. 박 훈장도 이장 영감을 마주보았다.

"학이다 ─ 학이다 ─."

아직 메아리가 길게 꼬리를 떨고 있다. 둘이 다 분명히 들었다. 그러나 둘이 다 똑같이 자기의 귀에 자신이 없었다. 꽹, 꽹, 꽹, 꽹 꽹과리 소리가 또 들려왔다. 그들은 얼른 손을 펴 갓양에 가져다대었다. 하늘을 살폈다. 그들이 아무리 그 흐린 눈을 비비고 크게 떠도 그저 저만치 둥실 흰구름이 한 점 보일 뿐 학은 보이지 않았다. 그들은 한 번 더 눈을 비볐다. 그래도 역시 학은 없었다. 그저 흰 수염만이 그들의 턱에서 가늘게 떨리고 있었다.

그날, 과연 학은 마을에 들어와 있었다. 영을 내려와 비로소 학이 돌아온 것을 본 이장 영감과 박 훈장은 얼싸안고 엉엉 울었다.
"왔다, 정말 왔어. 으흐흐."
"영감, 이게 꿈은 아니지, 응? 이장 영감, 꿈은 아니지? 으흐흐."
이장 영감과 박 훈장은 갓이 뒤로 벗겨지는 줄도 모르고 고개를 젖혀 학 나무 꼭대기만을 쳐다보고 있었다. 쑥 치켜든 주둥이, 이마에 빨간 점, 늘씬히 내뺀 목, 눈처럼 흰 깃, 꼬리께 까만 깃에서는 안개가 피었다. 한 마리는 슬쩍 한 다리를 ㄱ자로 구부리고 섰고, 또 한 마리는 그 윗가지에 길게 목을 빼고 두룩두룩 마을을 살펴보고 있었다.

옛날 본 그 학이었다. 꼭 그대로였다. 그들은 자꾸자꾸 솟아나오는 눈물을 몇 번이나 손등으로 닦았다.

이장 영감과 박 훈장 뒤에 둘러선 마을 사람들의 눈에도 눈물이 글썽 고여 있었다. 어린애들은 눈앞에 정말 살아 나타난 옛 이야기가 그저 신비스럽기만 했다.
"이젠 살았다."
"이제 무슨 좋은 일이 생길 게다."
"용하게 마을을 지켰지. 참, 몇십 년인고?"
그들은 무엇인지 모르는 대로, 그저 그 어떤 커다란 희망에 가슴이 뿌듯했다.

학은 부지런히 집을 틀기 시작하였다.

유유히 마을 안을 날아 도는 학을 보면 밭에서, 산에서, 우물에서 어디서든지 마을 사람들은 한참씩 일손을 멈추는 것이었다.

올 감자 철이 되자, 학은 먹이를 잡아 물고 오르기 시작하였다. 새끼를 깐 것이다.

이젠 또 둘만 모여 앉으면 그저 학의 새끼 이야기였다. 학이 새끼를 세 마리 까면 그 해에는 풍년이 든다는 것이었다. 두 마리면 평년, 한 마리면 흉년.

두 마리라고 하는 사람도 있었다. 아니 분명히 세 마리가 가지런히 둥우리 기슭에 턱을 올려놓고 어미를 기다리고 있는 것을 보았노라는 아낙네도 있었다. 또 밭의 곡식이 된 품으로 미루어 틀림없이 세 마릴 거라고 떠드는 사람도 있었다.

그러면 가만히 듣고 앉았던 노인들은,

"어 그 바쁘기도 하지, 이제 새끼들이 좀더 커서 머리가 밖으로 나오기 전에야 누가 아노. 하느님이 하시는 일을."

하고 웃는 것이었다.

올 감자 철이 지나고 참외와 옥수수가 한참일 무렵이었다. 학의 새끼는 이제 제법 짝짝 둥우리 속에서 소리를 지르기 시작하였다. 그러다가는 어미 학이 긴 주둥이 끝에 먹이를 물고 돌아와 두 날개를 위로 쑥 처들며 흠씰 가지에 와 앉으면, 다투어 조그마한 주둥이들을 벌리고 짝짝 목을 길게 둥우리 밖에까지 빼내는 것이었다.

분명히 세 마리였다.

틀림없이 풍년일 거라 했다.

가뭄도 장마도 안 들었다. 논과 밭에는 오곡이 무럭무럭 자랐다. 과연 그 해는 대풍이었다. 앞들에는 김매는 사람들이 노래를 부르면, 뒷산에서 나무하는 애놈들이 제법 그 다음을 받아넘겼다. 한창 더위도 그 고비를 넘었다. 이젠 익기를 기다려 거둬들이기만 하면 그만이었다.

그러던 어느 날이었다. 봄에 왜놈들에게 병정으로 끌려나갔던 이장네 손자 덕이와 박 훈장네 손자 바우가 커다란 왜병의 옷을 그냥 입은 채 마을로 돌아왔다.

"아, 우리 나라가 독립을 했어요. 독립을. 그걸 아직두 모르고 있어요?"

이장 영감과 박 훈장은 각각 손자들의 거센 손을 붙들고 또 엉엉 울었다. 내 나라를 도로 찾았대서인지, 죽었으리라고 생각했던 손자가 돌아왔대서인지, 그것조차 분간할 수 없는 기쁨이 그저 범벅이되어 자꾸만 눈물로 흘러내렸다.

학 마을은 한껏 즐겁고 풍성하였다. 집집이 낟가리가 높이 솟았다.

앞뒷산에 단풍이 빨갛게 타올랐다. 하늘은 마음껏 높아졌다.

학은 세 마리 새끼들에게 날기를 가르치기 시작하였다. 둥우리 기슭에 나란히 올라선 새끼 학들은 어미에 비하여 그 모양이 몹시 초라하였다. 마을 애들이 웃었다. 그러면 어른들은 곧잘 학의 편이 되어 양반의 새끼는 어려선 미운 법이라 했다.

어미 학이 둥우리 바로 윗가지에 올라서서 뭐라고 길게 한 번 소리를 지르자 세 마리 새끼학은 일제히 둥우리를 걷어차고 날아갔다. 그러나 처음으로 펴보는 날개는 잘 말을 듣지 않았다. 퍼덕퍼덕 날개는 쳤으나 그건 난다기보다 떨어지는 것이었다. 그들은 이리저리 흩어져 한 마리는 학 나무 밑 마당에, 한 마리는 이장네 지붕 위에, 또 한 마리는 제법 멀리 밭 모서리에 선 뽕나무 위에 가 내렸다.
　이렇게 그들은 날마다 나는 연습을 했다. 조금씩 조금씩 그 날아가 앉는 곳이 멀어져 갔다. 어제는 우물가에까지 날았었다. 오늘은 저 동구의 물방앗간까지 날았다. 또 오늘은 그 앞 못[池]께까지 날았는데 자칫하면 물에 빠질 뻔했다. 마을 사람들은 마치 자기네 어린애의 재롱을 자랑하듯 하였다.
　드디어 그들은 저 들 건너편 낭에 쏙 옆으로 솟아나온 소나무 위에까지 힘들지 않게 날았다. 이젠 모양도 한결 또렷또렷해졌다. 한 달쯤 되자 제법 어미들을 따라 보기좋게 마을 위를 빙빙 날아 돌았다. 어쩌다가 날개를 쭉 펴고 다섯 마리 학이 한 줄로 휘 마을을 싸고 도는 모양은 시원스러웠다.
　9월 하순 어느 날 새벽이었다. 학이 여느 날과 달리 요란스레 울었다. 이장 영감은 잠결에 그 소리를 듣고 펄떡 일어났다. 그는 그게 무슨 뜻인지를 잘 알고 있었다. 꽹과리를 쳤다. 마을 사람들은 다들 학 나무 둘레에 모였다.
　다섯 마리의 학은 가장 높은 가지 위에 한 줄로 늘어서 있었다. 이제는 그 긴 다리 색이 어미들보다 약간 노란 기운이 도는 것을 표해 보지 않고는 어미 학과 새끼 학들을 알아낼 수 없을 만큼 컸다.

해가 떴다.

이윽고 그들은 긴 목을 쏙 빼고 뾰족한 주둥이를 하늘로 곧추 올렸다. 맨 큰 학이 날개를 기지개를 켜듯 위로 들어올리며 슬쩍 다리를 구부렸다 하자 삐—르, 긴 소리를 지르며 흠씰 가지에서 푸른 하늘로 솟아올랐다. 그러자 다음, 다음, 다음 차례로 뒤를 따랐다. 그들은 멋지게 동그라미를 그으며 마을을 돌았다. 한 바퀴, 또 한 바퀴. 점점 높이 올랐다. 이젠 까마득히 하늘에 떴다. 그래도 삐—르 삐—르, 소리만은 똑똑히 들려왔다. 마을 사람들은 꺾어져라 목을 뒤로 젖혔다. 두 손을 펴서 이마에 가져다 햇볕을 가리고 한없이 높고 푸른 가을 하늘을 쳐다보고 있었다. 반짝반짝 다섯 개의 은빛 점이 한 줄로 늘어섰다. 마지막 바퀴를 돌고난 학들은 그리던 동그라미를 풀며 방향을 앞으로 잡았다. 하나, 둘, 셋, 넷, 다섯. 점이 하나씩 하나씩 남쪽 영마루를 넘어 사라졌다. 마을 사람들은 한참이나 그대로 말없이 그 학들이 사라진 곳을 쏘아보고들 서 있었다.

다음해 봄에도 학들이 돌아왔다. 세 마리 새끼를 쳤다. 또 풍년이었다. 또 다음해 봄에도 학은 왔다. 이번엔 두 마리를 쳤다. 평년이었다. 그 해 가을엔 이장네 손자 덕이가 장가를 들었다. 신부는 바로 이웃에 사는 봉네였다. 덕이는 어려서부터 봉네가 좋았다. 그러기에, 옥수수 같은 것을 꺾어 나눠 먹을 때면 으레 큰 쪽을 봉네에게 주곤 하였다. 바우도 같이 봉네를 좋아했다. 그는 주워 온 밤에서 왕밤만을 골라 봉네에게 주곤 하였다.

그런데 웬일인지 철들며부터 봉네는 아주 쌀쌀해졌다. 물동이를 들고 사립문을 나오다가도 덕이를 보면 휙 돌아 들어가곤 하였다. 덕이에게만 아니라 바우에게도 그런다는 것이었다. 그들은 참 이상한 애라고 웃었다.

그런데 봉네의 태도가, 그들이 왜놈에게 끌려갔다 다시 마을로 돌아온 뒤에는 또 좀 달랐다. 바우더러는 돌아왔구나 하고 웃더라는데, 덕이한테는 안 그랬다. 여전히 싸늘했다. 물을 길러 가려면 하는 수 없이 이장네 밖의 마당 학 나무 밑을 지나야 하는 봉네는 몇 번이나 덕이와 마주쳤다. 그럴 때면 덕이가 미처 무슨 말을 찾기도 전에 푹 고개를 수그리고, 인사는커녕 쳐다도 안 보고 휙 비켜 지나가버리는 것이었다. 덕이는 이런 봉네가 몹시도 섭섭했다.

그렇게 거의 두 해를 지내오던 어느 날이었다. 산에 가 나무를 해 지고 내려오던 덕이는, 마을 뒤 밤나무 숲속에서 봉네를 만났다. 이번엔 덕이편에서 먼저 못 본 채 고개를 수그리고 걸었다. 그런데 그가 바로 봉네 코앞에까지 가도 그녀는 꼼짝도 않고 서 있었다.

덕이를 보기만 하면 얼굴을 돌리고 달아나던, 마을 안에서의 봉네와는 달랐다. 덕이는 비로소 눈을 들었다. 그제야 봉네는 한 걸음 옆으로 비켜섰다. 여전히 덕이를 쳐다보고 있는 봉네의 눈에는 스르르 윤기가 돌았다. 덕이는 길가에 나무 지게를 벗어놓았다.

"어디 가니?"

"……"

봉네는 앞으로 다가서는 덕이의 얼굴을 빤히 건너다볼 뿐, 대답이 없었다. 덕이도 그저 봉네의 까만 눈을 들여다보고 서 있는 수밖에 없었다. 봉네의 눈동자에는 점점 더 윤이 났다. 봉네의 눈동자 속에 푸른 하늘이 부풀어오른다 하는 순간 따르르 눈물이 뺨으로 굴렀다.

"학이⋯⋯."

옛날 학 마을 처녀 탄실이가 하던 그대로의 외마디 말이었다. 봉네는 가만히 고개를 떨어뜨렸다. 무명 적삼이 젖가슴에 찢어질 듯 팽팽하였다. 덕이는 봉네의 머리에서 새그무레한 땀내를 맡았다.

이장 영감은 종일 사랑방 벽에 뒷머리를 대고 앉아 조용히 눈을 감고 있었다. 언제나 무슨 괴로운 일이 있을 때면 하는 그의 버릇이었다.

할아버지에게 봉네 이야기를 하고 제 뜻을 말하는 손자 덕이 놈은, 무턱대고 탄실이와 영을 넘던 억쇠 자기보다 훨씬 영리한 놈이라 생각하였다. 그러지 않아도 이장 영감은 봉네의 심정을 덕이보다도 먼저 눈치채고 있었다. 그와 함께 또 바우의 봉네에 대한 숨은 정도 알고 있는 이장 영감이었다. 그래 덕이가 봉네 이야기를 할 때, 그는 아무런 대답도 하지 않고 그저 듣고만 있었다.

될 수만 있다면 봉네는 딴 마을로 시집을 보내고 싶었다. 덕이, 봉네, 바우. 이장 영감에게는 그들이 다 똑같은 손자 손녀처럼 생각이 드는 것이었다. 그 셋 중에 누구에게라도 쓰라린 상처를 주고 싶지 않았다.

저녁때가 거의 되어서야 이장 영감은 가만히 눈을 떴다. 마음을 작정하였다. 봉네는 그 옛날 탄실이어서는 안 된다고 했다. 또 그로 해서 설사 무슨 변이 있다 해도 덕이의 일생이 또 억쇠 자신의 평생처럼 텅 빈 것이 되어서는 안 된다 했다.

그 가을에 덕이와 봉네의 잔치가 있었다. 그런데 그 잔치 전날 밤, 바우는 마을에서 사라졌다. 그의 홀어머니도 또 늙은 할아버지 박 훈장도 몰랐다. 그러나 이장 영감만은 짐작하고 있었다. 그는 또 종일 사랑방 벽에 뒷머리를 대고 앉아 조용히 눈을 감고 있었다.

그 해에도 골짜기의 눈이 녹고 진달래가 피자, 학이 찾아왔다. 예전처럼 부지런히 집을 틀고 새끼를 깠다. 두 마리의 어미 학은 쉴새없이 먹이를 끌어올렸다. 그때마다 두 마리 새끼가 주둥이를 내둘렀다. 올해에도 평년작은 된다고들 우선 흉년을 면한 것을 기뻐했다. 그러던 어느 비 내리는 아침이었다. 학 나무 밑에 아주 어린 새끼 한 마리가 떨어져 죽어 있었다. 아직 털도 채 나지 않은 학의 새끼는 머리와 눈만이 유난히 컸다.

"허, 그 참 흉한 일이로군."

이장 영감과 박 훈장은 몹시 불길한 예감에 사로잡혔다. 이 같은 일은 적어도 그들이 아는 한에서는 일찍이 없었던 일이었다. 참새는 긴 장마철에 미처 먹이를 댈 수 없으면 그 중 약한 제 새끼를 골라 제 주둥이로 물어 내버리는 수가 있다. 그러나 학이 그런 잔혹한 짓을 한 일은 보지 못했었다. 그건 필시 무슨 딴 짐승의 짓이라 했다. 어쨌든 그게 학 자신의 뜻에서였건 또는 딴 짐승의 짓이건 간에 이제 이 학 마을에는 반드시 무슨 참변이 있을 게라고 다들 말없는 가운데 더욱 더 무거운 불안을 느끼고 있었다.

 과연 무서운 변이 마을을 흔들고야 말았다. 그 일이 있은 지 한 달도 채 못 되어서였다. 별안간 하늘이 무너지고 산이 온통 갈라지는 것이었다. 마을 사람들은 모두 문을 걸고 집안에 틀어박혔다. 덜덜 떨며 문틈으로 밖의 학 나무를 살폈다. 학도 둥우리 안에 들어앉아 조용하였다.

 밤낮 이틀이나 온 세상을 드르룽드르룽 흔들었다. 사흘째 되던 날부터 그 소리가 차츰 남쪽으로 멀어갔다. 마을 사람들은 하나 둘 밖으로 나왔다. 학의 동정부터 보았다. 한 마리는 여전히 둥우리 안에 들어 새끼를 품고 앉았고, 한 마리만이 바로 윗가지에 한 다리를 꼬부리고 나와 있었다.

 그날 저녁때였다. 마을에는 또 딴 일이 벌어졌다. 난데없이 누런 옷을 입은 사람들이 북쪽 영을 넘어 마을로 들어왔다. 쉰 명도 더 넘는 그들은 모두 어깨에 총을 메고 있었다. 그들은 이 마을 사람들을 해방시키러 왔노라 했다. 그러나 마을 사람들은 그 해방이란 말의 뜻을 잘 알 수 없었다. 박 훈장마저 알기는 알면서도 어딘지 잘 모를 이야기라 했다. 그렇게 그들이 하루, 마을에 머물고 남쪽으로 나가면 이어서 또 딴 패들이 밀려 들어왔다. 그들은 똑같은 이야기를 하고 갔다. 이렇게 몇 차례를 겪고 나서야 마을 사람들은, 그 아무나 보고 동무 동무 하는 그들이 북한 괴뢰군인 것을 알았고, 또 큰 싸움이 벌어진 것도 알았다.

마을 사람들은 이제야 비로소 학이 새끼를 물어 내버린 뜻을 알 것 같았다.

몇 차례나 들르던 그 괴뢰군 패가 좀 뜸했다. 그런 어느 날, 박 훈장네 바우가 소문도 없이 마을로 돌아왔다. 서울서 무슨 공장엘 다니다 왔노라는 바우는, 전에 없던 홈이 오른쪽 이마에서 눈썹까지 죽 굵게 그어져 있었다.

몇 해 밖에 나가 있던 바우는 여간 유식해진 것이 아니었다. 그는 학 마을 사람들이 모르는 일을 많이 알고 있었다. 김일성 장군도 알았다. 인민군이란 것도 알고 있었다. 그 밖에도 마을 사람들에게는 물론이려니와 박 훈장도 모를 말을 곧잘 지껄였다. 착취니 반동이니 영웅적이니 붉은 기니 하는 따위 말들은 그가 마을 아낙네들에게까지 함부로 쓰는 동무라는 말과 같이 우리 말이니 어찌어찌 알 듯도 하였다. 그러나 그 밖에도 이건 무슨 수작인지 도무지 모를 말도 바우는 아는 모양이었다. 스탈린, 소련, 유엔, 탱크, 그뿐이 아니었다. 바우는 또 나가 있는 동안에 매우 훌륭해진 모양이었다. 그는 사날에 한 번씩은 근 40리 길이나 되는 면(面)엘 꼭 다녀왔다. 그러고는 마을 사람들을 모아놓고 싸움 형편을 전했다. 그때마다 연방 해방이란 말을 썼다.

그러던 어느 날이었다. 누런 군복을 입고 어깨에 총을 멘 사나이 셋이 학 마을로 찾아 들어왔다. 그러고는 이장을 찾는 것이 아니라 박 동무를 찾았다. 마을 사람들은 박 동무라는 사람이 없노라고 했다. 그들은 다시 박바우라 했다. 그때야 바우를 찾는 줄을 알았다. 그리고 또 바우가 그들과 한패라는 것도 알았다. 그들은 마을 사람들을 학 나무 밑에 모았다. 그리고 긴 연설을 한바탕 늘어놓고 나서 바우를 앞에 내다세웠다. 이제부터는 박 동무가 이 부락의 인민위원장이라고 했다. 인민위원장이란 무엇이냐고 묻는 마을 사람들에게, 그들은 그게 바로 이 마을의 가장 높은 사람이라고 했다. 모를 일이었다. 학 마을에서는 제일 나이가 많은 남자가 이장 일을 보아야만 했고, 또 그 이장이 학 마을의 제일 어른이었다. 그러나 다음날부터 바우는 마을의 제일 높은 사람 행세를 정말로 하기 시작하였던 것이다. 박 훈장이 보다못해 그를 붙들고 나무랐다. 바우는 낯을 잔뜩 찌푸렸다. 할아버진 아무것도 모르니 제발 좀 가만히 계시라고 했다. 그러고 보니 박 훈장 생각에도 영 어찌 되는 셈판인지 알 수가 없는 일이었다.

바우는 더욱 자주 면엘 다녀 나왔다. 그러고는 하루에 두 번씩 마을 사람들을 학 나무 밑에 모았다. 소위 회의를 한다는 것이었다. 그러나 마을 사람들은 잘 모이지 않았다. 그러면 바우는 반동이 무언지 반동, 반동 하고 목에 핏대를 세웠다. 그래도 마을 사람들은 잘 안 모였다. 그것도 그럴 것이 마을 사람들 사이에는, 학이 전에 없이 새끼를 물어 떨어뜨리자 밀려 들어온 그들은, 어쨌든 이 학 마을을 잘 되게 해줄 사람들이 아닌 것만은 분명하다는 말이 퍼지고 있었기 때문이었다. 이런 사유를 안 바우는 그 길로 면으로 달려나갔다. 그러고는 저녁때가 거의 되어, 그는 어깨에 총을 메고 돌아왔다. 그는 곧 또 마을 사람들을 불러모았다. 몇 사람이 총을 멘 바우를 구경한다고 모였다. 그 자리에서 바우는 또 떠들었다. 이마의 흉터가 더욱 험상스레 움직였다. 사업을 방해하는 자는 누구든지 다 반동이라며 큰 소리를 질렀다. 그리고 반동은 사정없이 숙청해야 한다고 했다. 그런 의미에서 이 마을에서는 우선 저 학부터 처치해야 한다고 하며 학 나무 꼭대기를 가리켰다. 그는 천천히 돌아섰다. 학 나무 그루에 세워놓았던 총을 집어 들었다. 철커덕 총을 재었다. 총부리를 들어올렸다.

"바우!"

옆에 섰던 덕이가 바우의 팔을 붙들었다. 바우는 흠이 있는 오른쪽 눈썹을 쓱 치켜올리며 덕이의 얼굴을 쏘아보았다.

"놔!"

바우는 덕이의 손을 뿌리쳤다. 덕이는 빈 주먹을 꽉 쥐었다.

학은 두 마리 다 바로 머리 위 가지에 앉아 있었다. 바우는 총을 겨누었다. 마을 사람들은 숨을 딱 멈추었다. 얼굴들이 새파래졌다. 무서운 일이었다. 그러나 누구 하나 감히 바우의 총 앞으로 나서는 사람은 없었다.

타다탕.

총소리가 쨍 사면의 산을 흔들었다. 학은 훌쩍 달아났다. 그러면 그렇지 하는 마을 사람들은 얼른 바우의 얼굴부터 살폈다. 그런데 어찌 된 일일까? 분명히 두 마리 다 훌쩍 위로 떠오르는 것을 보았는데 퍽 하는 소리와 함께 날개를 축 늘어뜨린 한 마리가 땅바닥에 떨어졌다. 마을 사람들은 정신이 아찔하였다. 아무도 말이 없었다.

그때였다. 앓고 누웠던 이장 영감이 총소리를 듣고 비틀비틀 밖으로 나왔다.

"무슨 일이냐?"

다들 그쪽으로 돌아섰다. 여전히 아무도 말이 없었다. 이장 영감은 긴 눈썹 밑에 쑥 들어간 눈으로 한번 휘 마을 사람들을 둘러보았다. 그러다 그는, 저만큼 땅바닥에 빨래처럼 구겨 박힌 학의 주검을 보았다. 이장 영감의 야윈 볼이 씰룩씰룩 움직였다.

"학이! 누가 학을!"

무서운 노여움이 찬 소리였다. 이장 영감은 팔을 허우적거리며 학이 쓰러진 쪽으로 한 걸음 옮겨놓았다. 그러나 다음 또 한 발을 내딛다 말고 푹 그 자리에 까무러치고 말았다.

그날 밤 하늘엔 어스름 달이 떴었다. 남은 한 마리의 학은 미쳐 울었다. 끼역끼역 긴 목에서 피를 토하듯 우는 학의 소리에 온몸에 소름이 쭉쭉 섰다. 무엇에 놀라는 것처럼 깍 외마디 소리를 지르며 푸르르 공중으로 솟아오르기도 하였다. 그러고는 밤하늘을 훨훨 날아 마을을 돌며 슬피슬피 우는 것이었다. 다시 학 나무 위에 와 앉아도 보았다. 꼭 거기 아직 같이 있을 것만 같은 모양이었다. 그러고는 달을 향하여 긴 주둥이를 들고 무엇을 고하듯 또 울었다. 마을은 고요하였다. 저주하는 듯 애통한 학의 울음소리만 삐르 삐르 밤하늘에 퍼져나가 맞은편 산에 맞고는 길게 되돌아 울려왔다. 누구 하나 이웃을 나오는 사람도 없었다. 그렇다고 자는 것도 아닌 모양으로 밤이 깊도록 이 집 저집에서 기침소리가 들려왔다.

다음날 아침에도 바우는 마을 사람들더러 학 나무 밑으로 모이라고 하였다. 한 사람도 응하는 사람이 없었다. 잔뜩 화가 난 바우는 마을

학 마을 사람들 213

에 다 들리도록 고함을 쳤다.

"반동, 반동."

머리 위에서 푸드덕 학이 놀라 날아갔다.

반동 — 반동 —.

메아리가 길게 흔들리며 어젯밤 학의 울음처럼 바우에게로 되돌아왔다. 바우는 학 나무 밑에 서서 한참 덕이네 대문을 흘겨보다 말고,

"흥, 어디 보자."

하고 혼자말을 뱉고는 영을 넘어 면으로 갔다. 어깨에 가죽끈으로 해 멘 총을 흔들흔들 내저으며.

그날 바우는 마을로 돌아오지 않았다. 다음날도 그는 안 돌아왔다. 마을 사람들은 이번엔 그가 돌아오지 않는 것이 궁금하고 불안했다.

그렇게 바우가 마을에서 사라지고 며칠이 못 되어, 또다시 그 무서운 소리가 들리기 시작했다. 하늘이 무너지고 산들이 갈라지는 소리. 게다가 이번엔 비행기까지 요란스레 떠다녔다. 이제야말로 정말 끝장이 나느니라 했다. 그런데 이번엔 그 소리가 북쪽으로 멀어져 갔다. 그러자 이장 영감의 약을 지으러 장터에까지 나갔던 덕이는 새 소식을 알아 가지고 돌아왔다. 그 동무, 동무 하던 패들이 우리 군대에게 쫓겨 도로 북으로 달아났다는 것과 그날 면에 나갔던 바우도 그 길로 그들을 따라 북으로 갔다는 것이었다.

다시 학 마을은 조용해졌다.

한 마리만 남은 학은 그래도 애써 새끼를 키웠다. 이장 영감은 사랑 뒷마루 양지쪽에 나와 앉아 짝 잃은 학만 종일 쳐다보고 있었다. 문병

을 온 박 훈장은 학을 쳐다보기가 두려운 듯 멍히 맞은 산만 바라보고 있었다.

"망할 자식 같으니. 어디 가 피를 토하고 자빠졌는지."

혼자말로 중얼거리는 박 훈장의 말에 이장 영감은 못 들은 체 아무런 대꾸도 없었다.

9월이 되었다. 이제 학의 새끼는 수월히 건너편 낭떠러지에까지 날았다. 그날 아침에도 이장 영감은 일어나는 길로 앞문을 열었다. 학나무 꼭대기를 쳐다보았다. 학이 보이지 않았다. 그는 이상한 예감에 가슴이 울렁거렸다. 좀더 자세히 둥우리를 살펴보았다. 역시 보이지 않았다. 아침부터 날기 연습을 하는가 했다. 그런데 학은 낮이 기울도록 안 보였다.

"갔구나!"

이장 영감은 긴 한숨을 쉬었다. 노해서 간 학은 앞으로 영영 안 돌아올지도 모른다 하는 생각이 스치고 지나갔다. 그는 방에 들어와 목침을 베고 누웠다. 눈을 감았다. 눈물이 주르르 귀로 흘러내렸다.

한창 농사 때에 석 달 동안을 볶여난 그 해는 농작물이 볼 게 없었다.

그대로 겨울은 닥쳐왔다. 사면의 높은 영은 흰 눈으로 덮였다. 빈 학의 둥우리에도 소복이 눈이 쌓였다.

마을 사람들은 산에 가 나무를 해다 며칠에 한 번씩 장거리로 지고 나갔다. 그들은 그저 어서 봄이 오기만을 기다리고 있었다. 그런데 섣달 접어들면서부터 멀리 북녘 하늘에서 때때로 우르릉우르릉 천둥

소리가 들려왔다. 필시 그건 흉조라고들 하였다. 그러던 어느 날, 장거리에 나무를 지고 나갔던 마을 사람 한 사람이 헐레벌떡거리며 이장네 집으로 뛰어들어왔다.

"이장님, 큰일났습니다. 장거리에서는 지금 피난을 간다고 야단들이에요. 오랑캐가, 오랑캐가 새까맣게 밀고 들어온다고, 지금……."

"음."

이장 영감은 수염 속에서 입을 한일자로 꼭 다물었다. 한 번 머리를 끄덕였다. 그리고 스르르 눈을 감으며 벽에다 뒷머리를 기대었다.

"덕이야, 꽹과리를 쳐라."

이윽고 이장 영감은 덕이를 불렀다.

다음날은 흐릿한 하늘에서 솜 같은 눈송이가 펄펄 내리고 있었다. 마을 사람들은 해뜰 무렵에 학 나무 밑으로 모여들었다. 남자들은 지게에 지고, 여자들은 머리에 이고, 어린것들은 싸 업기도 하였고, 또 손목을 잡고 걸리기도 했다.

이장 영감은 마을 사람들이 다 모일 만해서 밖으로 나왔다. 토시를 손바닥까지 끌어내려 지팡이를 싸 쥐었다.

"다 모였나?"

"네. 그런데 저 박 훈장님께서는……."

덕이가 어깨에 진 지게를 한 번 추어올리며 대답하였다.

"음."

이장 영감은 잠깐 무엇을 생각하는 듯 고개를 숙였다. 박 훈장이 이장 영감 곁으로 걸어갔다.

"영감!"

박 훈장은 지팡이 꼭대기에 올려놓은 이장 영감의 손등을 두 손으로 꼭 싸 쥐었다. 두 노인 손등에 사뿐사뿐 흰 눈송이가 날아와 앉았다.

"알지. 내 다 알지."

이장 영감은 고개를 수그린 채 끄덕였다.

"그래도 내겐 그 놈 하나밖에…… 혹시나 돌아올까 해서."

"그럼, 그렇구 말구. 내 다 알지."

이장 영감은 그저 고개만 자꾸 끄덕거렸다. 박 훈장은 이장 영감의 손을 다시 한 번 쓸어보고 한 걸음 뒤로 물러나, 털썩 이장네 마루에 주저앉아버렸다. 으흐흐흐 하는 박 훈장의 울음소리를 듣지 않으려는 듯이, 이장 영감은 마을 사람에게로 돌아섰다.

"그럼 가자."

이장 영감은 봉네의 부축을 받으며 지팡이를 한 손에 들고 선두에 섰다. 그 뒤를 한 줄로 마을 사람들은 따라 걸었다.

박 훈장은 비틀비틀 학 나무 밑으로 나갔다. 그리고 어린애처럼 으흐흐 으흐흐 울며, 눈발 속에 사라져가는 행렬을 언제까지나 바라보고 서 있었다.

남자들 몇 사람을 제외하고는 생전 처음 마을 밖으로 나가는 그들이었다. 정작 영마루에 올라선 그들은 한참이나 마을 쪽을 향하여 서 있었다. 펄펄 날리는 눈발 속에 앞이 뽀얗다. 마을은 이미 보이지 않았다. 그들은 울며 영을 넘어 내려갔다.

80리를 걸었다. 그리고 겨우 화물차 꼭대기에 기어올랐다. 빈대처럼 달라붙어 갈 수 있는 데까지 갔다. 부산이었다.

부산은 강원도 두메보다 봄이 일렀다. 한겨울을 그 속에서 난 창고 모퉁이에 파릇한 풀싹이 돋아올랐다. 그들은 잊어버렸던 것처럼 새삼스레 마을이 그리웠다. 저녁때 모여 앉으면 그들은 은근히 이장 영감의 얼굴을 살폈다. 이장 영감은 그저 가느스름하게 눈을 감고 묵묵히 앉아 있을 뿐이었다.

그러던 어느 따스한 날, 그들은 떠났다. 행장이 마을을 떠날 때보다 더 초라했다. 그뿐이 아니었다. 사람 수효가 줄었다. 여섯 가구 스물세 사람이었던 것이, 지금 조그마한 보따리를 지고 이고 나선 것은 열아홉 사람뿐이었다.

봉네의 남동생 하나는 병정으로 뽑혀 나갔고, 어린애 둘은 두부 비지만 먹다 죽었다. 그리고 제일 큰 일은, 덕이 아버지가 부두 노동을 하다 궤짝에 치여 죽은 일이었다.

이번엔 기차를 탈 수도 없었다. 걸었다.

올 때만 해도 봉네가 좀 거들기만 하면 되었던 이장 영감이었으나, 돌아가는 길에는 덕이와 봉네가 양쪽에서 부축을 해야 했다. 첫날엔 50리, 다음날엔 40리, 30리, 점점 줄어들다가는, 하루씩 어느 마을에 고 들어가 쉬었다. 그러고는 또 이장 영감을 선두로 하고 걸었다. 이장 영감은 점점 쇠약해졌다. 수염이 기운 없이 축 늘어졌다. 푹 꺼진 두 눈만이 애써 앞을 더듬고 있었다.

"아가, 늙은 것이 공연히 널 고생을 시키는구나. 허허허."

길가에 앉아 쉴 때면, 혼자 돌아앉아 부어 터진 발가락을 어루만지는 봉네의 등을, 이장 영감은 가엾게 쓸어보는 것이었다. 그러면 봉네는 얼른 신을 신고 아무렇지도 않은 듯 앞으로 돌아앉는 것이었다. 웃어보이려고 해도 어쩐지 자꾸 눈물이 쏟아져 나와 봉네는 끝내 고개를 못 들곤 하였다.

보름째 되던 날이었다. 그들은 드디어 영마루에 섰다.

"야, 우리 마을이다."

애들이 먼저 소리를 질렀다. 모두 바위 위에 아무렇게나 주저앉았다. 멍히 저 아래 마을을 내려다보고 있는 그들의 눈에는 떠나던 날처럼 또 눈물이 징 소리를 내며 괴었다. 아무도 말이 없는 가운데 그저 여기저기서 코를 들이키는 소리만 들려왔다.

마을은 변해 있었다.

학 나무는 타 새까만 뼈만 앙상하게 서 있었고, 또 이장네 집과 봉네네 집터에는 아직 녹지 않은 흰 눈 가운데 깨진 장독이 하나 우뚝하니 서 있을 뿐이었다. 그리고 딴 집들은 다행히 그대로 남아 있었으나 단 두 사람, 남겨두고 갔던 바우 어머니와 박 훈장은 보이지 않았다.

완전히 빈 마을은 눈 속에 잠겨 있었다.

"갔지, 갔어."

"바우 녀석이 와서 데려갔을 테지."

"그러구 가면서 학 나무하고 이장댁에 불을 놓았지, 멀."

마을 사람들은 모여 앉기만 하면 분해하였다. 이장 영감은 박 훈장이 쓰던 서당 글방에 누워 조용히 눈을 감고 있었다. 여든에도 능히 멍석을 메어 나르던 이장 영감이었으나 이제 극도로 쇠약해진 그는 때때로 한숨을 길게 내쉬곤 하였다.

덕이는 이제 농사일이 시작되기 전에 집을 다시 지으리라 생각했다. 그는 괭이를 들고 옛 집터로 갔다.

그날 덕이는 무너진 벽 밑에서 반 타다 남은 시체를 하나 파내었다. 박 훈장이었다.

이장 영감은 덕이에게서 그 말을 듣고도 놀라지 않았다. 그는 마치 다 알고 있었다는 듯이 그저 고개를 끄덕거렸을 뿐이었다. 그래도 눈물이 베개로 굴러 떨어졌다.

그날 밤, 이장 영감도 갑자기 세상을 떠나고 말았다.

덕이의 손을 더듬어 잡은 이장 영감은 여전히 눈을 감은 채 간신히 입을 움직였다.

"학, 학 나무를, 학 나무를……."

이장 영감은 잠들 듯이 숨을 거두었다. 흰 수염이 길게 가슴을 내리덮고 있었다.

상여는 둘인데, 상주(喪主)는 덕이 한 사람이었다. 그날 마을 사람들은 모두 뒷산으로 따라 올라갔다. 피난을 가던 때처럼 이장 영감이 앞서 갔다.

저녁때가 거의 되어서야 그들은 산을 내려왔다.

이번엔 덕이가 맨 앞에 두 주의 위패(位牌)를 모시고 걸었고, 그 바로 뒤를 봉네가 흰 보자기로 뿌리를 싼 조그마한 애송 나무를 하나 어린애를 안은 것처럼 안고 따르고 있었다.

작품 해설 · 작가 연보

/ 하근찬 편 / 이범선 편 /

하근찬

작품 해설

1950년대와 1960년대의 대비된 두 개의 풍경

하근찬(河瑾燦 ; 1931~)은 1931년 10월 21일 경북 영천에서 태어났다. 1948년 전주사범학교를 중퇴하고 초등학교 교사생활을 하다가, 1954년 부산 동아대학교 토목과에 입학했고 1957년에 중퇴했다.

1955년 대학시절 신태양사 주최 전국학생문예작품 모집에「혈육」, 1956년 교육주보사 주최 교육소설 공모에「메뚜기」, 1957년《한국일보》신춘문예에「수난 이대」가 당선되어 문단에 등단하였다.

교육주보사, 교육자료사 등지에서 편집부 기자로 일하다가 1969년부터는 소설 창작에만 전념했다. 대표 소설집으로『야호』,『수난 이대』,『달섬 이야기』,『남한산성』,『서울 개구리』,『흰 종이 수염』,『월례소전』,『산에 들에』,『화가 남궁씨의 수염』 등이 있고, 1970년 한국문학상, 1983년 조연현문학상, 1984년 요산문학상, 1988년 류주현문학상 등을 수상했다.

그의 작품들은 대부분 서민들의 애환을 통해 사회적 부조리를 간접적으로 제시하는 수법으로 일관해 있다. 하근찬 소설의 특징은 삶의 무거운 주제를 가벼운 터치로 그려낸다는 것이다. 이들 소설들은 시사만평처럼 해학적인 웃음을 주고, 그 웃음의 뒤끝에는 여지없이 통렬한 아픔을 전달한다. 이 웃음은 서민들의 순박하고 어눌한 인간미에서 배어나오는 것이고, 그 뒤의 아픔은 그 사람들의 삶에 닥친 세계의 광포함 그 자체이다.

세계의 광포함은 작중인물들의 무지하고 순박한 사고방식과 행동에 의해 낙천적으로 희석되어 독자는 그 운명의 질곡을 웃음의 여과 후에나 비로소 느낄 수 있게 된다. 그의 작품들의 경향을 개략적으로 살펴보면 다음과 같다.

6·25 전쟁을 소재로 한 「흰 종이 수염」과 「야호」, 그리고 시골 마을의 토착 정서와 외국 군대가 들여온 이질적이고 타락한 문화와의 갈등을 그린 「왕릉과 주둔군」은 전쟁과 삶의 관계를 비극적으로 조명해 본 것이고, 「삼각의 집」, 「서울 개구리」 등은 각박한 도회적 삶의 부조리를 가난한 서민의 생활상에 비춘 것이다. 「족제비」, 「산에 들에」, 「일본도」 등에서는 과거의 시간으로 거슬러 올라가 일제하의 소년 시절의 기억이 동원된다.

아들을 징용에서 빼주지 않는다는 분풀이로 면사무소에서 대변을 보는 「분(糞)」, 전사 통지서를 배달하지 못하고 망설이다가 결국 물에 띄워보낸 일로 해고당해 허탈한 웃음을 흘리는 「미소」에서는 역사적 사건과 사회 부조리를 일상의 재수로 치부해 버리는 낙천적 수법을 드러낸다.

사회 이데올로기에 대한 아웃사이더적 시선

이처럼 그의 소설들은 사회 이데올로기에 대한 정치(精緻)한 이해나 번민을 통한 문제의식에서는 한층 물러나 있다. 이러한 관점은 하근찬 소설의 특징적인 면모를 적확하게 포착해 내는 것이다. 하근찬 소설이 전쟁의 소재를 다루지 않는 것은 아니지만 오히려 위에서 살펴본 바처럼, 일제시대를 비롯한 6·25 전쟁 소재를 빈번히 다루고 있다. 그러나 이들 소설이 부조리한 세계에 대한 심각한 문제의식을 시사해 주지 않는 이유는 사건의 배경으로 작용하는 세계 그 자체에 있는 것이 아니라, 그 세계를 대면하는 인물들의 의식과 행동양태에 있다. 소설의 주요 인물들은 정치의 제도권 밖으로 한없이 밀려나 있는 풀뿌리 민중들이다. 그들은 역사적 회오리의 중심에 있으면서도, 사실 역사 의식이 전무한 사람들이다. 그들은 단지 역사적 삶을 체험하며 느낄 뿐이다. 그들은 부조리한 삶을 체험한 이후에 현실에 대한 자각으로 역사적 상황으로 전진해 들어가는 것이 아니고 그 상황에 따른 자족적 삶으로 회전해 들어온다.

이렇게 놓고 보았을 때, 남는 문제는 두 가지이다. 하나는 하근찬 소설이 특정한 이념의 기준을 준비해 놓지 않고, 단지 역사의 중심에 서 있는 민중의 삶을 그 삶 자체로 보여준다는 점이다. 역사의 회오리는 민중의 삶을 전진 궤도로 삼아 정면 돌파한다. 그러므로 민중의 삶 자체가 곧 역사의 현장이다. 어찌 보면 소설이 우리에게 보여줄 수 있는 바, 그것이 전부인지 모른다. 순수 소설의 입장에서 보면, 소설은 어느 특정한 이념을 선동하거나 작중인물에게 앞서 나가는 의식적 각성을 요구하지 못한다. 소설은 어느 특정한 인물의 삶을 보여줄 뿐, 그 삶의 의미를 생각해 내는 것은 고스란히 독자의 몫이다. 그러므로 우리는 하근찬 소설에 대해 그 이상의 해답을 요구해서는 안 된다. 우리가 무엇을 요구하기 이전에 소설의 대답은 그 이전에 이미 끝나버린다. 도로에 나와 봉기하는 각성된 민중은 이미 역사의 끝이거나 혹은 시작의 분기점에 서 있는 것이다. 그러나 하근찬 소설의 민중들은 단지 역사의 도중에 서 있을 뿐이다. 다른 하나는 이러한 어눌한 인물들이 환기하는 의미이다. 이들은 이데올로기에 묻혀 상실해 버린 인간 감정의 서정과 애뜻함을 전달한다. 이러한 인물들은 빠르게 변화하는 시대의 속도에 맞추지 못하고 다소 느린 행보로 현실에 부딪힌다. 작가의 관심은 세계 인식으로 확대해 나가지 않고 소설의 항구적인 테마인 인간 그 자체에 머물러 있는 것이다.

소박한 휴머니즘

그렇다면 작가가 바라보는 1950년대의 전후(戰後) 현실은 어떠했을까. 우리는 그런 의문점을 「수난 이대」를 통해서 미루어 짐작해 볼 수 있다. 이 소설은 다른 전후소설들과 달리 소박한 휴머니즘을 전달하고 있다. 1950년대의 전후소설들은 대부분 전쟁의 물리적 현상에 극도로 피해를 입고 있는 무기력한 인간상을 문제삼고 있다. 1960년대에 비해 1950년대는 전쟁 기운이 지배적으로 음울한 분위기를 조성하고 있던 시대라서 전쟁 자체에 대한 반성적 거리는 아직 상정되지 못한 상태였다.

그러므로 1950년대의 전후소설은 전쟁으로 인한 삶의 비극적 상황만을 직접적으로 전달해준다. 「수난 이대」에서는 전쟁의 광포함을 따뜻한 애련(哀憐)의 정서로 여과시켜 표현하고 있다. 이 소설에서 전쟁은 전쟁터에 나갔던 아들과의 상봉을 기다리는 아비의 설렘으로 표현되고 있다. 전쟁의 광포함이 한 차례 지나가고 고향의 아버지는 고등어를 한 손에 쥐고 기쁨에 들떠 플랫폼에 서서 아들을 기다린다. 기다림은 「수난 이대」가 보여주고자 하는 전후의 풍경이다.

아비에게 있어서의 전쟁이란 인물이 살았느냐 죽었느냐 하는 양단 문제일 뿐이다. 아들이 살아 돌아온다는 희소식을 들은 아비의 마음에 모든 불길한 걱정은 물러가고 운이 좋은 것에 대한 기쁨과 아들 상봉에 대한 설렘만으로 가득 차 있다. 그런데 죽은 것도 아니고 산 것도 아닌, 즉 불행도 아니고 행운도 아닌, 어정쩡한 불구의 몸으로 돌아온 아들에 대한 착잡한 심정이 아버지의 가슴을 아프게 파고든다. 아버지는 이미 불구의 상황을 한 차례 혹독하게 겪은 몸이다. 그러므로 이 소설에서 아버지의 기다림은 닥쳐올 아들의 충격에 대비하여 완충적인 역할을 하는 것이다.

아버지의 과거는 아들을 기다리는 현재의 시간에 오버랩 되어 있다. 아버지가 겪은 2차 세계대전은 다른 나라의 전쟁상황에 주권을 잃은 나라의 신민으로 억울하게 개입되어 간 경우였고, 아들이 겪은

6·25 전쟁은 서구 강대국들의 정치 이데올로기에 우리 스스로가 총부리를 겨누며 휘말려 들어간 전쟁이었다. 전쟁이란 양민들을 집단적으로 징집하여 군사시설에 관련한 노역을 시키거나 수의적으로 총을 메고 싸우게 하는 그런 삶의 현장인 것이다. 이 소설의 제목이 시사하는 바처럼, 그것은 민족의 수난이었다. 전쟁의 실체는 한 통의 전사 통지서이거나 행방불명되어 무소식으로 남거나 아니면 반신 불구의 모습으로 나타난다. 전쟁은 인생의 행운과 불운이 엇갈리는 삶의 연장일 뿐이다. 그러므로 작중인물들은 그러한 전쟁에 대해 하등의 의문을 제기하지 않는다. 작중인물들은 자신들에게 닥친 전쟁의 상처에 대해 단지 억울한 심정을 토로할 뿐이다. 아래의 인용문에서 보다 사실적으로 억울한 심정을 느껴볼 수 있다.

"이제 새파랗게 젊은 놈이 벌써 이게 무슨 꼴이고. 세상을 잘못 만나서 진수 니 신세도 참 똥이다. 똥."
"나꺼정 이렇게 되다니 아부지도 참 복도 더럽게 없지. 차라리 내가 죽어버렸더라면 나았을 낀데······."

이들 부자는 닥친 불행을 세상을 잘못 만났거나 아니면 팔자소관의 일쯤으로 치부해 버리는 것이다. 아버지 박만도는 불운에 대한 화증(火症)으로 아들을 앞질러 가다가 술로 속풀이를 하고는 이내 따뜻한 부정(父情)으로 돌아와 아들에게 국수를 먹인다. 주막집에서 아버지 박만도와 아들 진수의 대화는 짧지만 압축과 긴장감을 느낄 수 있게 진행되는 것이 인상적이다. 아들은 자신의 처지에 대해 가벼운 한숨을 쉬고, 아버지는 그런 아들을 향해 지그시 웃어주는 것이 이 소설이 나타내는 운명론적 삶의 태도이다. 그 다음 작중 서사는 박만도가 오줌 누는 장면이나 외나무다리를 건너는 장면에서 부자(父子)가 살아가야 할 삶의 방향을 실질적으로 제시해 준다. 이대에 걸쳐 이중으로 처해진 비극은 그 자체로 절망적이지만, 한편 또 다시 일어서서 걸어가야 할 인생의 노정을 보여주고 있는 것이다.

한편, 이렇게 불운한 삶에 개탄(慨嘆)하지만 곧 순응해 가는 긍정적 삶의 태도가 격렬한 통한이나 참혹한 절망의 표현보다 큰 감응을 안겨주는 점이기도 하다. 이 소설의 두 인물이 불구적 삶에 대한 격렬한 통한의 슬픔을 내보인들 그것은 슬픔의 토로 이상의 의미는 아니며, 또한 세상을 원망하며 문제의식을 노출시킨다 하더라도 그것은 이 인물들이 할 수 있는 여력을 넘어서는 것이다. 그러므로 슬픔의 감정을 안으로 삭히며 그래도 삶은 살아가야 할 의미가 있기에 몸을 추스르며 외나무다리를 힘겹게 건너는 모습이 독자의 의식에 힘있는 감응을 유도해 낸다. 바람이 거세게 불고 지나가도 다시 일어서는 풀꽃처럼 여리지만 단단한 민중과 역사의 질긴 힘을 보여주는 것이다.

그런 주제를 드러내는 장치는 외나무다리이다. 개천둑을 가로지르는 외나무다리는 그들 부자의 위태로운 삶을 상징해 준다. 불안정하고 위태로운 형상이지만 항구적으로 꿋꿋하게 놓여 있는 외나무다리의 강인함이 두 부자의 삶을 비유하는 것이다. 때로는 균형에서 어긋나 개천물에 빠지기도 하지만 그들 인생의 의미는 그 불안정한 외나무다리를 잘 건너는 일인 것이다. 그러면 이 외나무다리를 설정해 놓은 공간적 배경은 어떠한가. 농촌은 세계의 광포함이나 부조리로부터 벗어나 있는 자연 공간이 아니고, 역사적 상황에 직접적으로 관련된 삶의 현장으로 나타나 있다. 이 농촌의 배경은 자신들의 의사와는 하등 관계없이 진행된 전쟁의 피해를 입은 사람들이 사는 곳이다.

실존주의를 비롯한 외국 이론의 세례를 받은 신세대 작가들이 소설양식에 관념적 의식과 실험을 유행시켰던 50년대의 풍조에서 벗어나 하근찬은 무지하고 가난한 시골 사람들 이야기를 들고 나와 일상생활 속의 소박한 인정과 삶의 집념을 사실적으로 부각시켰다. 부연하지만, 이런 유형의 인간형을 형상화한 것은 하근찬 소설의 특징이다.

6·25 전쟁을 소재로 한 일련의 소설들, 최인훈의 「광장」, 장용학의 「요한시집」, 강용준의 「밤으로의 긴 여로」, 황순원의 「나무들 비탈에 서다」, 박경리의 「시장과 전장」 등에 나오는 주인공들과 「수난이대」의 인물들을 비교해 보면, 전쟁으로 인한 충격과 상처를 어떻게 수습하고 있는가 라는 측면에서 그들의 태도는 상이한 양상을 나타낸다. 다른 작품의 주인공들이 전쟁의 실체와 역사의 실존에 관한 근본적인 질문을 주체적으로 제기하는 반면, 「수난 이대」의 주인공들은 전쟁이 남긴 상처를 단지 앞으로 살아가야 할 생존 본능의 확인을 통해 치유하려 한다.

결론적으로 이 작품은 민족의 수난과 비극을 그리는 데서 끝나지 않고 부자(父子)가 외나무다리를 건너는 행위를 통해 불구(不具)인 상황을 협동으로 극복하는 삶의 의지를 담고 있는 소설로 평가할 수 있다.

현재의 시간에서 향수의 시간으로의 환원

상기한 1950년대의 전후상황과는 달리 1960년대 삶의 풍경은 전쟁의 상흔에서 한 걸음 물러나 있다. 1960년대는 전쟁이 환기하는 직접적이고 물리적인 거리에서 물러나와 전쟁 자체에 대한 반성적 사유가 구체적으로 모색되던 시대였다. 그러나 하근찬의 「여 제자」에서 전쟁은 이미 과거의 필름으로 지나가고 이제 성인으로 자라나는 사춘기 소녀의 애뜻한 사랑을 담은 서정적 풍속을 담아낸다.

이 소설의 시·공간의 배경인 1960년대와 산골이 드러내는 것은 시대적 가난인데, 이것이 열일곱 살 된 처녀가 늦깎이 초등학생으로 설정될 수 있는 개연성을 부여한다. 「여 제자」는 작가가 실제로 20대 초반의 나이에 초등학교 교사로 잠시 재직해 있던 시절, 산골 어느 조그만 학교에서 경험했던 첫사랑의 설렘과 아픔을 잔잔한 서정으로 작품화한 것이다.

또한 이 소설은 1999년에 『내 마음의 풍금』으로 영화화되어 세간에 유명해진 소설이다. 우리는 이 소설에서 두 가지의 장점을 들 수 있다. 주지하다시피 첫사랑의 설렘과 상실의 아픔은 시대를 거슬러 항용 있어 왔던 진부하고 고전적인 테마이다. 그러므로 이 소설의 장점은 이야기 줄거리, 즉 서사 자체에 있지 않다. 이 소설이 환기하는 의미는 첫째로, 주인물의 감정과 심리의 움직임을 섬세하게 포착해낸 묘사의 탁월함에 있다. 이러한 효과로 인해 독자는 작중인물과 동일한 순수의 미를 경험하게 된다. 첫사랑은 감추어지고 우회적으로 표현되는 묘한 심리의 파동을 전달한다. 우리는 이 지점에서 강수하와 윤홍연 두 인물의 관계를 살펴볼 수 있다. 소설을 읽다보면 강수하의 심리가 제자인 윤홍연의 마음에 동조하는 약간의 흔들림을 보이는 상황에서는 여지없이 '교육적'이지 않다는 생각으로 자신의 마음을 다잡는 것을 볼 수 있다. 결국 이 소설은 외부 환경에 설정된 교육적인 관계, 즉 선생과 제자라는 신분과 이제 겨우 이십 줄을 넘어선 총각과 대여섯 살 연상의 성숙한 여인이라는 나이의 관계에 얽매어 있는 심리의 흐름을 보여준다. 강수하는 외부현실의 교육적인 관계로부터 무수히 일탈을 시도해 보지만 타인의 눈을 향한 부끄러움과 소심함이 그를 붙잡고 있다. 사람의 일생에서 사춘기는 생리적으로 내부의 열정과 외부의 질서가 상충작용을 끊임없이 일으키는 시기이다. 이 소설의 삼각관계를 형성하고 있는 세 인물은 동일하게 대여섯 살의 나이 차를 둔 인물들이다. 윤홍연→강수하→양은희. 윤홍연과 강수하가 열병을 앓는 청년기를 나타내는 인물들이라면, 양은희 선생은 사춘기에서 벗어난 기성인을 나타낸다.

  그러므로 이제 막 사춘기에 접어든 윤홍연과 또한 이제 막 사춘기를 벗어난 강수하는 동일한 캐릭터를 나타내고 있다. 두 인물은 첫사랑이라는 동일한 궤도 위에서 오버랩 되어 있다. 그러므로 윤홍연의 아픔은 곧 강수하의 아픔인 것이다. 윤홍연과 강수하, 두 인물 모두 사회적 상식의 선(線)을 뛰어넘지는 못한다. 두 인물은 자아의 욕구와 사회적 질서의 경계선에서 내내 주춤거리다가 외부현실에 떠밀려 결국 이별하게 된다. 그러므로 이 소설은 사춘기의 열병을 거쳐 성숙한 기성인으로 커 가는 심리의 내적 과정을 다룬 성장소설이라 볼 수 있다. 우리는 이 소설에서 금지된 사랑을 끝없이 탐하다가 사회적 선(線) 안으로 여지없이 미끄러져 들어오는 욕망의 단면을 실감 있게 경험한다. 윤홍연과 강수하, 양은희의 사랑이 서로 어긋나 있는 것처럼, 마음속의 진실한 욕망은 늘 사회적으로 규정된 선으로부터 어긋나 있는 데서 추구된다. 이 소설의 인물들이 첫사랑의 실패를 감내하는 것처럼, 인간의 욕망도 결국 사회적으로 규정된 선 안으로 회전해 들어갈 수밖에 없는 것이 또한 정해진 이치이다. 둘째는 앞서 얘기한 묘사의 탁월함에 기인하는 것인데, 이 소설은 독자를 과거의 시간 속으로 이끄는 서사의 흡인력을 가지고 있다. 전기가 제대로 들어오지 않고, 시계가 귀해 시간을 정확하게 알 수 없었던 시절에는 주변의 자연 그대로가 일상생활의 도구였다.

우리는 옛 시절의 추억 속에 있는 사건들과 생활의 소도구들을 간간이 접해 본다. 1960년대의 환경을 그리고 있지만, 『여 제자』가 1987년에 단행본으로 출간되어 나온 것을 보면, 이 소설의 시간적 배경은 작가의 의식 속에서 아련한 향수의 시간으로 환원되어 있다. 이 소설은 우리들 마음속에 소중하게 간직하고 있는 추억의 사진첩이다. 그러므로 독자가 음미하는 소설의 의미도 과거로의 시간 여행과 기억 속에 묻혀져 있던 향수를 돌이켜보는 현재적 시간의 간극 속에서 재생성 되는 것이다.

「수난 이대」나 「여 제자」 모두 각각의 시대의 한 전형을 보여주는 풍속도이다. 소설은 곧 그 시대의 삶 자체이다. 그래서 우리는 소설을 통해 당대적 현실로 환원해 들어가 그 현실을 체험할 수 있는 것이다. 이 두 소설은 전후 이데올로기 사상에 급속히 휘몰아친 시대의 뒤꼍에서 그 자체로 존재해 있는 하나의 자연(自然)처럼 소박한 삶의 정경들을 포착해 내었다. 그 세계는 그들 나름의 삶 자체의 법칙과 질서로 만들어진 자족적 삶이며, 외부 현실의 생경한 이념에는 훨씬 벗어나 있는 곳이다. 우리는 이 두 소설에서 당대적 삶의 한 면모를 진실하게 엿볼 수 있다.

∽ 생각하는 갈대

- 「수난 이대」에서 아버지 박만도의 부정(父情)을 나타내는 소재들을 찾아 써 보자.
- 「수난 이대」에서 이들 부자가 살아가야 할 인생길을 단적으로 상징하고 있는 소재에 대해 이야기해 보자.
- 「수난 이대」에서 이들 부자는 전쟁을 어떻게 받아들이고 있는지를 본문 속의 문장으로 서술해 보자.
- 「여 제자」에서 홍연과의 에피소드 중에 가장 인상적인 장면을 이야기해 보자.
- 「여 제자」에서 '나'와 양은희 선생의 관계를 특별하게 이어준 소재를 찾아 써 보자.

작가 연보

1931(1세)   10월 21일 경북 영천읍. 父 하재중과 母 박연학의 장남으로 출생.
1945(15세)   전주사범학교 입학.
1948(18세)   교원시험 합격. 사범학교 중퇴. 초등학교 교사로 재직.
1954(24세)   부산 동아대학교 토목과 입학.
1955(25세)   《신태양》 주최 학생문예작품 모집에 「혈육」 당선.
1956(26세)   《교육주보》 주최 교육소설 모집에 「메뚜기」 당선.
1957(27세)   《한국일보》 신춘문예 「수난 이대」 당선. 《신태양》에 「낙뢰」 발표. 동아대 중퇴. 군 입대.
1958(28세)   《사상계》에 「산중고발」 발표. 군 제대.
1959(29세)   《사상계》에 「나룻배 이야기」, 「흰 종이 수염」 발표. 교육주보사 기자로 입사.
1960(30세)   《문예》에 「이지러진 입」, 《새벽》에 「절규」, 《현대문학》에 「홍소」· 「산까마귀」· 「위령제」 발표.
1961(31세)   《현대문학》에 「분」 발표. 교육자료사 편집 기자로 입사.
1962(32세)   《사상계》에 「나무열매」, 《신사조》에 「벽지행」 발표.
1963(33세)   『신작 15인집』 「왕릉과 주둔군」, 《세대》에 「두 아낙네」 발표. 대한교련공제조합 새교실 편집부 기자로 입사.
1964(34세)   《사상계》에 「산울림」· 「붉은 언덕」, 《현대문학》에 「승

	부」·《문학춘추》에「그 욕된 시절」·「도적」발표.
1965(35세)	「낙도」발표.
1966(36세)	《사상계》에「삼각의 집」,《청맥》에「바람 속에서」·「봄 타령」발표.
1969(39세)	《신동아》에「낙발」발표. 사직하고 전업작가가 됨.
1970(40세)	《월간문학》에「족제비」발표.《신동아》에「야호」연재. 「족제비」제7회 한국문학상 수상.「너무나 짧은 봄」·「그 해의 삽화」발표.
1971(41세)	《현대문학》에「일본도」,《창조》에「죽창을 버리던 날」 발표.
1972(42세)	《한양》에 중편「기울어지는 강」발표. 단편소설집『수난 이대』(정음사), 장편『야호』(한국일보사) 출간.「32매의 엽서」·「모일소묘」발표.
1973(43세)	《현대문학》에 중편「직녀기」,《부산일보》에「안개는 풍선처럼」,《여성동아》에 장편「월례소전」연재.「원 선생의 수업」·「조랑말」·「필례 이야기」발표.
1974(44세)	장편『달섬 이야기』(유문화사) 출간.
1975(45세)	「수양일기」발표.
1976(46세)	《문학사상》에「전차 구경」,《뿌리깊은 나무》에「임진강 오리떼」,《월간중앙》에「남을 위한 땅」·「탈춤 구경」발표.
1977(47세)	단편소설집『흰 종이 수염』·『일본도』(전원문화사) 출

간.『오리와 계급장-한국전쟁소설 9인집』 편저 간행.「노은사」·「준동화」·「후일담」·「남행로」·「장사」.

1978(48세) 《현대문학》에「간이주점 주인」,《월간중앙》에「성묘행」발표. 장편『월례소전』출간.「유령 이야기」·「소년 유령」.

1979(49세) 장편『남한산성』출간. 단편소설집『서울 개구리』(한진출판사) 출간.「두 축하연」,「산길을 달리는 오토바이」.

1980(50세) 《소설문학》에「두 죽음」발표. 신문 통폐합으로《국제신문》에「산중 눈보라」신문 통폐합으로 연재 중단.

1981(51세) 《현대문학》에「산에 들에」연재.『제복의 상처』(정진출판사) 출간.「겨울 저녁놀」·「고도행」.

1982(52세) 《월간조선》에「신비한 물결」발표.『사랑은 풍선처럼』(기린원) 출간.

1983(53세) 「산에 들에」로 제2회 조연현문학상 수상.「산의 동화」·「바다 밖 二題」.

1984(54세) 《한국문학》에「조상의 문집」,《북한》에「가랑비」발표. 장편『산에 들에』출간.「수난 이대」·「일본도」제1회 요산문학상 수상.「잉어 이야기」·「화초 갈무리」·「조상의 문집」.

1985(55세) 《외국문학》에「이국의 신」,《동서문화》에「화가 남궁씨의 수염」발표.

1986(56세) 《문학정신》에「작은 용」,《2000년》에「은장도 이야기」

	연재.「공예가 심씨의 집」발표.
1987(57세)	중편『여 제자』(고려원) 출간.
1988(58세)	『산울림』(한겨레), 『작은 용』(청한), 『화가 남궁씨의 수염』(책세상) 출간. 《월간 통일》에 중편 「검은 고기」, 《전북도민신문》에 「쇠붙이 속의 혼」 연재.
1989(59세)	장편『작은 용』출간. 제6회 류주현문학상 수상.
1990(60세)	장편『징깽맨이』(예지각) 출간.
1992(62세)	『금병매』(고려원) 출간.
1993(63세)	《한국경제신문》에 「제국의 칼」 연재.
1997(67세)	산문집『내 안에 내가 있다』출간.
1998(68세)	보관 문화훈장 수상.
1999(69세)	단편 「여 제자」 수정 보완. 장편『내 마음의 풍금』(바다출판사) 출간.
2002(72세)	현재 경기도 과천시 중앙동 거주.

이범선 ─────────

작품 해설

전쟁 속에 스러져간 자연과 인간의 서정 抒情

   학촌 이범선(鶴村 李範宣 ; 1920~1982)은 1920년 평남 신안주에서 태어났다. 1955년 『현대문학』에 「암표」와 「일요일」로 김동리의 추천을 받아 문단에 등단했다. 그의 작품은 인간성의 근원문제인 선과 악을 현실 부조리에 연결시켜 어두운 사회의 단면을 여과없이 드러낸다. 이러한 점은 과거의 시간과 현재의 시간이 대립되어 있는 구성면에서 잘 나타나 있다. 과거는 인간의 근원적 정서인 향수(鄕愁)를 나타내며 동시에 현실의 척박함을 부각시키는 효과를 낸다.
   이범선의 작품 세계는 이러한 과거지향 의식을 중심 축으로 하여 두 가지 양상을 나타내고 있다. 하나는 원시적이며 재래적인 공간성과 그 속에 살고 있는 인간의 무욕(無慾)과 순수성을 상징적으로 드러내는 것이다. 초기에 씌어진 「학 마을 사람들」, 「이웃」, 「갈매기」 등이 이러한 경향을 대표하고 있다.
   이들 작품에는 사회의 어두운 면이 토착주민의 생활관습을 표현하는 서경적 묘사의 배면에 깔려 있어서 작품의 톤(tone)을 서정적이고 애상적으로 이끈다. 마을의 전래적 관습과 평화가 깨지는 시점에서 발생되는 현실의 비극적 분위기는 마을의 상징물이나 특정한 인물의 고난으로 구체화된다. 다른 하나는 현실의 모순과 부조리를 인간 본성의 차원에서 신랄하게 파헤치는 비판적인 경향을 나타내는 것인데, 이들 작품들은 대부분 1950년대 전후(戰後)의 암울한 사회상을 담고 있다.

여기에는 「피해자」, 「오발탄」, 「춤추는 선인장」 등의 작품들이 대표적이라고 할 수 있다. 이 작품들은 사회 의식이 짙은 리얼리즘의 경향을 보여주는 것들로, 궁핍한 소시민의 고뇌와 절망을 통해 음울한 사회상을 부각시켰다. 그럼 다음의 두 소설을 통해서 상기한 두 가지 경향을 보다 자세히 살펴보기로 하자.

인간 본성에 내재된 인간성의 옹호

「학 마을 사람들」은 1957년 『현대문학』에 발표된 단편소설이다. 구한말부터 6·25 전쟁까지의 시대를 배경으로 하고 있으며, 전쟁의 고난과 폐허 속에서도 꿋꿋하게 이어가는 삶의 희망을 고고한 학(鶴)을 매개로 그리고 있다. 이 작품은 학을 마을의 길·흉을 예조(豫兆)하는 전래적인 속신(俗信)으로 환치시켜 그것을 일련의 역사적 사건에 대입하고 있다.

학의 행·불행은 마을 사람들의 행·불행과 절묘하게 부합해 있어, 결국 학의 생태는 이후에 불어닥칠 역사적 사건을 실증하고 있는 것이다. 그런 이유로 학 마을 사람들은 학을 영험한 영물처럼 숭배한다.

작가는 이러한 신화적 세계를 형상화해 내기 위해 공간적인 배경을 '자동찻길엘 가재도 오르는 데 10리, 내리는 데 10리라는 영(嶺)을 구름을 뚫고 넘어, 또 그 밑의 골짜기를 30리 더듬어 나가야 하는' 깊은 산중 마을로 구성하고 있다. 마치 전설 따라 내려오는 옛 이야기처럼 모호하게 처리된 학 마을의 위치는 외부세계와 격리되어 그 자체의 고유성을 충분히 담지해 내고 있다.

화자는 '강원도 두메의 이 마을을 관(官)에서는 뭐라고 이름지었는지' 조차 모른다는 모호한 서술로 학 마을을 익명화시키고 있다. 마을의 익명화는 서사구조 내의 일련의 사건들을 외부침입과 전래수호의 양대 대결구도로 만들어 놓는데 직접적으로 기여하고 있다.

즉 외진 마을의 신화적 체계는 외부사건들인 한일합방과 일제시대의 징용 사건, 그리고 광복, 동족상잔의 비극인 6·25 전쟁과 극단적인 대결관계에 있는 것이다. 마을 사람들은 이질적 문화의 침입으로부터 마을의 토착성을 지켜내야 한다. 마을 사람들의 의식은 이성적 판단을 보류하고 단지 학의 생태가 지시하는 예표(豫表)에 의해 좌우되는 수동적인 성향을 드러낸다.

학 마을 사람들은 전쟁의 이데올로기나 정치적 배경에 대해서는 무지하지만, 단지 학이 흉조를 보였다는 사실만으로 마을에 들어온 인민군을 경계한다. 우리는 여기에서 신화와 반(反) 신화의 대립 구조를

볼 수 있는데, 신화적 체계 안에 있는 사람은 선을, 신화적 체계를 거스르는 사람은 악을 표상한다.

그런 인물로 제2세대인 '덕이'와 '바우'를 들 수 있는데, 전자는 선의 질서를, 후자는 악의 세계를 대표한다. 마을의 신화적 질서에서 이탈되어 나가 결국 인민군이 되어 돌아온 바우는 마을의 신화를 부정하며 신화의 상징인 학을 사살한다. 바우가 학을 총살하는 장면은 극단적으로 대립된 이데올로기의 대립 양상을 드러내는 것이다.

바우에게 학은 자신이 죽여야만 할 반동의 이데올로기였던 것이다. 한일합방부터 6·25전쟁까지 계속되는 역사적 수난으로 마을의 질곡을 겪어내었던 박 훈장과 이장 영감이 죽는 것으로 구세대의 막은 내린다. 봉네의 손에 든 애송나무는 새로운 시대의 서막을 알리는데, 질곡의 역사는 묻혀지고 학의 신성성이 도래할 미래에의 재건의 의지를 담으면서 소설은 마무리되고 있다.

여기까지 읽어내려 오다보면 한 가지 의문이 생긴다. 그것은 「학마을 사람들」이 신(神)과 결속된 인간 삶의 이야기를 나타내는 것인가 혹은 작가가 모색하는 것이 역사의 배면에 숨어버린 신의 부활인가 하는 점이다. 만일 그렇다면, 작가는 신이 숨어버린 시대의 인간의 잔혹성을 부각시켜 무엇을 이야기하고자 하는 것인가. 작가의 의도가 신을 부정하는 인간의 오만함을 경계하는 것으로 본다면, 이 소설은 단지 전래적인 설화적 이야기로 전락되어 버리고 만다.

우리는 반이성적이고 반문명적인 서사체계를 이루고 있는 이 소설에서 삶의 규범으로 놓여진 신성함에 대한 의미를 살펴볼 필요가 있다. 학이 돌아온 날은 가장 큰 잔칫날이며, 마을 젊은이들이 마음놓고 술을 마실 수 있는 날이다. 마을 사람들은 학으로 상징되는 신화적 체계에 철저하게 종속되어 있다.

이 소설에서 회상되는 과거는 신과 더불어 있었던 한 평화로운 세계상을 보여준다. 학이 표상하는 것은 곧 신의 존재이다. 그런데 이러한 세계에 균열이 일기 시작하는 것은 학이 오지 않는, 즉 신이 숨어버린 시대에 이르러서이다.

일련의 역사적 사건들, 즉 한일합방, 세계 2차대전, 6·25전쟁이 신의 자리를 대신한다. 신이 숨어버린 시대는 곧 전환기의 시대성을 함의하는 것이다. 신이 숨어버린 시대란 인간이 인간이 만든 규범, 즉 이데올로기로 인간을 심판하고 형벌하는 시대를 의미한다. 전쟁은 마을 사람들이 받들어야 할 규범의 선택을 강요한다. 새로운 규범이 사람들을 지배하게 되면 구세대의 규범인 학은 마을에 있을 필요가 없어지는 것이다.

인간의 역사에서 이데올로기는 지배세력에 의해 만들어지고 도구화되는 것이기 때문에 항상 자의적이고 가변적이다. 「학 마을 사람들」이 삶의 가치를 신이라는 영원불변의 원형심상에 기대고 있는 이유가 여기에 있다. 이 소설은 신의 메타포에 기대어 훼손된 인간성의 옹호를 그려내고 있는 것이다.

그러므로 학은 이성적 체계를 거스르는 미신적 신앙이 아니고 전쟁의 광포함에 대한 하나의 알레고리이다. 전쟁은 하나의 신처럼 무자비하고 무차별하게 이데올로기와 무력을 수단화하여 전 세계를 공포

속으로 몰아넣었다. 신은 곧 인간을 계율하는 상위 존재이기 때문에, 신이 있다면 인간의 악을 응징할 것이다.

그러나 인간사의 판관(判官)인 신은 죽었다. 아니, 숨어버렸다. 물론 전쟁이 일어나지 않았던 과거 시대, 즉 신이 살아 있었던 시대에도 인간 삶의 비극은 항상 존재해 왔다. 그것이 인간 사회가 근본적으로 가지고 있는 부조리이다. 명시적으로 신의 존재를 계율화하여 인간의 의식을 지배할 수 있지만, 인간 사회를 운영하는 것은 인간 스스로이기 때문에 삶은 늘 불안정하고 부조리하기 마련이다.

그러나 인간이 신의 존재를 경원(敬遠)한다는 것은 신이 표방하는 절대 선의 계율을 지킨다는 의미이다. 신의 존재 자체는 인간 본성의 악을 경계하는 것이다. 그러므로 「학 마을 사람들」에서 신의 존재를 부각시키고 있는 것은 관념적인 신의 부활을 주도하는 것이 아니라 신의 존재를 두려워할 줄 아는 인간 본성에 내재된 인간성의 옹호, 그 자체에 의미를 두고 있다고 봄이 타당하다.

사회규범에 대한 적응과 부적응

「학 마을 사람들」에서 제기된 규범의 문제는 「오발탄」과의 비교를 통해서 다른 방향으로 재고해 볼 수 있다. 「오발탄」은 이범선의 대표작이며 발표 당시 상당한 파문을 일으켰던 문제작이다.

「학 마을 사람들」의 공간적 배경이 강원도 어느 두메산골로 익명화

되어 있는 반면「오발탄」의 공간적 배경은, '산등성이를 악착스레 깎아내고 거기에다 게딱지 같은 판잣집을 다닥다닥 붙여 놓은' 해방촌이라는 마을로 직접적이고 구체적인 기표로서 명명되어 있다.

「오발탄」에서는「학 마을 사람들」이 보여준 생활 규범의 설화성이나 신성성은 완전히 거세되고 삶에 대한 이성(理性)의 날카로운 회의가 전면적으로 부각되어 있다. 철호 일가는 분단된 현실 때문에 고향으로 돌아가지 못하고 타향에서 궁핍한 삶을 산다.

「학 마을 사람들」에서는 회상되는 과거가 학이 날아와서 평화롭고 풍족한 삶을 영위하게 해 준 시대로 나타나 있지만,「오발탄」에서는 어머니가 고향에서, '꽤 큰 지주로서 한 마을의 주인격으로 제법 풍족하게 평생을 살아오던' 과거의 시대로 드러내고 있다.

두 소설 모두 회상되는 과거는 전쟁이 일어나기 전의 상태를 나타낸다. 학 마을 사람들은 과거의 평화를 그리워하고, 철호 어머니는 과거의 부유한 삶을 그리워한다.「학 마을 사람들」에서는 과거가 애송나무로 현실화되는 낙관적 의지를 드러내고 있는데 비해,「오발탄」은 돌아가고 싶어도 돌아갈 수 없는 부자유의 문제를 암시한다. 송철호가 밤하늘의 별을 보며 과거의 삶을 회상하듯이, 과거는 현실적으로 돌아갈 수 없는 이상향(理想鄕)과 같은 곳이다. 이 소설에서도 역시 과거의 향수를 표방하는 짙은 서정주의(lyricism)의 의식을 보여주고 있다.

그러면 현실의 삶은 어떠한가. 다음 작중인물들이 나타내는 삶의 양상을 살펴보자. 고지식하고 가난한 계리사 서기 송철호, 영양불균

형의 상태에 빠진 만삭의 아내, 외부 문화에 포섭되어 기생(寄生)하는 삶을 살아가는 양공주 여동생, 순진한 의기(義氣)를 전쟁에 헌납한 이후 사회구조에 불만을 품고 일확천금만을 노리는 남동생, 그리고 과거로 돌아갈 수 없는 현실에 적응 못해 정신이상이 된 어머니, 작중인물들은 모두 한 가지씩 궁핍한 삶으로부터 곪은 상처를 가지고 살고 있다.

그러면 이 소설은 해방촌에 사는 가난한 사람들의 이야기인가. 우리는 작중인물들은 왜 가난한지에 대한 의문을 가질 수밖에 없다. 우리는 이러한 의문에 대한 단서를 송철호가 동생 송영호와 나누는 대화에서 찾아볼 수 있다.

동생 송영호는 형에게 자유 이데올로기가 가져다 준 삶의 규범에 철저하게 종속되어 살아야만 하는가의 문제를 제기하고 있다. 왜냐하면 그런 질문을 받는 송철호는 한 사회가 제시하는 규범을 성실하게 이행하는 선량한 소시민의 삶을 살아가고 있기 때문이다.

이 소설은 모순된 사회의 규범에 대한 적응과 부적응의 문제를 드러낸다. 비참하고 불행한 상황 속에서 인간의 양심은 과연 지켜질 수 있는가. 그러한 양심의 기준을 판단하는 준거는 무엇인가. 그러므로 철호 일가의 궁핍한 삶은 분단 현실의 두 가지 점을 부각시킨다.

그것은 남북 분단이라는 역사적인 이데올로기가 삶의 터전을 흔들어 놓아 결국 정착하지 못하고 부유하는 삶을 만들어놓고 있는 점과 특정한 규범의 테두리 안에서 법을 성실하게 지켜나가는 사람들이 오히려 가난하게 사는 사회적 모순이다. 이럴 때, 법을 지키는 양심은 오히려 평온한 삶을 방해하는 기제로 작용한다. 영호는 양심이라는 '가시'를 빼내버리지 못하고 가족들의 비극적인 삶을 맥없이 바라보는 송철호를 비판한다. 송철호의 쿡쿡 쑤시는 충치는 현실의 아픔을 상징한다.

게다가 작품의 전면에 반복되는 노모의 '가자!'라는 구호는 충치처럼 썩은 현실의 긴장미를 고조시키며 강박적으로 몰아가는 효과음을 내고 있다. 7년 동안 반복된 어머니의 저주 같은 외침은 삼팔선 너머에 있는 고향으로 가자는 것이다. 어머니는 삼팔선의 의미를 알 수 없다. 어머니처럼 돌아갈 수 없는 고향을 그리워하다가 마침내는 미쳐버리는 것이 바람직한가, 동생 영호처럼 아니면 여동생 명숙처럼 현실에 거스르거나 혹은 적당히 타협하며 사는 것이 옳은가.

어느 것도 해답일 수는 없다. 삶의 중심을 잃은 송철호는 결국 택시에 몸을 싣고 어디론가 가자고 한다. 전후 현실에서 양심을 가진 인간이 나아가야 할 삶의 방향은 어디인가. 잘못 발사된 오발탄처럼 이미 세상을 향해 쏘아졌지만 이내 방향성을 상실해버린 버린 송철호의 모습이 처절하게 부각되어 있다. 송철호가 덩어리 진 선지처럼 흘리는 피는 현실의 가혹한 출혈이다.

전쟁은 과거의 부와 자유를 빼앗아갔으며, 전쟁이 뿌린 새로운 이데올로기가 강요하는 생활의 규범은 혼란스럽기만 하다. 의사의 만류를 뿌리치며 두 개의 이를 뽑은 송철호의 행위는 일정하게 정해진 규범의 이탈을 의미하는 것인가. 우리는 이 지점에서 어떤 성급한 결론을 내릴 수는 없다. 작가는 송영호의 냉철한 시각을 두둔하고는 있지만 종국에는 그의 행각을 경찰서에 붙들어 둠으로써 법을 옹호하는 온건한 개량주의자의 시각을 드러내었다.

법은 초월했지만 인정선(人情線)에 걸렸다는 영호의 말로 미루어 작가는 인간성의 옹호를 인간애적 차원으로 끌어올리고 있다. 그리고 다만 오발탄처럼 방향 감각을 잃은 철호의 모습을 통해 현실의 모순만을 선명하게 부각시켜 놓았을 뿐인 것이다.

이상에서 살펴보았듯이, 작중인물들은 전쟁으로 인해 자연과 인간의 평화로운 서정(抒情)을 상실했다. 그로 인해 이범선 인물의 특성은 과거에 대한 완강한 집착 혹은 향수를 가지고 있다.

「피해자」, 「수심가」, 「살모사」나 그 외의 단편들에서도 현실의 반대급부로 떠오르는 과거의 향수는 절실하다. 「학 마을 사람들」에서 두 노인의 회상을 이끄는 과거의 평화스러움, 또는 「사망 보류」에서 부르는 노래인 '고향의 봄'으로 유도되는 향수는 현실의 어두운 면을 부각시키며 선명히 떠오른다.

현실의 질곡은 평화로운 세계의 파괴상을 나타내며, 작가의 시선이 머무는 곳은 그 속에서 난립하는 규범의 혼란 그 자체이다. 그 시선은 두 가지 방향으로 나누어지는데, 「학 마을 사람들」에서는 과거로의 완벽한 회귀를 이루고 있고, 「오발탄」에서는 과거로의 회귀는 불가능해져 새 규범에 대한 혼란상만이 비극적으로 노출되어 있다.

❧ 생각하는 갈대

- 「오발탄」에서 각 인물이 처해 있는 비극적 상황들을 적어 보자.
    송철호→
    아 내→
    남동생→
    여동생→
    어머니→
- 「오발탄」에서 어머니가 정신 이상이 되기 전에 한 말들을 모두 찾아보고, 그 속에 담긴 의미를 생각해 보자.
- 「학 마을 사람들」에서 두 노인의 과거회상에서 다시 현재의 시점으로 돌아온 부분의 첫 어절을 써 보자.
- 「학 마을 사람들」의 결말은 덕이, 봉네, 그리고 봉네가 싸안은 애송나무로 의미가 집약된다. 이를 테면 도식적인 권선징악의 해피엔딩, 즉 선(善)의 부활로 끝을 맺고 있는데 그 의미를 찾아 보자.
- 「학 마을 사람들」은 학의 길조(吉兆)와 흉조(凶兆)가 각각 몇 번씩 반복되어 나타나고 있는지 찾아 보자.

작가 연보

1920(1세)   평남 안주군 신안주면 운학리에서 父 이계하와 母 유심건의 차남으로 출생.
1938(19세)   진남포 공립상공학교 졸업. 평양에서 은행원 근무. 평북 풍천탄광 징용, 월남.
1946(27세)   동국대학교 전문부 국문과 입학.
1951(32세)   거제고등학교 교사.
1955(36세)   대광고등학교 교사. 《현대문학》에 「암표」·「일요일」 추천. 문단 데뷔.
1956(37세)   《현대문학》에 「이웃」·「달팽이」 발표.
1957(38세)   《현대문학》에 「수심가」·「학 마을 사람들」·「미꾸라지」 발표.
1958(39세)   《사상계》에 「사망 보류」·「몸 전체로」, 《세계》에 「피해자」, 《현대문학》에 「갈매기」 발표. 『학 마을 사람들』(오리문화사) 출간. 「갈매기」로 제4회 현대문학 신인상 수상.
1959(40세)   외국어대학 교무주임. 《문예》에 「냉혈동물」, 《현대문학》에 「오발탄」 발표.
1961(42세)   외국어대학, 서라벌 예대 강사. 《부산일보》에 장편 「삭풍」 연재. 「오발탄」으로 제5회 동인문학상 후보작.
1962(43세)   《사상계》에 「돌무늬」, 「월광곡」. 5월 문예상 장려상 수상.
1963(44세)   《현대문학》에 「분수령」·「자살당한 개」. 단편집 『피해

자』(일지사) 출간.
1964(45세) 《문학춘추》에 「나는 그 동물의 이름을 모른다」·「코스모스 부인」, 《현대문학》에 「네온사인」, 《사상계》에 「살모사」, 《국제신보》에 「밤에 핀 해바라기」 발표.
1965(46세) 《신동아》에 「명인」. 《대한일보》에 장편 「하오의 무지개」 연재.
1966(47세) 《여상》에 장편 「금붕어의 향수」 연재.
1967(48세) 《전남일보》에 장편 「구름을 보는 여인」 연재. 《신동아》에 「신분증」 발표.
1968(49세) 《대구매일신보》에 장편 「산 넘어 저 산 넘어」 연재.
1969(50세) 《부산일보》에 장편 「거울」 연재.
1970(51세) 《현대문학》에 「청대문집 개」, 《경제신문》에 「사령장」 발표. 「청대문집 개」로 제5회 월탄문학상 수상.
1971(52세) 《신동아》에 장편 「지신」 연재. 《신여원》에 「전설을 품은 새」 발표.
1972(53세) 《현대문학》에 「정 교수의 휴강」, 《문학사상》에 「표구된 휴지」 발표. 73년, 외국어대학 부교수.
1976(57세) 《조선일보》에 장편 「검은 해협」 연재. 단편집 『표구된 휴지』(관동출판사) 출간.
1977(58세) 《문학사상》에 「고장난 문」 발표.
1978(59세) 《현대문학》에 장편 「흰 까마귀의 수기」 연재.
1980(61세) 《문학사상》에 「두메의 어벙이」, 《소설문학》에 「고국」 발표.
1982(63세) 한양대 문과대학장. 예술원 회원. 소설가 협회 대표위원. 뇌일혈로 별세.